DAMA BLANCA

LOS | IMPERDIBLES

MARTA MARTÍN GIRÓN

DAMA
BLANCA

DUOMO EDICIONES
Barcelona, 2023

© 2023, Marta Martín Girón
© 2023, de esta edición: Antonio Vallardi Editore S.u.r.l., Milán

Primera edición: septiembre de 2023

Duomo ediciones es un sello de Antonio Vallardi Editore S.u.r.l.
Av. Riera de Cassoles, 20, 3.º B. Barcelona, 08012 (España)
www.duomoediciones.com

Gruppo Editoriale Mauri Spagnol S.p.A.
www.maurispagnol.it

ISBN: 978-84-19521-62-0
Código IBIC: FA
DL: B 14.371-2023

Diseño de interiores:
Agustí Estruga

Composición:
Grafime Digital S. L.

Impresión:
Grafica Veneta S.p.A. di Trebaseleghe (PD)

Impreso en Italia

Al amor de mi vida,
Marcos Nieto Pallarés

NOTA DE LA AUTORA

Las conversaciones y opiniones que se recogen en esta novela son parte de un escenario ficticio y son independientes a los criterios personales que pueda tener la autora.

PRÓLOGO

Tenía el pulso acelerado. Mantenía los cinco sentidos lejos de los recuerdos, lejos de los actos depravados por los que se encontraba al volante a esas horas de la noche. Desde que tomó el último desvío no volvió a cruzarse con ningún vehículo. Transitaba en soledad por una carretera secundaria que bien podría ser el camino al infierno. Su infierno.

Pensó en detenerse allí mismo, en mitad de un angosto carril carente de arcenes. Pero continuó, no podía arriesgarse. De cruzarse con alguien, la mala suerte podría hacer que el individuo se parase a ofrecerle ayuda, que pensase que había pinchado o... No, no podía cometer ningún error.

No, no podía cometer ningún error.

Siguió.

Conducía con la vista puesta en el ennegrecido y maltrecho pavimento, evitando mirar a sus costados. Los cultivos se extendían hasta donde sus sentidos podían alcanzar. Hectáreas de húmedos arrozales eran su única compañía y, aquella madrugada, la total ausencia de luz los teñía de tenebrosidad. Parecía como si la tierra se hubiese hundido, quedando en su lugar una oquedad sin límites definibles, un horizonte difuso al que por voluntad propia y sin un motivo de peso nadie en su sano juicio querría acercarse.

Esa noche ni siquiera la luna quiso ser juez ni jurado de sus actos. Difusos destellos provenientes del agua estancada en los vastos y oscuros plantíos advertían del aire que soplaba fuera del habitáculo.

Un escalofrío le recorrió la columna vertebral.

Circuló varios kilómetros más sumiéndose en los pensamientos que no conseguía alejar, preguntándose una y otra vez si lograría olvidarse de aquello. Algo le decía que sí, que tenía la capacidad de no hacerse notar, de parecer un ser indefenso y bondadoso; a esas alturas, era consciente de ello.

Por suerte, conocía la zona. Mientras su cerebro razonaba, el subconsciente gobernaba el timón de su rumbo. Había transitado por aquella vía cientos de veces para ir a la playa.

Un monovolumen en sentido contrario y con las largas puestas le hizo levantar el pie del acelerador. Instintivamente achinó los ojos para protegerse del deslumbramiento y le mandó una ráfaga de luces para recriminarle el descuido.

Volvía a encontrarse a solas con su objetivo.

Siguió conduciendo. El cuentakilómetros engrosaba la cifra.

Una ínfima luz anaranjada se fue transformando, a medida que avanzaba, en una acumulación de puntitos brillantes adheridos al horizonte, señal inequívoca de estar cada vez más próximo al siguiente pueblo. Faltaba un trecho para llegar al desvío cuando giró a la derecha para tomar un camino de tierra que daba acceso a los cultivos. Transitó por él durante unos minutos, hasta que estimó encontrarse lo suficientemente lejos de la «carretera principal». Aminoró la velocidad y luego paró el coche. Apagó las luces y esperó en el interior hasta que sus ojos se acostumbraron a la oscuridad. Observó los alrededores antes de abandonarlo: penumbras. A simple vista no distinguió la presencia de nadie, menos aún la de otro vehículo. Agarró el volante con fuerza y se dejó caer contra él. La tensión y un extraño vigor le recorrían las entrañas: tenía en la mano la capacidad de acabar con la vida de otra persona y no sentir remordimientos.

«Vamos. Termina lo que has empezado. Venga. —Alzó la cabeza y, una vez más, buscó una señal que le hiciera desistir de su propósito. Su pulso latía acelerado—. Vamos, no hay nadie. Es imposible que alguien te vea. Es el momento».

Abrió la puerta y la luz del habitáculo se encendió. Tuvo la sensación de estar exhibiendo su cuerpo desnudo en mitad de la Gran Vía de Madrid. Se apresuró a apagarla y al inclinarse oyó un ruido en el exterior seguido de un chapoteo.

«Será alguna rana», se dijo, con la mente puesta en dónde deshacerse del cadáver.

Estuvo a punto de bajarse allí mismo, pero decidió avanzar con el coche unos metros más.

Cerró la puerta y se dirigió a la trasera.

«Venga, ya está hecho. A partir de ahora debes actuar como si no hubiera pasado nada. Has de ser tan convincente que hasta tú te creas las mentiras.

»En unos minutos todo habrá pasado. Y no hay nadie. No has dejado rastro. Siendo como era, tú no tienes la culpa de que haya acabado así. No has hecho nada malo, solo has quitado de en medio a una pequeña guarra».

UN CUERPO SIN IDENTIFICAR

Yago Reyes
Martes, 17 de septiembre de 2019

Mi compañera conducía mientras yo me limitaba a observar el paisaje. Lo hacía en silencio, concentrada en la carretera. Aún no sabía si aquella forma de conducir era para no perderse, para no salirse de la calzada o porque le preocupaba algo.

No, no la conocía, no sabía de qué pie cojeaba. Parecía maja, pero... No sé, tanto silencio me ponía de los nervios. Desde el primer día quise pensar que era solo cuestión de tiempo que entabláramos amistad y confianza. Pero ya llevábamos tres semanas juntos, concretamente desde el día que pisé esa comisaría. ¿Acaso era mucho pedir que mi nueva compañera me hablase? Bajo mi punto de vista, tan solo pretendía disfrutar de algo razonable: poder pasar las jornadas con una persona con una actitud y un comportamiento normales, con un mínimo de educación.

17

Tres. Solo tres semanas y ya estaba hasta las pelotas. Tres largas semanas que habían sido como un viaje a un mundo paralelo, surrealista, desconcertante y triste, muy triste.

Pero la culpa era mía por no ver venir las cosas. Pedí el traslado cuatro años atrás, cuando tenía motivos para cambiarme. El mejor momento para que me lo concedieran hubiera sido ese, no cuando llegó, no cuando ya nada tenía sentido, no cuando, de hecho, no solo lo daba por imposible, sino que lo había olvidado. Me concedieron un traslado tardío, jodiéndome los planes y obligándome a empezar de nuevo.

El amor a distancia no funciona. No somos animales que puedan entenderse en la lejanía. Una amistad, un consanguíneo, vale, ¿pero la pareja? No, la pareja tiene que estar cerca, dormir cada noche a tu lado si no quieres convertirte en otro tío, con rostro, aficiones y trabajo distintos. Sí, el cambio de ciudad llegaba con cuatro años de retraso, porque, cuando no tienes que estar con alguien, el universo confabula para que antes o después dejes de estarlo. El cabronazo me hizo llegar su mensaje de malos modos y lo acepté, ¿pero el traslado...? Venga ya, se estaba cebando.

Mientras nos aproximábamos, el tiempo que no contemplaba el paisaje examinaba a mi compañera sin que esta se diese cuenta, aunque no precisamente porque fuese discreto. Llegué a pensar que ignoraba adrede cualquiera de mis gestos. Incluso que estaba enfadada conmigo por algo que yo desconocía.

—¿Te preocupa algo? —pregunté en un intento de acercamiento.

—No.

«Joder, de verdad que me ha ido a tocar la más estúpida».

—No has dicho nada desde que salimos de la comisaría.

—Estoy conduciendo.

18

—Sí, eso ya lo veo.

Me miró un segundo y volvió a clavar la vista en el culo del vehículo que circulaba delante de nosotros, sin añadir nada más. Di por concluida la charla de cortesía. No tenía ninguna necesidad de seguir haciendo el capullo. Si pretendía que fuera detrás de ella, lo llevaba claro.

El decorado urbano cedió paso al rural. La carretera secundaria mostraba un paisaje protagonizado por los arrozales característicos de esa zona del Mediterráneo; un horizonte de color verde eléctrico, avivado aún más por los rayos del sol. Aquella panorámica era como contemplar un estanque en calma, casi contagiosa. Sin embargo, esa paz estaba solo allí, en el exterior.

Hastiado por la compañía, aproveché para mirar el móvil. Terminé metiéndome en Casa del Libro para ojear las últimas novedades en novela policíaca. Había pasado tantas horas solo que había terminado aficionándome a la lectura, aunque desde hacía semanas, con el trabajo y la mudanza, tenía poco tiempo libre. Busqué lo último en policíaca, suspense y misterio. Estaban los de siempre: John Grisham, Jo Nesbø, Harlan Coben... Seguí buscando, esta vez fijándome en los títulos de las obras. Uno en especial me llamó la atención: *El asesino indeleble*. Su cubierta oscura, que mostraba a una persona con una linterna en mitad del bosque, me gustó. Leí la sinopsis. Me pareció que tenía buena pinta y lo compré.

No había leído ni la primera página cuando Luca de Tena nos llamó por teléfono. Contesté yo, aunque puse el manos libres.

—¿Qué ocurre, jefe?

—Han encontrado el cuerpo de una chica en los arrozales de Cullera. ¿Por dónde andáis?

—Volviendo de Cullera —respondió Aines.

—Os mando la ubicación, quiero que vayáis.

—¿Nos reclaman los compañeros de la Guardia Civil como apoyo? —continuó mi compañera.

—No, pero quiero que vayáis igualmente.

—Es por la chica que desapareció hace dos días, ¿no? —preguntó Aines—. ¿Cree que puede ser ella?

—Ojalá no fuera ninguna, pero está claro que la descripción que nos han dado se acerca mucho, sí.

—Tenemos ya la ubicación, ¿no? —me preguntó Aines de forma retórica. Asentí, aunque lo daba por contestado—. Señor, luego hablamos. Cuelga y mete las coordenadas.

—Mantenedme al tanto —zanjó el comisario.

Obedecí como un niño bueno. Estábamos a menos de cinco minutos. Aines aceleró a fondo.

—Si se trata de la chica que desapareció en Alzira, pediremos ser quienes lleven las riendas del caso.

Enseguida vimos unas luces intermitentes.

—Es ahí —dijo dedicándome una mirada de soslayo—. Puedes quitar el GPS, ya no hay pérdida.

Bloqueé el móvil y atendí a la carretera, tal y como intuí que deseaba mi compañera: estaba a punto de tomar un camino de tierra lleno de baches. Ella activó las luces de emergencia.

No tardamos en distinguir un par de vehículos de Seguridad Ciudadana. Era fácil imaginar en lo que se convertiría la zona según fuesen transcurriendo los minutos: un caos de personas entrando y saliendo de la «zona caliente».

—Aparca ahí —le indiqué alzando el brazo.

No sé cómo pudo ver dónde señalaba, apenas me miró. Me respondió con un «sí» apenas audible.

Una vez fuera del vehículo, nos dirigimos al cordón policial que estaban levantando.

—Buenos días. Ella es mi compañera Aines Collado, y yo soy Yago Reyes, inspectores de homicidios de la Policía Judicial del Cuerpo Nacional de Policía, nos han comisionado desde Alzira.

—Buenos días —respondieron al unísono un par de compañeros que seguían delimitando la zona.

Acto seguido les dimos nuestros números de placa para el informe de acceso. Con el «permiso» de uno de ellos, accedimos.

—Seguidme —solicitó al tiempo que se ponía en marcha. Sin preguntarle, comenzó a explicarnos lo que había sucedido—. El agricultor ha llamado informando de la aparición de un cadáver. Al parecer, estaba trabajando con la máquina y cuando se acercó al punto donde ha encontrado a la chica ha visto muchos bichos revoloteando.

El olor en esa zona era fuerte y desagradable, como a agua estancada. A pesar de estar a mediados de septiembre, el verano parecía no querer marcharse; los últimos días habían sido tan sofocantes como los meses de julio y agosto. Si se trataba de la chica desaparecida en Alzira hacía un par de días, el calor habría acelerado su proceso de descomposición, pero no tanto como para desprender olor. Aun así, preferí tener a mano un pañuelo, al que le puse un poco de crema, por si decidía no aguantar más aquel pestazo.

—Se ha bajado y es cuando ha notado el olor a muerto— continuó el agente—. Según nos ha dicho, se ha acercado porque pensaba que sería algún animal. Por el olor tan fuerte, alguno grande: un jabalí o un perro. Pero...

—Gracias por ponernos al tanto —le corté retirándome el pañuelo de la boca un instante.

—No hay de qué. Es ahí —dijo haciendo un gesto con el brazo para indicarnos el punto exacto donde se hallaba el cadáver.

Aines y yo nos asomamos a unos metros de distancia; no queríamos contaminar el escenario del crimen. Apenas se veía el cuerpo: quedaba totalmente cubierto por los altos tallos del cultivo de arroz.

—¿Dices que el agricultor no lo ha tocado? —preguntó Aines al hombre que nos acompañaba.

—Asegura que no.

—*Okey* —dije protegiéndome las manos con unos guantes de nitrilo—. Echaremos un vistazo cuando los compañeros acaben de recoger las pruebas pertinentes.

Asintiendo, el guardia civil dio media vuelta y nos dejó a nuestras anchas en la escena del crimen.

Un par de pasos más fueron suficientes para poder ver a la víctima. Yacía bocabajo, con la cara sumergida en el fango del arrozal. No obstante, era evidente que se trataba de una mujer. Su brazo izquierdo quedaba oculto bajo su torso. Parecía un maniquí amputado y tirado en el barro. Estimé que medía algo más de metro y medio. Delgada. A juzgar por su complexión, calculé que tendría una edad comprendida entre los catorce y los treinta años. Sus partes íntimas estaban cubiertas por unas bragas mal puestas. La parte delantera de su cuerpo, embarrada; la parte trasera, limpia, casi inmaculada, y de un color cianótico pálido, como si ambas partes no correspondieran a la misma persona, un efecto visual que te hacía pensar en una obra de arte macabra y escalofriante. Los insectos acudían a sus restos como las polillas a la luz. Sentí lástima por aquella desconocida.

Salimos del perímetro acordonado y telefoneamos a Luca de Tena.

—No se le ve la cara —le dije—. Hasta que llegue el forense y le tome las huellas no vamos a saber si se trata de la chica que desapareció el otro día en Alzira.

—Tenedme informado —respondió él.

—Ahora a esperar —dijo Aines.

A los cinco minutos, llegaron los compañeros de la Policía Judicial de la Guardia Civil.

—¿Qué hacéis vosotros aquí? —nos preguntó uno de ellos.

Era delgado y muy alto, con el rostro afilado.

—Nos han dado el aviso —respondí sin dar más explicaciones.

—No entiendo nada —protestó su compañero.

Este era más bajito y de cejas muy gruesas, de unos cincuenta años.

—Estábamos muy cerca —intervino Aines—. Y hace dos días desapareció una chica de Alzira. Podría ser ella.

—Podría ser cualquiera —replicó el agente más alto—. Todos sabemos que desaparecen muchas personas al cabo del día.

—Vais cargados de trabajo, así que no creo que nadie ponga el grito en el cielo si llevamos nosotros el caso —alegué en apoyo a mi compañera.

—De acuerdo —aceptó el de cejas gruesas—. Colaboraremos en lo que sea necesario.

—Gracias —dijo Aines.

—Para eso estamos —zanjó este último.

Habían pasado un par de horas desde que llegamos.

—¿Habéis visto algo raro? —les pregunté a dos de los hombres que trabajaban recogiendo muestras, dos agentes del Servicio de Criminalística de la Guardia Civil, aunque nosotros solíamos referirnos a ellos como «los compañeros del SECRIM».

—No. Nada destacable, la verdad.

—¿Sabemos quién es?

—No. No hemos encontrado nada que desvele su identidad.

Suspiré.

—Está bien. Gracias.

Ojeamos los alrededores. A lo lejos, equipados con sus inconfundibles monos de color blanco, vimos a otros dos compañeros más del SECRIM peinando la zona y haciendo fotografías. No nos acercamos, no quisimos interrumpirlos.

«Es raro que aún no haya llegado el forense».

Al regresar al lugar donde se había hallado el cuerpo de la víctima permanecimos a una distancia prudencial: preferíamos no tocar nada. Los compañeros también iban y venían según sus necesidades.

—¿Qué opinas? —le pregunté a Aines.

—No he visto nada destacable. Ni marcas ni señales exageradas, solo un par de moretones que no tienen por qué corresponder a un forcejeo —explicó sin mirarme a la cara. Era extraño que se estuviese explayando tanto, pero, a decir verdad, teníamos un asesinato que resolver, no podía permitirse el lujo de ignorarme—. Aun así, presupongo que ha habido abuso sexual. ¿Cuántos años tendría? Me pregunto si es la chica que están buscando.

—Yo también veo probable que hayan abusado de ella y se les haya ido de las manos. Y la edad… Tendría que verle la cara. Podría ser una chiquilla o una mujer con la constitución de una cría. En fin. ¿Vamos mientras a hablar con el agricultor?

—Sí.

Caminamos hacia las cintas policiales.

«Me pregunto cuánto tiempo le durará la cordialidad —pensé mientras la observaba con disimulo—. El otro día hizo lo mismo y después se volvió a convertir en una seta. Supongo que es una cortesía pasajera. En fin, aunque sea una antipática, al menos es mínimamente profesional y consigue aparcar sus motivos personales por el bien de una investigación. Aunque me gustaría saber cuáles son esos grandísimos motivos».

Al alcanzar las cintas, hablamos nuevamente con el compañero que nos había indicado la ubicación de la chica muerta.

—¿Nos puedes decir quién encontró el cuerpo? —le pregunté.

—Claro. Es el señor al que están atendiendo los sanitarios. Le están dando algo para los nervios. El pobre hombre sufre del corazón y...

—Está bien. No hace falta que vengas.

Al llegar, di un par de golpes secos en la caja de la ambulancia, generando un estruendo bastante desagradable.

—Joder, tío. Sé más suave —se quejó Aines—. Vas a terminar de matarlo.

Alcé la ceja a modo de «bueno, no es para tanto, pero vale».

Inmediatamente salió una enfermera llamándome la atención.

—¿Podéis tener más cuidado? Ahí dentro está un señor con un ataque de nervios de mil demonios. No tiene el cuerpo para más sobresaltos.

—Que sí, que sí. Lo siento. No me he dado cuenta —respondí contrito al sentirme seducido por la guapa enfermera.

—Disculpa —intervino Aines—. Cuando esté más sosegado, quisiéramos hablar con él.

—Hace media hora lo ha estado interrogando la Guardia Civil, podríais hablar con ellos y dejar descansar a este pobre hombre.

—Me temo que vamos a reunirnos con él antes o después, así que cuanto antes lo hagamos, más fresco tendrá lo que ha visto.

La chica puso cara de resignación.

—Claro. Le voy a preguntar si no le importa atenderos ya.

—Gracias —respondí por ambos.

Regresó a la ambulancia, dejándonos una bonita imagen de su trasero y su pelo castaño recogido en una larga coleta que le caía por la espalda.

Miré a Aines y la encontré observándome. Al cruzar nuestras miradas apartó la suya, poniendo una cara de asco que no esperaba.

¿Acaso estaba celosa? No pude evitar sonreír para mis adentros.

—Podéis hablar con él —dijo la enfermera, asomando medio cuerpo por la puerta trasera de la ambulancia—. Ahora sale.

Asentimos y esperamos el tiempo pertinente. Y lo hicimos en el más absoluto silencio; mi compañera parecía volver a no querer dirigirme la palabra.

—Hola —saludó el hombre, llamando nuestra atención.

Estaba notablemente apesadumbrado y, al mismo tiempo, se le notaba a la legua que pretendía mostrarse sereno.

—Buenos días. Somos los inspectores de homicidios Yago Reyes y Aines Collado. ¿Podría contarnos qué ha pasado?

—*No puc explicar molt, agents.*

—En castellano, por favor —repliqué lo más amablemente que pude.

No era el primero al que hacía volver a empezar. Sabía que, antes o después, si me quedaba en mi nuevo destino por mucho tiempo —la lógica apuntaba a que sería así—, tendría que refrescar mis nociones de valenciano a pesar de que llegué a creer que no volvería a emplearlo en la vida, porque, claro, las cosas cuando no las usas se olvidan, por lo menos en mi caso. Y mi mente en ese momento no estaba para esforzarse más de la cuenta; empezaba a dolerme la cabeza y suficiente tenía ya con adaptarme a mi nueva vida.

—Sí, disculpe, es la costumbre.

—No pasa nada. ¿Qué decía?

—Pues que no puedo contarles mucho. Todavía no me puedo creer lo que... —Suspiró—. Es que..., era una...

—Tranquilo —dijo Aines al ver sus ojos humedecerse—. Podemos esperar a que esté preparado.

La miré con cara de desaprobación. ¿Acaso se creía una hermanita de la caridad? Los compañeros de la Guardia Civil no habían tenido tantos miramientos. Además, no éramos psicólogos, sino policías investigando un homicidio y ese hombre era un testigo que podría estar o no involucrado en el asesinato. Me había cruzado con un par de actores de primera capaces de engañar hasta al mismísimo diablo. Su fachada de cultivador al borde de un infarto no le excluía de ser uno de los primeros sospechosos; tendría más papeletas si se conocían.

—No se preocupen. A ver..., tampoco tengo mucho que contar. Ya se lo he explicado a sus compañeros. He hecho las cosas típicas de por aquí —dijo señalando con el brazo la zona de los cultivos— y luego he cogido la cosechadora para ir al otro extremo de donde tengo la caseta. Según me aproximaba he visto bichos, muchas moscas, revoloteando en un único sitio. He pensado que podría haber algún animal muerto y me he bajado de la máquina para comprobarlo. Si era el caso, llamaría a la Guardia Civil para que lo retirase o lo quemaría yo mismo. Y al acercarme... Bueno, por esta zona huele muy mal. Ya se habrán dado cuenta. Se estanca el agua. El caso es que me he acercado y ha sido cuando he visto el cuerpo ahí tirado: las piernas desnudas de una chica, la espalda... *Cagondeu*, ha sido horrible.

Oí cómo se aproximaba un vehículo. Me giré para verlo. Se trataba de un taxi. Debía de ser el juez del caso.

—¿Ha llegado a tocar el cuerpo? —continué preguntándole.

—No. ¡Qué dice! No, no. No he tocado nada. Según lo he visto, me he dado la vuelta y he llamado a la Policía, al primer teléfono que he encontrado.

—Bien. ¿Cree reconocer de quién es el cuerpo?

—Pues no lo sé. Lo primero que ha pasado por mi mente ha sido mi sobrina, que tiene su misma edad.

—¿Su misma edad, dice?

—Bueno, no sé qué edad tiene la chica muerta, pero por su constitución he pensado que era joven. Por eso me ha venido mi sobrina a la cabeza.

—Entiendo —dijo Aines.

—Nos gustaría que algún compañero terminase de tomarle manifestación —intervine.

El hombre nos miró uno a uno con la boca a medio abrir. Dudé de si entendía lo que aquello significaba. ¿Acaso no sabía que era lo que había estado haciendo todo el rato al contestar nuestras preguntas?

Y entonces respondió:

—¿Es necesario?

DOS DÍAS ANTES

Nuria Molina
Domingo, 15 de septiembre de 2019

Cada dos semanas me tocaba cubrir el turno de noche y aquella vez se hizo interminable. Los fines de semana el trabajo se incrementaba de forma significativa, era lo habitual. La gente acostumbra a salir y desfogarse, a cenar más de la cuenta o a comer menos de lo recomendable llenándose el estómago de alcohol; las drogas, los accidentes de tráfico... Una compañera y yo decidimos quedarnos un rato para adelantar algo de trabajo y lo que iba a ser un ratito se convirtió en casi dos horas.

Llegué a casa agotada. Con las piernas y los pies doloridos.

Me descalcé nada más cruzar la puerta de la calle. De puntillas, fui hasta el dormitorio. Abrí con sigilo. Miguel seguía dormido. Lo más seguro es que se hubiese quedado hasta tarde viendo la tele o jugando a la consola, o que hubiera aprovechado que Elena tampoco estaba en casa para ver alguna película de terror, ya que el día anterior había sido viernes 13 y quiso poner una y no le dejé. Era consciente de que las noches que no pasábamos juntos le costaba conciliar el sueño y, pese a que eran casi las nueve de la mañana, no quise despertarle. Cogí algo de ropa y me fui al cuarto de baño. Cerré con el mismo cuidado, dispuesta a darme una ducha rápida y tumbarme un rato con él. Necesitaba esa sensación de relajación que solo consigue darte el agua y el jabón limpiándote el cuerpo.

«Ya me lavaré luego la cabeza, ahora solo tengo ganas de tumbarme. Además, el secador hace demasiado ruido», pensé.

Lo único que deseaba era meterme en la cama y descansar de tanto ajetreo.

A pesar de haber cogido un par de prendas que ponerme, entré desnuda en el dormitorio. Miguel seguía en la misma posición que antes. Me metí bajo la sábana y le besé el cuello. Gimió desperezándose. Busqué su miembro y comencé a jugar con él. En apenas unos segundos lo tenía encima embistiéndome como una bestia en celo.

—Buenos días —le dije sonriente al terminar.

—Buenos días, muñeca. ¿Qué tal la noche?

—Muy ajetreada. Ya sabes, fin de semana.

—Aun así, has llegado más tarde de lo habitual, ¿no? —dijo mirando la hora.

—Sí. Una compañera y yo nos hemos quedado a adelantar trabajo y luego nos hemos tomado un café.

—Estarás cansada.

—Por suerte tengo tres días por delante para relajarme.

—Es lo único bueno de tu trabajo.

—Y que tengo un buen sueldo.

—Sí, eso también. ¿Tienes sueño?

—La verdad es que sí.

—Ven —dijo, colocándose bocarriba y atrayéndome con el brazo hacia su pecho—. Durmamos un rato, aún es pronto.

—Sí. Por cierto, ¿ha vuelto Elena?

—Creo que no, no he oído la puerta. Además, dijo que se quedaría a dormir con su amiga. Esta... Alba. Todavía ni se habrán levantado.

Rio comprensivo. Sabía que estaba recordando las trasnochadas que nos pegábamos cuando, no hacía tanto, teníamos su edad.

—Sí. —Sonreí con añoranza—. Siempre están igual. Me mandó un mensaje a eso de las ocho de la tarde.

—¿Y qué te dijo?

—Que pasaría por casa y luego se iría con su amiga. ¿Vino al final?

—Eh... Creo que no. No lo sé.

—¿Cómo que «creo»? —pregunté conteniéndome la risa. Era increíble lo despistado que a veces podía llegar a ser.

—Sí, es que estaba duchándome y me pareció oír la puerta. A lo mejor vino a coger algo y luego se fue sin decir nada.

—¿Sin decirte nada? Es un poco raro, pero vete tú a saber.

—Está en la edad de ir como una moto y de no pensar en nada ni en nadie, solo en arreglarse y gustar a los chicos. Tú ya sabes lo que es eso, no eres tan mayor como para que se te haya olvidado —bromeó, haciéndome reír.

—¿Tan mayor? Habló el joven.

—Reconócelo, cielo, nos hemos hecho mayores. Pero no te preocupes, tú siempre serás mi muñequita preciosa. Además, aún nos queda mucha guerra que dar. ¿No te parece?

—Uf. Estoy pensando que cualquier día nos trae a algún maromo, como decía mi padre.

—¿Maromo? —Miguel rio despreocupado—. Bueno, mientras llega ese día, durmamos un rato, anda.

—Sí, mejor. Estoy agotada.

Le di un beso en la mejilla y me coloqué de espaldas a él, que amoldó su cuerpo al mío, a modo de cucharilla. No tardé en quedarme dormida.

No sé cuánto tiempo descansamos, pero el primer pensamiento al despertar fue ella, Elena. Me levanté y fui hasta el bolso para coger el móvil. Lo desbloqueé y busqué si había recibido algún nuevo mensaje suyo. Eran cerca de las doce del mediodía y seguía sin dar señales de vida.

«¿Dónde narices se ha metido? Cuando venga me va a oír. —Busqué su número para telefonearla—. Aunque si se acostaron tarde lo mismo siguen durmiendo».

Unos segundos esperando a escuchar el primer tono.

«Me cago en la madre que la parió».

Resoplé y traté de poner mis ideas en orden.

«A ver, piensa. ¿Me espero media hora más? Puedo llamar a Alba. ¿Y si están durmiendo? Bueno, pues que se fastidien, son jóvenes, ¿no? No les va a pasar nada por despertarse antes.

»Pues sí, voy a llamar a Alba, a ver si ella me lo coge».

De nuevo, la misma operación. Busqué en la agenda el número de su amiga y marqué. Dos tonos más tarde, descolgó.

—¿Hola?

—¿Alba?

—Sí, soy yo. ¿Quién es?

—Soy la madre de Elena. ¿Está ahí contigo?

—No —respondió extrañada—. No la veo desde ayer.

—¿No se iba a quedar en tu casa a dormir?

—Ah, bueno, sí. Claro, esta noche ha estado en casa, pero se ha ido temprano. Ya no sé ni lo que digo —dijo riendo.

—¿A qué hora se ha ido?

—Pueees…, no sabría decirte… ¿A las nueve?

—Son casi las doce.

—Ya. No sé.

—¿Y sabes dónde ha podido ir?

—No, no tengo ni idea.

—Está bien. Si hablas con ella dile que estoy tratando de localizarla.

—Vale.

—Gracias. Hasta luego.

—Nada. Adiós.

Me quedé observando la imagen que saltó tras colgar, una fotografía en el fondo de pantalla donde salíamos Miguel y yo con la playa detrás. Sonreí al recordar la última vez que estuvimos los tres en Cullera. Era un sábado. El termómetro marcaba más de treinta grados; hacía un día espléndido. La arena reflejaba los rayos del sol como si fuera un espejo. El agua estaba en calma y serpenteaba en la orilla con movimientos lentos e hipnóticos. Siempre nos encantó esa playa. Era como un desierto alargado y estrecho en mitad de dos mundos completamente distintos, el de la artificialidad y el de la naturaleza. Elena se sentó en un extremo de la toalla después de quitarse el vestido y comenzó a jugar hundiendo los dedos de sus pies en la arena.

—¿Qué tal estará el agua? —preguntó y me miró poniéndose la mano a modo de visera.

—Espero que esté calentita —le dije arrojando la camiseta sobre la toalla—. ¡Te echo una carrera!

Se levantó y corrimos hacia el agua como cuando era una niña, sintiendo el calor en la planta de los pies y evitando chocar con las demás personas.

—¡Está muy buena! —le gritó a su padre desde la orilla después de mojarse medio cuerpo.

—¡Vamos! ¡Ven a bañarte! —lo llamé yo.

Miguel nos sonrió y corrió hasta nosotras. Me cogió por la cintura y me llevó hacia dentro para hacerme una aguadilla. Elena se subió a su espalda para tratar de que me soltara. Terminamos los tres sumergidos, tirando los unos de los otros entre risas, toses y tragos de agua.

Observé nuestras expresiones de felicidad hasta que de nuevo me pregunté dónde se había metido. Nunca había tardado tanto en volver a casa y, en caso de retrasarse, siempre había sido lo suficientemente responsable como para avisar de antemano.

«En fin, no creo que tarde mucho».

Solté el móvil sobre la mesa del comedor y regresé al dormitorio.

—¿Con quién hablabas? —preguntó Miguel nada más verme entrar.

—He llamado a Alba porque a Elena le salta el buzón de voz.

—¿Y qué te ha dicho?

—Pues eso, que han dormido en su casa y que se ha ido a eso de las nueve de la mañana.

—¿A las nueve?

—Sí.

—Bueno —respondió pensativo—. Volverá en cualquier momento.

—Sí.

—No te preocupes —dijo abrazándome—. Estoy pensando que... ¿Qué tal te encuentras? ¿Te apetece que vayamos a la playa?

—Eh... Supongo.

—No te preocupes, mujer, cuando regresemos ya habrá vuelto. Así que venga, cámbiate. Nos llevamos unos sándwiches y aprovechamos para comer allí.

34

Suspiré tratando de tranquilizarme, de no sacar las cosas de quicio, de confiar en que todo iría bien.

—Suena perfecto.

Me cambié en un abrir y cerrar de ojos. Miguel lo hizo más rápido aún. Mientras yo terminaba de arreglarme y preparaba la bolsa de la playa, él se encargó de la comida.

—Ya está —anunció mostrando al aire una bolsa con la comida—. ¿Lo meto en una mochila o en la bolsa de la playa?

—En la de la playa. Y ya voy. Dame un segundo, que estoy terminando de escribirle una nota a Elena para que cuando llegue me llame o me mande un mensaje.

—Vale.

—En serio, me tiene un poco preocupada. ¿Y si le ha pasado algo? ¿Y si le ha pillado un coche o vete tú a saber?

No quería pronunciar ciertas palabras.

—Tranquila, si le hubiese ocurrido algo la Policía ya se hubiera puesto en contacto con nosotros.

—Qué gracioso eres...

—No, es la verdad. Es muy desagradable, pero así funcionan las cosas. ¿Has mirado cuándo fue la última vez que se conectó al WhatsApp?

—Sí, a las once y pico de la noche. Hace más de doce horas.

—Se habrá quedado sin batería.

—Ha estado donde su amiga, allí hay enchufes y cargadores —respondí irritada.

—Bueno, pues a lo mejor ha perdido el móvil y no ha querido decirte nada para que no te enfades. Es imposible meterse en la mente de una adolescente.

—Lo menos grave sería que haya perdido el móvil. —Resollé ante la mirada expectante de mi marido—. No sé, tal vez deberíamos quedarnos y esperar a que vuelva.

—Eh… Punto número uno: sobra que especifiques que eso sería lo menos grave. Lo he dicho solamente porque como es nuevo…, yo qué sé. Y punto número dos: aquí lo único que vas a hacer es dar vueltas de un lado a otro cada vez más nerviosa y, de paso, desquiciarme a mí.

Lo observé, sopesando sus palabras. En cierto modo tenía razón. Tenía ganas de disfrutar de un rato de descanso y ella… Traté de convencerme de que estaría bien, de que a la vuelta todo iría como siempre.

—Ya. En fin. Vámonos si quieres.

—Sí. Vámonos. Seguro que te sienta bien el cambio de aires y para cuando volvamos ya estará en casa con alguna ridícula excusa.

EN CASA DE SU AMIGA

Domingo, 15 de septiembre de 2019

—Joder —farfulló Alba nada más colgar.

Se sentó en un extremo de su cama, pensativa. Aún con el teléfono en la mano, marcó el número de Elena. Tal y como le había dicho Nuria, saltaba el buzón de voz. Colgó.

A continuación, volvió a desbloquear el móvil y, esta vez, entró en WhatsApp para dejarle un mensaje.

> ¿Dónde te has metido? Tu madre me ha llamado para preguntarme por ti. Al menos llámala para decirle que estás bien.

«¿Y ahora qué? —pensó mientras observaba el móvil—. Tal vez debería llamar a su amiguito». Sus sentimientos hacia él eran agrios.

Buscó el número de teléfono en sus contactos. Por suerte, la tarde anterior lo había guardado.

—¿Adrien?

—¿Hola? —respondió con su marcado acento francés.

—Soy Alba.

—Ah, Alba. ¿Qué tal? ¿Qué pasa? No esperaba saber de ti tan pronto —dijo, presumido.

—Ya, más quisieras tú.

—Bueno, bueno... Ja, ja, ja...

—Calla y escucha —le interrumpió mostrando su desdén hacia él—. ¿Elena está contigo?

—¿Elena? Qué va.

—¿Cómo que no? ¿Esta noche no la pasaba contigo?

—No sé nada de ella desde ayer por la tarde, ya sabes, cuando te vi a ti también. Me dijo que cenaría en su casa y luego tal vez pasaría a verte antes de quedar conmigo.

—¿Que vendría a verme? —repitió extrañada—. ¿Cuándo fue eso?

—No lo sé. Quedamos en que nos veríamos sobre las once o doce. —Alba lo escuchaba con cara de asco; su desprecio por él se acentuaba al oír su voz y su acento galo—. Pero el caso es que me mandó un mensaje para decirme que estaba en su casa y que le dolía la cabeza, que mejor lo dejábamos para hoy. Por cierto, ¿a qué vienen tantas preguntas? ¿Acaso quieres que quedemos?

—No sé cómo te aguanta Elena, eres repulsivo.

—Bueno, si tú lo dices... Eso que te pierdes.

—Escucha, franchute de mierda, Elena no ha regresado a casa y en la mía no ha estado.

—No entiendo.

—Su madre me ha llamado hace cinco minutos para preguntarme por ella. Dice que salió y aún no ha vuelto a casa.

No te hubiera llamado si no pensase que tal vez tú sepas dónde puede estar.

—¿Yo? Qué voy a saber. Te he dicho que anoche no la vi.

Su insolencia quedó sepultada bajo una creciente inquietud.

—Pues ya somos dos.

—A lo mejor se ha escapado.

—¿Y por qué iba a querer escaparse, si puede saberse?

—Y yo qué sé, apenas la conozco. A ver, espera, se me ocurre que... No me cuelgues. —Adrien se separó el móvil de la oreja y buscó por las redes sociales. Un par de minutos después volvió a la conversación—. ¿Sigues ahí?

—Sí —dijo Alba bruscamente.

—Hace más de quince horas que no se conecta ni a Facebook ni a WhatsApp.

—¿Y qué? ¿Eso qué significa? ¿Acaso te crees que con eso demuestras que no tienes nada que ver con su desaparición?

—¡Te digo que no sé nada! —chilló nervioso.

—Tal vez deberíamos llamar a la Policía, ¿no te parece?

Alba le hablaba desafiante.

—¡Yo no tengo nada que ver! A lo mejor se ha quedado sin batería. O se ha ido con cualquiera. ¡Yo qué sé!

—Ya claro —dijo burlona, más calmada que él—. ¿Y con quién se iba a ir si no es contigo? Deja de decir estupideces, eso no cuadra. Y su móvil ha podido quedarse sin batería, ¿pero quién nos asegura que no lo has apagado tú?

—¡Qué! ¿Y yo por qué iba a apagarlo?

—Ah, no sé. Tú lo sabrás.

—Ya me avisó Elena de que tuviera cuidado contigo. Eres mala, puro veneno.

—Y tú das asco, puto cerdo. ¿Sabes qué? Tal vez avise a la Policía, quizá les interese saber lo que eres.

—Haz lo que te salga del coño. Pero piensa que tal vez la

última en verla fuiste tú, así que… —Alba se quedó pensativa. No respondió—. ¿Qué? ¿Tengo razón?

—No, no la tienes. —Ambos permanecieron reflexivos, sin mover un solo músculo, con el móvil aún apoyado en sus orejas, hasta que Alba añadió—: ¿Sabes qué? Que si no aparece no es culpa mía. Dejaremos que sea su madre quien se encargue de encontrarla o de llamar a quien sea. Ella se lo ha buscado al irse contigo.

La tarde anterior

—¿Sabes? Llevo toda la semana insinuándole a mi madre que esta noche me quedaré a dormir en tu casa —le dijo Elena a Alba mientras examinaban un escaparate. Alba sonrió satisfecha—. Luego le mandaré un mensaje para recordárselo, que ahora está en el trabajo. ¡Tía, estoy ansiosa por pasar la noche con Adrien! —culminó despreocupada y con voz estridente.

—¿Qué has dicho? —preguntó Alba, desconcertada, sin apartar la vista de un maniquí.

—Tía, jolín, escúchame —la regañó, agarrándola de los brazos y girándola hasta tenerla cara a cara, aunque Alba la había oído perfectamente—. ¡Que esta noche me voy con Adrien! —Le mostró todos los dientes en una mueca pueril—. Pero le diré a mi madre que voy a pasar la noche contigo, como hemos planeado toda la semana.

—¿Con Adrien? —repitió al tiempo que volvía a centrar su mirada en las prendas del escaparate; quería evitar que Elena leyese en sus ojos cuánto le dolían sus palabras, que se sentía traicionada.

—Sí. Me apetece muchísimo. Llevamos toda la semana planificándolo. Iremos a su casa. Y lo haremos toda la noche. Tú ya me entiendes... —dijo entusiasmada, esperando al mismo tiempo una contestación—. ¿Me estás escuchando?

—¿Qué? Sí, sí... —Alba la miró unos instantes, disimulando, tratando de asimilar la noticia y darle una respuesta controlada. Elena la miró con cara de pocos amigos; no podía creer que no le estuviese haciendo caso y menos en algo tan importante para ella—. No sé, ¿qué quieres que te diga? La verdad es que a mí ese Adrien no me gusta. Ni siquiera me lo has presentado. ¿Crees que puedo dejarte en manos de un tío al que solo he visto en una foto de mierda?

—No pasa nada. Te caerá bien. Y te lo presentaré..., aunque hoy no creo que pueda. Tal vez mañana. ¿Te parece bien?

—Joder, tía, eres de lo que no hay. ¿Tus padres lo saben?

—¿Te has vuelto loca? No.

—¿No se lo piensas decir?

—¿Decir? ¿El qué? No llevamos ni tres meses viéndonos. Además, es eso, que solo nos estamos viendo. No es mi novio ni nada por el estilo. A mi edad no pienso en novios ni cosas de esas. Tendré que ver qué hay por el mundo, ¿no? Además, ¿acaso tú les cuentas a tus padres con todos los que te lías?

—Joder, es que es muy mayor para ti. Incluso para mí, que te saco casi dos años. Además, pensaba que solo te gustaba yo...

—Pues me gusta, así que no des más la murga, que pareces mi madre. Y sobre lo nuestro... Pues eso, que tú ya sabes que de vez en cuando..., podemos divertirnos sin que nadie se entere —le dijo a Alba con tono lascivo, acercándose a su oído.

Al sentir su aliento cerca de la nuca, a Alba se le puso el vello de punta.

—No, Elena. Te pasas mucho —dijo apartándola—. Deberías hacértelo mirar.

Trataba de contenerse, pero por dentro el dolor, la rabia y la impotencia iban creciendo.

Elena, en cambio, no la tomó en serio.

—Sé paciente, mujer —replicó melosa, sabiendo que conseguiría contener el malestar de su amiga—. Hoy te tengo algo reservado. —Vio cómo Alba la observaba sin decir nada, tal vez esperando a que le explicase en qué consistía esa vez su falsa promesa—. Venga, anda, te lo voy a presentar.

—¿Qué? No, tía, no estoy de humor para que me presentes a nadie —dijo excusándose y conteniéndose para no llorar.

—Que sí, ya verás, te caerá muy bien —zanjó, saliéndose una vez más con la suya.

Elena cogió el móvil y llamó a Adrien.

RESULTADO FORENSE

Yago Reyes
Martes, 17 de septiembre de 2019

El olor de aquel lugar me revolvía las tripas. Por suerte, no solíamos ir a las salas de autopsias con frecuencia, ya que en España la tasa de homicidios es baja, inferior a la del resto de Europa. Aun así, cada visita al anatómico forense me dejaba destemplado más tiempo del deseado.

De camino a la sala busqué mi braga para taparme la nariz y la boca y ahorrarme alguna que otra náusea.

Atravesamos el edificio. Mi compañera conocía adónde teníamos que dirigirnos, de modo que se encargó de ejercer de guía, aunque en el más estricto silencio. Al parecer daba igual a qué caso nos enfrentáramos, ella había decidido seguir con el palo metido por el recto, dedicándome miradas despectivas y su mutismo más efectivo. Si quería sacarme de quicio, estaba empezando a conseguirlo. Por mi parte, no lograba entender qué demonios le había hecho. Lo mismo le recordaba a algún exnovio o vete tú a saber. Pero lo que sí tenía claro era que, de continuar así un par de semanas más, terminaría pidiendo un cambio de compañero.

—Es aquí —dijo señalando la puerta con el mentón.

«¡Albricias, ha hablado! ¡Para montar una fiesta!».

—Genial —respondí.

A continuación me cubrí las vías respiratorias con la braga. Aines se encargó de llamar con un par de golpecitos, cortesía de sus huesudos nudillos.

Unos instantes después, una mujer nos abrió la puerta. Nos saludó con una sonrisa cordial y se hizo a un lado.

Entramos en la sala. La temperatura en todo el edificio era baja, pero en esa habitación aún se desplomó varios grados más.

—Buenos días, agentes —saludó el médico forense.

—¿Qué tal? —Me acerqué hasta situarme a los pies inertes de la chica—. ¿Qué tenemos?

—Según los hallazgos en la necroscopia, tenemos una muerte por asfixia, posiblemente provocada al taparle la cara con un objeto, como podría ser una almohada o un cojín. Aunque se observa un pequeño hematoma en la mandíbula, no se evidencian marcas típicas de estrangulamiento, por lo que sería una asfixia por sofocación. Es posible que el hematoma haya sido resultado de un impacto contra una mesa u otro mueble, aunque tampoco descarto que fuera provocado con algún objeto cilíndrico, tal vez con la intención de aturdir a la víctima.

—¿Algo más? —cuestioné, haciéndome cargo de esa y de las futuras preguntas.

—No.

—¿Hay agresión sexual?

—Es complejo. Hay evidencias de que hubo penetración.

Sin embargo, su cuerpo nos dice que el acto pudo ser consentido. Parece, además, que no fue su primera experiencia sexual.

Sentí cómo se me arrugaba el ceño.

—Entiendo que solo hubo penetración vaginal, ¿no?

—Sí.

Exhalé un suspiro demasiado sonoro.

—¿Has podido determinar la hora de la muerte? —preguntó Aines.

—Sí, se produjo hace más de cuarenta y ocho horas.

—¿Puedes concretar?

—A ver, yo situaría el crimen en la noche del sábado. Entre las diez y las doce.

—Perfecto, eso nos será de gran ayuda.

—¿Edad?

—Quince o dieciséis años. Hemos extraído sus huellas dactilares. Las hemos remitido a la comisaría para que puedan cotejarlas con las bases de datos policiales.

—Estupendo.

—¿Alguna cosa más? ¿Drogas, alcohol…?

—No. Por el momento no hemos hallado nada. La analítica está limpia. Aunque ya sabéis que algunos fármacos no se detectan pasadas unas horas.

—Está bien. Gracias.

Pensé que nuestro trabajo allí había terminado. Ya leeríamos con detenimiento el informe.

—Es mi trabajo.

—Creo que es la chica que desapareció hace un par de días —dijo Aines de pronto, que llevaba un buen rato examinándole a conciencia la cara—. Antes he visto una fotografía de ella.

—Las huellas nos sacarán de dudas —le respondí.

—Una pregunta, doctor: ¿el lugar del hallazgo es el mismo en el que falleció?

—No. Como os he dicho, la asfixiaron. No la estrangularon, ya que hubieran quedado marcas en su cuello, y tampoco la ahogaron. En un primer momento yo mismo llegué a pensar que le obstruyeron las vías respiratorias hundiéndole la cabeza en el fango, pero hubiera encontrado restos en su organismo. El cuerpo de la chica fue hallado en decúbito prono, es decir, bocabajo. Lo habitual en los casos de asfixia es que la víctima esté bocarriba en el momento de la agresión. Si su agresor la hubiera matado en los arrozales, estaría llena de barro: la espalda, la nuca, las piernas…, y no es el caso. El lugar en que falleció, por tanto, fue otro, no donde se halló su cadáver.

—Bien. Gracias de nuevo. Si se nos ocurre alguna pregunta más, te llamaremos.

—De acuerdo. En cuanto termine el informe, también os lo haré llegar.

—Gracias.

De camino al coche tuve tiempo para pensar. La ventaja de tener una compañera más silenciosa que una planta era esa: los momentos de introspección. Necesitábamos conocer la identidad de la víctima para poder empezar a hacer nuestro trabajo, hablar con los padres, con los amigos o con cualquiera que pudiese saber algo. Era lo más urgente. A pesar del descenso, las estadísticas indicaban que, en los últimos años, el cuarenta por ciento de las mujeres víctimas de homicidios en España lo habían sido a manos de su pareja, y el porcentaje aumentaba al sesenta por ciento cuando se incluía a familiares entre los agresores. Las primeras horas eran cruciales para encontrar al responsable.

—¿En qué piensas? —me preguntó Aines unos metros antes de llegar al coche.

Me observaba con el ceño fruncido, como si desconfiase de mí.

—En el caso.

—Ya. Era de esperar —respondió cortante.

Ante aquello decidí ahorrarme los detalles de mis elucubraciones.

—¿Conduzco? —pregunté.

Al menos me entretendría haciendo algo de provecho.

—Si te hace ilusión…

«Joder, qué imbécil eres, bonita».

Puse rumbo a la comisaría, trayecto que se me hizo más corto que de costumbre. Incluso olvidé que iba alguien en el asiento de al lado.

Al llegar fui directo a hablar con nuestro analista forense. Aines, en cambio, se fue al cuarto de baño, supongo que a sacarse el palo del…

—¿Qué, Alonso, cómo vas?

Mis palabras y una palmadita en el hombro fueron mi forma de decirle que ya estábamos de vuelta.

Creo que era el más joven de la plantilla y, aun así, estaba a uno de los treinta. Apenas llevaba un año en el departamento. Era moreno, tenía el pelo rapado al cero y una barba abundante y larga, al más puro estilo Kratos, el del videojuego *God of War*. Eso sí, estaba lejos de mostrar la presencia imponente del citado personaje; creo que llevaba ese *look* para aparentar un poco de dureza. A pesar de eso, le pegaba, con su más de metro ochenta y cinco y su espalda ancha podía permitírselo sin parecer un quiero y no puedo.

—¿Qué pasaaa…? —saludó alegre.

Cuando abría el pico le notabas el fondo de bonachón.

«Al menos el resto de los compañeros son majos», me dije pensando en Aines.

—Venimos del anatómico forense —expliqué.

—Ya imagino. Estaba a punto de llamaros. He cotejado las

huellas dactilares. Se trata de la chica de la que denunciaron su desaparición el domingo por la tarde.

En ese momento entró Aines.

—Le decía a Yago que ya tenemos la identidad de la chica. Se trata de Elena Pascual Molina. Sus padres denunciaron su desaparición el domingo, después de llevar varias horas sin saber nada de ella.

—Eso me temía. ¿Qué datos tienen los compañeros? ¿Se rastreó el móvil, se habló con los amigos y los familiares? —preguntó Aines.

—Sí. Está todo aquí.

Alonso señaló una carpeta que reposaba sobre su mesa.

—Ya, pero independientemente de lo que recojan los informes —intervine—, la cosa ha cambiado bastante. Hemos pasado de una denuncia por desaparición a una investigación por homicidio. Leeremos los papeles, pero tendremos que volver a hablar con muchos de los que figuran ahí. ¿Alguien le ha dado ya la noticia a la familia?

—No. Os toca hacerlo a vosotros.

—Sí. Si nos das la dirección, iremos ahora mismo —dijo Aines.

—¿Te has dado cuenta de algo? —le pregunté.

—¿De qué?

—El asesino se ha tomado las molestias de trasladar el cuerpo a una distancia prudencial de su pueblo.

—¿Das por hecho que la mataron en Alzira y luego la trasladaron a Cullera? —me preguntó Aines—. Elena podría haber estado en Cullera y haber sido atacada y asesinada allí mismo.

—Sí, es una posibilidad, pero no sé por qué veo más probable lo primero.

Aines hizo una mueca de «si tú lo dices...», pero no respondió.

—En fin, danos la dirección de los padres —solicité—. Es hora de hacer la parte chunga de nuestro trabajo. Ah, y otra cosa. ¿Se le terminó de tomar declaración al agricultor?

—Sí, también está en esa carpeta.

—¿Y?

—Nada destacable. Nos ha dado coartada para los últimos días sin ni siquiera pedírselo. Así que...

«No quiere decir que sea cierta —pensé—. Hay que confirmarla».

—Está bien, nos vamos.

Le hice una mueca en señal de agradecimiento.

Dirección en mano, nos pusimos en marcha. Durante el trayecto, Aines se sentó en el asiento del acompañante y fue leyendo los informes.

—Si ves algo interesante, será un placer escucharlo —sugerí lo más afable que pude.

—Sí, no te preocupes, de momento no he visto gran cosa.

Continué con la vista puesta en la carretera. Y esta vez, en lugar de pensar en el caso, mi mente trató, una vez más, de entender a mi compañera. Si en ese momento me hubiera jugado el sueldo de tres meses a que no me volvería a dirigir la palabra hasta llegar al hogar de los padres de la víctima, habría ganado una buena tajada extra. Pero aquello no era divertido. Me desconcertaba. Ni siquiera sabía cuánto llevaba en el cuerpo, menos aún si tenía pareja, sus inclinaciones sexuales, dónde y con quién vivía... Era muy triste. A lo mejor tan solo se trataba de una persona a la que no le gustaba conversar, aunque, siendo franco, me parecía exagerado. Éramos compañeros y, entre otras cosas, buscábamos asesinos: en nuestro trabajo es imprescindible hablar, intercambiar impresiones. Además, con los demás no actuaba igual. ¿Vergüenza, tal vez?

«En fin, a lo mejor tiene una enfermedad rara: timidez extrema, mutismo selectivo o algo por el estilo. Pero no lo entiendo. Cuando hemos llegado a la comisaría bien que iba saludando a todo el mundo. Pues eso, mutismo selectivo que acostumbra a emplear solo conmigo. Excelente. —Suspiré sin que ella lo apreciase—. Le daré unos días más antes de preguntarle si tiene algún problema conmigo, a ver si entretanto me sorprende con algún cambio».

—Hemos llegado —dije, llamando su atención. Ella alzó la vista de los papeles, ojeó alrededor y luego cerró la carpeta—. ¿Y bien?

Me miró con cara de póker. Su rostro no reflejaba la más mínima pista de qué estaba pensando.

—Tenemos muy poco: la denuncia de los padres, la descripción de cómo iba vestida...

—Alonso dijo que teníamos el rastreo del móvil.

—Sí.

—¿Y?

—Que puede que tengas razón sobre dónde la mataron.

DENUNCIA

Nuria Molina
Domingo, 15 de septiembre de 2019

Llegamos de la playa más tarde de lo que hubiese deseado. Quise convencerme a mí misma de que Elena estaba bien, de que por una vez en su vida había dejado aparcada esa madurez casi enfermiza que tanto la caracterizaba y se había soltado la melena, aunque con ello me tuviese en vilo. ¿Quién no ha hecho alguna locura siendo adolescente? Aquel era el argumento sobre el que giraban todos mis autoconvencimientos. Hice un esfuerzo por disfrutar del paisaje y de la compañía, por descansar, por no convertirme en la típica madre histérica que a las primeras de cambio le da por pensar en la mayor tragedia que puede acontecerle a un hijo. En otras palabras, no quería convertirme en mi madre. Miguel intentó animarme. Su lenguaje corporal y su trato hacia mí eran la clara evidencia de que él también estaba preocupado, pero lo disimulaba para no exacerbar mis ánimos. Procuró distraerme estando más atento que de costumbre. Se notaba cuánto me quería, cuánto nos quería a ambas. Después de la muerte de César pensé que jamás volvería a ser feliz ni a estar con nadie. Pero apareció Miguel y, gracias a él, conseguí rehacer mi vida, darle un nuevo padre a Elena.

En un par de ocasiones, mientras estábamos fuera, me dijo: «Seguro que está en casa». Sin embargo, eché de menos no haber cogido el móvil. No sé cuántas veces me arrepentí. Creo que, a lo largo de nuestra excursión, ese fue el sentimiento que padecí más incisivo. Desde aquel día no he vuelto a salir sin el móvil. Ni siquiera a tirar la basura.

Al entrar en casa confirmé lo que ya intuía: Elena no había regresado. Por muy impensable que me pareciese, fui a la cocina para comprobar si en nuestra ausencia podía haber pasado por allí y, por el motivo que fuera, haber vuelto a marcharse. Pero la nota seguía en el mismo lugar donde la dejé. Cogí el móvil, que descansaba junto al papel, y comprobé si había recibido alguna llamada o mensaje suyo. Nada. Todo seguía igual que cuando nos marchamos, a excepción de una cosa: el tiempo transcurrido.

—Debemos acudir a la Policía —le dije a Miguel.

Mis nervios empezaban a escapar a mi control. Me miró con la boca medio abierta, pensativo. Tardó unos segundos en contestar.

—Está bien. Vamos. Dame un minuto para que me ponga un pantalón y no me vean con estas pintas de dominguero.

—Sí, mejor cambiémonos, porque... —dije mirando con arrepentimiento mi indumentaria.

Aproveché esos segundos, igual que él, para ponerme una ropa más adecuada. No me apetecía que se viesen los cordones del bikini asomándome por la nuca. Daría la impresión de...

Sí, en ese momento primó el qué dirán. Era probable que terminasen sabiendo que, mientras mi hija estaba desaparecida, mi marido y yo nos fuimos unas horas a la playa a desconectar, a pretender que todo se quedase en un susto. Pero si podía evitarlo, mejor; tal vez el cargo de conciencia fuese menor. Yo misma me avergonzaba de la forma en la que había procedido y, siendo así, lo más probable es que ellos pensasen que había sido una mala madre por actuar de ese modo, más sabiendo que ella era una chica responsable, que tenía una actitud intachable, lo cual era un indicio de peso para sospechar que podría estar sucediéndole alguna desgracia. Así que había obrado de la peor forma posible, sobre todo siendo consciente de que las primeras horas son fundamentales para encontrar a una persona desaparecida. Las películas nos tienen acostumbrados a saber esas cosas.

No obstante, en ese momento no entendí que, aunque no hubiera ido a la playa, aunque hubiese ido a rezar y a poner velas a una iglesia o aunque hubiese empapelado todo el barrio con su cara y un teléfono donde avisarnos en caso de que alguien la viese, el resultado habría sido el mismo.

—Ya estoy —dijo Miguel con las llaves del coche en la mano.

—Vale. Vamos.

Condujo hasta la comisaría. Durante el trayecto trató de darme conversación en un par de ocasiones, pero fue inútil. Le contesté con las palabras justas. No me apetecía hablar ni pensar ni hacer nada más que poner la denuncia y pedirle a Dios que apareciese lo antes posible. Poco antes de llegar, lo único que se me ocurrió fue hablar, una vez más, con su amiga Alba. La telefoneé.

—No lo coge —reflexioné en voz alta.

—¿Quién? ¿Elena?

—No, su amiga Alba.

—Ah. Mándale un mensaje.

Le hice caso. Escribí:

> Hola. ¿Has sabido algo de Elena? Sigue sin aparecer.

Mandé el mensaje y recé por que lo viese pronto. Cuando iba a soltar el móvil, vi que se conectaba.

Automáticamente sonó el teléfono. Descolgué.

—¿Alba?

—Hola. No, no sé nada de ella.

—Nosotros tampoco. Vamos de camino a la comisaría para denunciar su desaparición. —La oí suspirar al otro lado del auricular—. ¿No tienes idea de con quién puede estar? ¿Dijo algo cuando se fue de tu casa?

—No, no tengo ni idea. No dijo nada.

El tono de su voz había cambiado. Parecía estar llorando. En ese momento la que terminó suspirando fui yo.

—Está bien. Si te enteras de algo, avísame, por favor.

Emitió un quejido que interpreté como un «sí».

—Tengo que dejarte. Estamos llegando.

—Vale.

Colgué.

—¿Qué te ha dicho? —preguntó Miguel. Se lo veía preocupado, tan inquieto como yo—. ¿Sabe algo de ella? ¿La ha visto?

—Nada. No sabe nada.

Resolló.

—Está bien. Bueno, tranquila, la encontraremos —dijo cogiéndome de la mano.

Al notar su caricia me sentí vencida. El miedo y un mal presentimiento me transportaron a imaginarme cosas que nunca pasaron. Me vi en medio de un montón de personas desconocidas a las que ni siquiera podía poner rostro, dispuestas, junto a nosotros, a remover cielo y tierra para encontrar a Elena. En nuestro barrio, en los parques, en el campo, en las carreteras... Me vi recorriendo el bosque con linternas, de noche, con desesperación, sin éxito. El vello se me puso de punta al sentirme tirada como un desecho, al pensar que ella podría estar en tales condiciones. En ese momento vertí mi primera lágrima por ella. Aunque la borré de inmediato de la mejilla a la vez que me obligaba a pensar en otra cosa. A veces creemos que eludir los pensamientos que nos dan miedo evitará que se conviertan en realidad.

Al llegar a la comisaría tuvimos que esperar unos minutos. Era lo normal, pero en aquel momento mis nervios solo querían recuperar el tiempo perdido.

Entramos en un despacho y nos atendió una agente.

—Buenas tardes. ¿En qué puedo ayudarlos?

Me llamó la atención su seriedad.

—Buenas tardes. Venimos porque mi..., nuestra hija ha desaparecido.

—¿Quieren cursar una denuncia por desaparición?

—Sí.

—Muy bien. —Se inclinó hacia un lado de la mesa y cogió una carpeta. De ella extrajo unos papeles—. Deberán facilitarme toda la información que les vaya pidiendo. Les iré formulando una serie de preguntas que deberán contestar con la mayor sinceridad posible, ¿de acuerdo? —Miguel y yo nos miramos con complicidad. Por lo que dijo a continuación, la agente debió de ver el miedo en nuestros ojos—. Aquí no estamos para juzgar a nadie, solo para encontrar a su hija. ¿De acuerdo?

—Gracias —respondió Miguel al tiempo que yo asentía con la cabeza.

—Bien. Lo primero que necesito es que me faciliten sus identidades.

—¿Quiere nuestros DNI?

—Sí, por favor.

Busqué en el bolso y extraje mi DNI. Por su parte, Miguel sacó el suyo de la cartera. Ambos se los entregamos a la agente.

Los tomó y comenzó a teclear en su ordenador. Mientras, yo me dediqué a observarla trabajar. Sus facciones eran suaves, hecho que contrastaba con la seriedad con la que ejecutaba su trabajo. Era delgada, la camisa se le ceñía al pecho y a la cintura. Parecía alta. Al menos medía un metro sesenta y cinco; alta teniendo en cuenta que yo no llegaba al metro cincuenta. Imaginé lo duro que tuvo que resultarle aprobar los exámenes físicos para entrar en el cuerpo policial, y luego pensé en Elena, en cuando apenas tenía siete años y le dio por decir que de mayor quería ser policía. He de admitir que no me gustó. Imaginarla en una profesión tan peligrosa... Empecé a rezar para que, a medida que fuera creciendo, se le borrara la idea de la cabeza. Y es que, el mismo día que mi hija llegó al mundo, nacieron con ella mis miedos a que pudiera pasarle algo malo. Aunque supongo que es normal, ¿no? Por suerte, además de que pronto se olvidó del tema, aunque lo hubiera deseado no habría podido opositar debido a su estatura: había sacado mis genes. Fue un descanso. La siguiente vez que habló de lo que quería ser de mayor tendría doce años. «Yo seré química», me dijo alegre y segura de sí misma. Me dejó asombrada. ¿Con esa edad ya sabía lo que significaba ser químico? Siempre fue una chica muy inteligente y aplicada, si seguía sacando tan buenas notas podría estudiar lo que quisiera. De modo que, sí, mientras aquella agente tecleaba los datos de mi hija en el ordenador, yo me sentí liberada al saber que Elena nunca tendría un trabajo tan peligroso como el de esa chica. No estaría rodeada de armas ni se cruzaría a diario con criminales. Sin embargo, allí estábamos, denunciando su desaparición como si el hecho de querer alejarla del peligro no hubiera sido suficiente para mantenerla a salvo. Era evidente que tenía que haberle pasado algo.

—Bien. Ahora necesito que me facilite los datos de su hija.

—Su nombre es Elena Pascual Molina.

—Eh… —Terminó de escribir y miró a Miguel, luego a mí—. Usted es la madre. ¿Y él es…?

—Él es mi marido, el padrastro de Elena.

— De acuerdo. Necesito el nombre del padre biológico.

—Se llamaba César Pas…

—Perdone, ¿no está vivo?

—No. Murió cuando Elena tenía cinco años.

—Entiendo. Vale. ¿Sabe el número de DNI de Elena?

—No.

—No se preocupe.

—¿Fecha de nacimiento?

—15 de noviembre de 2003.

—¿Dieciséis años…? —preguntó retórica mientras calculaba mentalmente.

—Quince. Cumple los dieciséis dentro de un par de meses.

—Bien. ¿Desde cuándo lleva desaparecida?

—Desde esta mañana. Ha pasado la noche en casa de una amiga. Dice que se ha ido sobre las nueve. Desde entonces no sabemos nada de ella.

—¿Creen que ha podido quedar con alguien, escaparse…?

—No. No lo creo, la verdad.

—¿Tenía problemas en casa, en clase, con los amigos…?

—No. Me lo hubiera dicho.

—¿Ha estado actuando de forma extraña últimamente?

Me quedé pensativa. Miré a Miguel por si él hubiera notado algo raro en esos días o semanas de lo que yo no me hubiera percatado. Pasaba más tiempo en casa que yo, su testimonio era más fiable que el mío.

—Yo no he notado nada raro —contestó Miguel.

—No. Bueno… Lo que sí he notado es que lleva unos meses arreglándose más. Está en plan coqueta, supongo que por la edad o, no sé, tal vez le guste algún chico de su instituto. Empezaron las clases esta misma semana. Me comentó que se conocían todos del curso anterior. Tal vez le guste alguien, pero…, no sé, me parecería extraño que no me lo hubiera dicho —medité en voz alta.

No me importó compartir mis especulaciones con ellos, tal vez podían servir de algo.

—Vale. A ver, necesito que me den una descripción de su hija lo más detallada que puedan: peso, estatura, color de pelo, de ojos… Y una fotografía lo más reciente posible.

—Claro. Físicamente es muy semejante a mí: mide un metro cincuenta y uno, pesa unos cuarenta y cinco kilos, ojos castaños, pelo oscuro, casi negro…

—¿Alguna marca de nacimiento, tatuaje o *piercing*?

—No.

—¿Recuerdan cómo iba vestida?

Volví a mirar a Miguel. De los dos, él era el último que la había visto.

—Creo que llevaba unos vaqueros cortos, o unas mallas de esas que parecen vaqueros, y una camiseta —respondió él—. No sé de qué color.

—¿De tirantes, de manga corta, un top…?

—Eh… Me suena que de tirantes. Tampoco la miré mucho, no me dio tiempo, dijo que se marchaba con su amiga a dar una vuelta y a ver las tiendas y poco más. Y, de todas formas, yo en esas cosas no suelo fijarme, así que no estoy seguro del modelito que llevaba.

—Está bien, no se preocupe. Si recuerda algún detalle más, nos lo puede decir en cualquier momento.

Se me escapó un suspiro.

«No sé cómo los hombres pueden llegar a ser tan despistados con algunas cosas. Si le hubiera preguntado por un partido de fútbol de hace diez años seguro que lo habría recordado al detalle».

—De acuerdo —prosiguió la policía tras teclear en su ordenador—. Dicen que quedó con una amiga.

—Sí. Con Alba.

—¿Se llevan bien? ¿En algún momento han tenido disputas destacables?

—No, que nosotros sepamos. Se conocen desde que eran pequeñas. Alba tiene casi dos años más que Elena, pero siempre han sido como uña y carne. Sobre todo desde hace un par de años, que coinciden en la misma clase. Alba es muy buena chica, pero le cuesta mucho… Vamos, que no es tan buena estudiante como nuestra hija y ha repetido un par de cursos.

—Vale. Solo quedó con ella.

—Eso creemos.

—Bien. Ahora les haré varias preguntas un poco más delicadas. ¿Sufre de algún tipo de discapacidad o trastorno mental?

—No.

—¿Depresión o tendencias suicidas?

—No. Lo más grave que ha vivido fue la muerte de su padre, pero ya le digo que era muy pequeña cuando sucedió. Yo ya conocía a Miguel del trabajo y, después del fallecimiento de César, empezó a venir a visitarnos a casa. Me di cuenta de que se llevaban muy bien y que, cuando él estaba, Elena se olvidaba de la tragedia. Luego, con el paso del tiempo, Miguel y yo empezamos a salir y, bueno, ya ve, hasta hoy.

—Para mí es como una hija biológica —explicó Miguel. La mujer asintió comprensiva—. La he visto crecer, le he curado las heridas cuando se ha hecho daño, la he llevado a las extraescolares, a los cumpleaños... Es mi hija, da igual si hay genética de por medio o no.

—¿Tienen constancia de que haya hecho alguna amistad nueva o frecuentado algún lugar distinto a los de costumbre?

—No.

—¿Toma algún medicamento?

—No.

—Disculpen que les haga tantas preguntas, pero es necesario manejar la mayor cantidad de información posible. Algunas, como les he avisado antes, sé que pueden resultarles incómodas, pero estoy obligada a hacérselas.

—No se preocupe. Lo entendemos.

—Pregunte todo lo que necesite —apoyó Miguel.

—Sí. Sigo. ¿Ha ocurrido algún suceso que la pueda haber animado a irse de casa por voluntad propia?

Negué con la cabeza, tratando de recordar alguna disputa reciente, pero no había nada que recordar.

—¿Creen que es posible que esté en compañía de algún adulto que pueda poner en riesgo su integridad física?

En ese momento sentí que el corazón me daba un vuelco. Durante la entrevista estaba nerviosa, pero me controlaba. Sin embargo, aquellas palabras activaron algo en mi subconsciente que me hizo sentir una profunda agonía, un palpitar descontrolado y náuseas. Traté de contener la emoción, pero no pude. Contesté con un tembloroso «no» que dejó en evidencia mi estado.

—Ya queda poco —dijo la agente, con compasión. No respondí, solo deseé que terminase pronto con aquel maldito cuestionario que cada vez me hacía sentir más miedo—. ¿Tienen constancia de que en los últimos días haya conocido a alguien a través de internet?

—¿Internet? —preguntó Miguel extrañado.

—No tiene por qué ser lo que le ha sucedido a su hija, pero al cabo del año tenemos constancia de muchos casos de menores que conocen a adultos a través de internet. Ellos se hacen pasar por jóvenes de su misma edad y en ocasiones terminan engatusándolos para quedar y verse en persona.

—¿Elena? No, no lo creo —respondí, sintiendo un temblor por todo mi cuerpo, como si me hubiera transformado en un muñeco parlanchín roto que suelta frases pregrabadas, repetitivas y atropelladas.

Miguel también lo negó varias veces, tajante. Sus ojos reflejaban el mismo miedo que yo sentía por dentro.

—Elena no caería en esas cosas —dijo Miguel—. Es muy inteligente y madura para su edad. Se daría cuenta de que tratan de engatusarla y lo evitaría.

—Está bien. Ya casi hemos terminado. Necesito que me faciliten una foto de Elena, en color y actual.

—¿Vale con alguna que tengamos en el móvil?

—Sí.

Miguel y yo cogimos nuestros teléfonos para buscar una que fuese fiel a como era en persona. El temblor de mis manos, la dispersión mental y los ojos humedecidos me impedían hacer lo que debía. Me sentía tan culpable por no haber acudido antes a ellos...

—Mira —me dijo Miguel—. Yo tengo estas de hace un par de semanas.

Me enseñó varias en las que salían ellos dos haciendo el tonto, poniendo caras raras y riéndose.

—¿De cuándo es eso?

—De una tarde que tú estabas en el trabajo. Estuvimos

viendo una peli y jugando a la consola. —Mis ojos se clavaron en la mirada de júbilo de Elena. Se la veía tan feliz. No podía haberse escapado de casa, era imposible—. ¿Vale esta? La puedo recortar —dijo, dirigiéndose esta vez a la policía.

Le enseñó la imagen y a la mujer le pareció bien.

—De acuerdo —expuso después de tener la fotografía en su poder—. Una pregunta más: ¿han tocado alguna de sus pertenencias, su habitación, su ropa…?

—No, nada.

—Bien, déjenlo todo tal y como esté. No limpien la habitación ni recojan los objetos que pueda haber en medio. Es importante que nadie toque sus pertenencias, ni familiares ni amigos; nadie salvo los agentes que estén al cargo de la investigación. También he de pedirles que no laven su ropa. Si encuentran alguna prenda en el cesto de la colada, guárdenla en una bolsa de basura mientras determinamos si necesitamos analizarla. Por otro lado, no les he preguntado por su móvil, ¿me pueden facilitar su número?

—Claro —respondí. Se lo dicté de memoria.

—¿Saben si cuando salió de casa lo llevaba consigo?

—Sí, creo que sí. Me mandó un mensaje para decirme que se quedaría a dormir con su amiga. También mencionó que antes pasaría por casa y a ti te pareció oír la puerta, ¿no? —le pregunté a Miguel.

—Sí, me pareció que entraba en casa, pero…, no lo sé seguro, me estaba duchando. Cuando terminé me asomé a ver si estaba, pero allí ya no había nadie.

—La última vez que la vieron cada uno de ustedes… ¿Cuándo fue?

—Yo a mediodía. A eso de las tres o tres y cuarto, que es cuando me voy al trabajo.

—¿Y usted? —le preguntó a mi marido.

Se quedó pensativo.

—No sé a qué hora se fue con su amiga, la verdad. Tal vez eran las cinco y media o las seis de la tarde.

—¿Y esa fue la última vez que la vio? —insistió la policía.

—Sí. Ahí era cuando iba con los pantalones cortos y la camiseta de tirantes, creo.

—De acuerdo. —Tecleó algo en el ordenador—. Bien, a partir de este momento queda abierto un expediente por la desaparición de Elena Pascual Molina. Una pareja de compañeros acudirá a su domicilio para hacer una inspección ocular del dormitorio de su hija. Ya les digo: no toquen nada. Por otro lado, quiero informarlos de que al tratarse de una menor y al considerar que la desaparición puede deberse a un acto ajeno a su propia voluntad, lo cual implica un posible riesgo para su integridad física, procederemos a rastrear su móvil. Aquí les dejo un número de teléfono de contacto por si recuerdan algún detalle de interés o por si tienen alguna pregunta. En caso de que regrese a casa, les agradecería que nos informasen inmediatamente para cerrar el expediente.

—Claro, por supuesto —respondió Miguel en nombre de los dos.

En mi caso tan solo pude asentir y articular un sentido «gracias». Me levanté con la sensación de ser una mujer de avanzada edad, renqueante, sin fuerzas, desolada por lo que temía que podía acontecer después de aquello. La escasa fe que me quedaba reposaba ahora en sus manos.

RASTREO

Nuria Molina
Domingo, 15 de septiembre de 2019

C erré la puerta y me quedé allí, en medio de la entrada, con el bolso colgando del hombro y la sensación de estar en una pesadilla. ¿De verdad veníamos de poner una denuncia por la desaparición de Elena? Miguel dejó las llaves en el taquillón. Sus movimientos eran lentos, como los de un perezoso. Cuando se giró vi que tenía las escleróticas enrojecidas y una expresión de desolación que jamás le había visto. Dio un paso hacia mí y me rodeó con sus brazos, como un niño buscando la protección o el amparo de su madre. Hundió la cara en mi hombro y sentí que el hombre firme y alegre con el que me había casado se estaba desmoronando, que estaba igual de aterrado que yo, que empezaba a sobrepasarle la incertidumbre.

—Deberíamos salir a buscarla —me dijo, clavando de forma suplicante sus pupilas en las mías.

65

—Ojalá pudiéramos, pero la agente ha dicho que vendrían sus compañeros a casa. No podemos irnos.

—¿Y cuándo van a venir? ¿Y si no pasan hasta por la noche o hasta mañana? Todo este tiempo podríamos estar buscándola. ¡Podríamos estar haciendo algo en vez de permanecer aquí encerrados sin hacer nada!

—Yo también preferiría salir a buscarla —gimoteé—. Creo que si me quedo aquí esperando alguna noticia me volveré loca.

Se dirigió al comedor entre resoplidos y aspavientos.

—Me voy a volver majara. ¿Y si de verdad le ha pasado algo? ¿No te ha llamado? Mira el móvil —me pidió.

Me sequé las lágrimas y le obedecí.

—No hay nada —le dije.

No hacía otra cosa que comprobar el móvil cada dos por tres.

Nervioso y con pulso trémulo, se sacó el suyo del bolsillo trasero del pantalón, desbloqueó la pantalla y miró si tenía algún mensaje o alguna llamada. Cualquier rastro que nos diera un poco de esperanza, pero no.

Comenzó a andar por el salón de un lado a otro, agitado. Verle de esa manera me inquietaba cada vez más. Los ojos se me volvieron a llenar de lágrimas y sentí que me flaqueaban las fuerzas. ¿Por qué nos estaba pasando esto a nosotros?

—Tengo que ir a buscarla. No me puedo quedar aquí viendo pasar el tiempo —habló entre lamentos.

—No puedes irte. ¿Y si vienen?

—Joder, cielo. Y si no vienen, ¿qué?

Nos quedamos en silencio. Él dejó de deambular. Ambos agachamos la cabeza y rezamos para que ocurriera un milagro, para que apareciese por la puerta contándonos lo que le había sucedido o mintiendo si era necesario, pero sana y salva.

—Deja que al menos busque por la manzana y me acerque a su instituto o... Yo qué sé. Déjame hacer algo, por Dios, porque si...

—Ve —le interrumpí; tuve claro cómo continuaría la frase y no quise oírlo: «porque si le pasa alguna cosa y luego me entero de que podíamos haber hecho algo para evitarlo...»—. Espero que estés aquí cuando llegue la Policía, porque...

Negué con la cabeza, sintiéndome a punto de desfallecer.

—Seguro que sí. No tardaré.

Le seguí, arrastrando mis pasos hasta la·entrada. Cogió las llaves y, antes de salir, se giró y me dijo:

—La vamos a encontrar.

Pasaban unos minutos de las ocho de la tarde cuando los agentes se personaron en nuestra vivienda. Uno tendría unos cincuenta años y el otro, más joven, no debía de llegar a los treinta. Recuerdo que se presentaron, nos dijeron sus nombres y nos informaron del procedimiento que iban a seguir. Puede que se llamaran Iván y Carlos. Iván el más joven, espigado y con cara de pocos amigos y, el otro, Carlos, también bastante alto, pero con una tripa más prominente de la deseada en un policía. Aun así, como digo, no me enteré de mucho. Mi mente estaba tan abotargada que no me di cuenta de nada. Parecía estar en una pesadilla de esas en las que no entiendes nada, de esas en las que de repente te ves en el papel protagonista sin pedirlo, sin darte cuenta. Simplemente estás ahí, sufriendo por lo que acontece, privada de cualquier maniobra de acción para defenderte. Congelada, observas a tu alrededor. Cualquier cosa te parece una señal de por qué tu hija no ha vuelto a casa, cualquier recuerdo tratas de convertirlo en una herramienta con la que salir del abismo. Incluso el más ateo se convierte a la religión, a la que sea, con tal de que todo acabe. Recé, claro que recé. A todos los dioses, santos y vírgenes. Pero te das cuenta de que estás a expensas no de la voluntad de las supuestas deidades, sino de la del mundo. El propio ser humano tiene voluntad, se rige por su propio albedrío, tanto para lo bueno como para lo malo. Y, de repente, pareces transformarte en una especie de muñeco de nieve que se derrite minuto a minuto. Una parte de ti sabe que, antes o después, solo serás un charco, un remanso de agua sucia y ennegrecida por la porquería que vuela suspendida en el aire mientras tú estás inmóvil en mitad de la incertidumbre. Algo en el universo decidió que tú serías el antojadizo juguete de otro ser humano.

Los agentes se pasearon por la casa como si estuviesen en la suya propia. Hablaban entre ellos en un tono casi inaudible. Supongo que no querían que oyésemos determinadas conjeturas. Las escasas ocasiones en que nos dirigieron la palabra me pusieron aún más nerviosa.

—¿Conocen la contraseña del ordenador de su hija?

No. No la sabía. Supuse que a su edad era lo suficientemente madura como para poder concederle la intimidad que demandaba. Al principio su padre no se mostró de acuerdo. Decía que era muy pequeña, que me fiaba demasiado de ella. ¿Pero qué iba a hacer, meterse en internet y chatear con las amigas más de la cuenta? Fui yo quien convenció a Miguel de que no pasaba nada, argumentando a su favor lo buena niña, aplicada y madura que era.

Estaba segura de que en su carrera —sobre todo el mayor de ambos— habría visto de todo, pero eso no supuso un gran consuelo. Tuve, además, la sensación de que me estaban juzgando. Aunque no me dirían nada. Sencillamente pensarían que era una mala madre, despreocupada y pasota.

—No. No la sabemos —respondió Miguel.

—Necesitamos que nos faciliten un listado de las personas que podrían tener información sobre ella. En el expediente hemos visto que su hija pasó la noche en casa de una amiga.

—Sí, de Alba —seguí contestando yo.

—¿Nos puede dar su teléfono?

—Claro.

Eché mano al móvil y busqué en la lista de contactos.

—Si tiene también el de sus padres...

Tras unos segundos, les di los números.

—¿Hay alguna persona más con la que pueda haber estado?

—No lo sé.

—¿No tenía más amigos?

—Sí, pero siempre estaba con Alba.

Se miraron el uno al otro con cierta resignación.

—Empezaremos hablando con la chica y con sus padres.

—De acuerdo.

Creía que se marcharían ya cuando, de pronto, rompiendo todos mis esquemas, el mayor de ambos volvió a interesarse por nuestra versión de la desaparición.

—Señora Molina, ¿cuándo fue la última vez que vio a Elena?

Me extrañó la pregunta, incluso me pareció ofensiva. ¿Acaso no tenían el informe? ¿No podían leerlo y dejar de preguntarnos continuamente las mismas cosas?

—El sábado antes de ir a trabajar. Sobre las tres y algo. Tres y cuarto, quizá.

—¿Dónde trabaja, señora Molina?

—Soy técnica de laboratorio en el Hospital Universitario de la Ribera.

—¿Y en qué consiste su trabajo?

—Analizo cualquier muestra que nos envíen al laboratorio.

—Entiendo —dijo el mayor de los dos mientras el joven

permanecía en silencio—. ¿Y usted? —preguntó, dirigiéndose esta vez a Miguel.

Sentí cómo se me aceleraba el pulso: ¿estábamos en su lista de sospechosos? No entendía por qué nos trataban de esa forma.

—¿Yo, qué? —dudó Miguel.

—¿Puede darnos su nombre completo?

—Sí. Miguel Castillo Bermejo.

—De acuerdo, señor Castillo. ¿Cuándo fue la última vez que vio a la hija de la señora Molina?

—¿La hija de la señora Molina? —replicó en un tono malhumorado y desafiante—. También es mi hija, ¿saben? Llevo criándola desde que tenía seis años. Y estoy casado con su madre. Es tan hija mía como suya.

—Claro, cómo no. Agradecemos la aclaración, pero necesitamos que responda a nuestra pregunta. ¿Cuándo fue la última vez que vio a Elena?

—El sábado.

—¿A qué hora?

Resolló.

—No sé qué hora sería. Ya se lo dije a su compañera. Sobre las cinco y media…, supongo. Tal vez las seis. Cuando hablen con su amiga sabrán exactamente a qué hora quedaron.

—Bien. ¿Desde entonces no la ha vuelto a ver?

—No.

—¿Dónde estuvo mientras su mujer trabajaba?

—Aquí, en casa. Viendo Netflix.

—¿Qué vio concretamente?

—Estuve viendo *Mindhunter*.

—¿Todo el rato?

—No. Primero vi un par de capítulos de *Mindhunter* y luego empecé el documental de *Unacknowledged*.

70

—*Unac... ¿qué?*

—*Unacknowledged.* A saber cómo se pronuncia. Es un documental sobre extraterrestres, conspiraciones y cosas de esas.

—Ah. Muy bien. Y dejando a un lado el tema de los *aliens*, díganos, ¿sabía que *Mindhunter* está inspirada en hechos reales?

—Sí. Es muy buena.

—¿Que esté inspirada en hechos reales hace que le guste más?

—¿Qué?

—Lo que quiero decir es que parece que le gustan los temas de los asesinos en serie y los crímenes en general, ¿no?

No pude aguantarlo más y salté.

—Están haciendo unas insinuaciones muy feas y eso no está bien. Bastante tenemos con que nuestra hija haya desaparecido.

—Tranquila, cielo. Les contestaré. Sí, me gustan las pelis, las series y los documentales de asesinos y criminales, igual que también me gustan las series de historia, de ciencia ficción, los documentales sobre el espacio, las pelis de risa... ¿Hay algún problema en eso?

Mi marido le respondió en un tono más controlado de lo que yo hubiera sido capaz de emplear, pero el policía no le contestó, siguió preguntando lo que le venía en gana, haciéndonos sentir culpables de la desaparición de nuestra hija.

—Díganos una última cosa. ¿Estuvo usted solo a lo largo de la tarde?

—Sí.

—Muy bien. De momento es todo. Ahora iremos a visitar a la amiga de su hija.

—Gracias —dije, aunque no se merecían ningún gesto de cortesía.

71

Los acompañé hasta la puerta. Se despidieron con un «si se entera de cualquier cosa, nos llama, tiene nuestro número». Me quedé abstraída bajo el umbral con medio cuerpo en el descansillo y el otro medio dentro de casa, viendo cómo bajaban las escaleras sin percatarse de mi obnubilación. Cuando les perdí de vista, regresé junto a mi marido.

—Ya se han marchado —le dije a Miguel, que se había sentado en el sofá con el cuerpo echado hacia delante.

Su mirada estaba clavada en ningún lugar concreto de la pared que tenía enfrente, mientras las manos colgaban entrelazadas entre las piernas.

—¿Te has dado cuenta?

—Sí, han sido unos groseros.

—Creen que he sido yo...

—Supongo que hacen las mismas preguntas a todos los familiares de personas desaparecidas.

—No. Había un trasfondo acusatorio en sus preguntas. ¿Has visto las caras que han puesto cuando les he dicho lo que estuve viendo? No se puede ser sincero con esta gente. ¿Acaso me creen un perturbado? ¿Cuántos millones de personas ven esas series? Si tienen fama y éxito es porque las siguen en todo el mundo.

Resopló al tiempo que sus ojos se barnizaban de dolor e impotencia.

—Tranquilo, cariño.

Eso fue lo máximo que acerté a decir. No tenía fuerzas para consolar a nadie. Tan solo me senté a su lado y le apoyé una mano en la espalda.

—Por eso no les he dicho nada de que me pareció oírla entrar mientras yo me duchaba. No lo hubieran creído, me hubieran puesto el cartel de sospechoso; más de lo que ya lo han hecho. ¿Cómo voy a hacerle yo algo malo a nuestra hija?

¿Es que tengo pinta de demonio? Dios quiera que aparezca pronto.

Agachó la cabeza para evitar que le viese los ojos llenos de lágrimas.

—La encontrarán. Estoy segura.

Aquella fue la primera vez que unos policías entraban en mi casa. La siguiente vez fue un día y medio más tarde.

Martes por la tarde

El sonido del portero me sobresaltó. Llevaba dos días sin apenas pegar ojo. Sin embargo, el confort del sofá unido con el zumbido del televisor logró disuadir el insomnio. El corazón se me aceleró de tal forma que sentí mis latidos como si alguien estuviese percutiendo un gong dentro de mi caja torácica.

En aquel instante estaba sola, Miguel había ido al gimnasio para intentar reducir su nivel de estrés. Aunque creo que lo que realmente quería era pasar un rato solo para desahogarse. Dicen que la esperanza es lo último que se pierde. Es verdad. El sonido del portero me inquietó, pero al mismo tiempo, en alguna recóndita parte de mi mente, pensé que podría tratarse de Elena. Así que, de pronto me dio igual el miedo que nos había hecho pasar. El portero acababa de sonar y podía ser ella. Miguel se había marchado hacía muy poco, así que él... No. Él no podía ser. Tampoco estaba esperando a nadie. Así que, sí: podía ser ella. ¡Mi niña regresando a casa! Cómo entrase por la puerta era lo de menos; herida, magullada, llorando... Lo único importante era volver a verla con vida.

—¿Sí? —respondí con optimismo tras descolgar.

—Policía. Venimos a hablar con Nuria Molina y Miguel Castillo.

—Sí. Suban, por favor.

Apreté el botón para abrir la puerta del portal.

Mi cuerpo empezó a temblar como una vela azotada por una corriente de aire. Mi mente no atendía a pensamiento alguno. Me quedé petrificada ante la puerta, sin mover un solo músculo, como se posaba antiguamente para que te inmortalizasen en una fotografía en blanco y negro.

Un par de golpes secos en la puerta me advirtieron de que esperaban al otro lado. Abrí.

Aquellos policías no eran los mismos que habían venido un par de días antes. Aparte de que eran un hombre y una mujer, no iban vestidos con su característico uniforme. Por un momento pensé que se trataba de una pareja de testigos de Jehová intentando reclutar a nuevos adeptos. Sin embargo, antes de que me diera tiempo a decir nada, se presentaron.

—¿Señora Molina? —preguntó el hombre.

—Sí.

—Somos los inspectores Yago Reyes y Aines Collado. Queremos hablar con ustedes. ¿Está su marido en casa?

—No. Se ha ido al gimnasio un rato, pero...

Me quedé callada dos segundos. Dos segundos eternos en los que examiné sus rostros tratando de leer a través de sus expresiones faciales.

—¿Saben ya algo de nuestra hija? —pregunté, temerosa de oír la respuesta.

Los inspectores se miraron entre ellos; luego su atención volvió a recaer sobre mí. Fue el hombre quien se encargó de continuar hablando, aunque por su seriedad adiviné qué sería lo siguiente que oiría de sus labios.

—Tenemos que darle una mala noticia.

—No.

—Esta mañana se ha hallado el cuerpo de su hija. —Sentí

cómo de forma automática se me humedecían los ojos. No pude hablar. La vista se me nubló. Estuve al borde del desfallecimiento—. ¿Quiere sentarse?

Negué con la cabeza, aunque no me hicieron caso. La mujer me cogió del brazo y me acompañó hasta el salón. Me ayudó a sentarme en el sofá. A lo largo de aquellos metros se agolparon en mi mente centenares de preguntas. Entre los porqués, los cuándos, los cómos y los quiénes, conseguí articular una pregunta con la voz quebrada, la que más me preocupaba, la que dependiendo de cuál fuese su respuesta rompería mi alma para siempre.

—¿Sufrió?

TRACTORES

Domingo, 15 de septiembre de 2019
Unas horas después del asesinato de Elena

Estaba a punto de amanecer cuando se despertó con el cuerpo bañado en sudor, pensando en el móvil de Elena. En el ruido que oyó al abrir la puerta del coche. En aquel leve sonido procedente del agua... Supo que algo no iba bien.

Cerró los ojos tratando de recordar y se sintió como si estuviera de nuevo en mitad de la oscuridad y los arrozales.

«Abrí la puerta del coche. Oí un ruido. Miré por el suelo, pero no vi nada. Luego regresé al coche y avancé unos metros», enumeró mentalmente.

—¿Se me cayó el móvil en el agua? No puede ser. ¿Ese fue el sonido? Pero no pudo caerse de la puerta, y menos llegar al canal; el coche estaba, como poco, a un metro. No. Puede que menos. Joder, sería algún bicho. Una rana o algo de eso. No, no pudo caerse.

Trataba de autoconvencerse, pero su pulso comenzaba a ser irregular.

Salió de la cama, se vistió con lo primero que encontró y bajó al garaje.

Al mirar en el bolsillo de la manija de la puerta del coche vio que el móvil de Elena no estaba; tampoco en el suelo ni en los asientos. Entendió que el sonido que había oído al abrir la puerta solo podía ser eso.

—Joder, ¿cómo no te has dado cuenta antes? ¿Eres gilipollas o qué?

Sin pensarlo dos veces, arrancó y condujo hacia los cultivos de arroz. La luz del sol se abría paso entre las sombras del amanecer, ofreciendo una nueva paleta de colores con los que dibujar un esplendoroso horizonte verde de tallos finos y altos, rodeados de canales de agua. Sintió la falta de aire en los pulmones, como si un centenar de focos delatara su posición. Bajó la ventanilla. Al oler la tierra húmeda recordó que debía recuperar el móvil de Elena y salir de allí cuanto antes.

Se encontraba cerca del lugar donde se había deshecho del cadáver. Dos vehículos agrícolas trabajaban en la zona. Paró el coche en mitad del camino de tierra.

«No debería acercarme más, podrían identificarme. No puedo arriesgarme a que me vean. Borré el contenido del móvil. Aunque lo encuentre la Policía no tienen por qué sacar nada».

Mientras decidía qué hacer, observó los tractores desde la distancia como si fueran juguetes en miniatura.

EXPEDIENTE

Yago Reyes
Martes, 17 de septiembre de 2019

Aquel «puede que tengas razón» fue como música celestial para mis oídos.

«¿Razón? ¿La borde de mi compañera me está hablando y encima está barajando la posibilidad de que mi hipótesis sea correcta? No me lo puedo creer».

—Dime qué has visto —le pedí con cautela.

Tal vez estaba en plan irónico y no lo había pillado. Volvió a abrir la carpeta. Pasó varias páginas hasta que se detuvo en una. Con el dedo índice comenzó a buscar el texto que quería compartir conmigo.

—Mira.

Me acercó el papel, señalando un párrafo con su inmaculada uña pintada en marrón chocolate. Leí para mí: «Última localización GPS ubicada en Camí del Cebollar, Cullera. Coordenadas: 39° 08' 59,9" N, 0° 16' 45,4" W».

—Tenemos una imagen del satélite —añadió Aines, mostrándomela—. El aparato estuvo emitiendo señal todo el día hasta que se perdió en estas coordenadas, a las 2:14 horas de la madrugada del domingo. Se me ocurren dos posibilidades: una, que el asesino lo apagara adrede mientras iba de camino a donde más tarde se desharía del cuerpo de Elena o, dos, que el terminal se quedara sin batería. En cualquier caso, los compañeros acudieron a la última geolocalización para ver si encontraban allí el móvil o a Elena o a ambos, pero ya sabes que no hallaron nada. El cadáver de Elena apareció unas horas más tarde a poco más de un kilómetro de distancia de la última señal del satélite y el móvil se encontraba a pocos metros de la víctima. Ahora mismo el aparato está en manos del analista forense de móviles.

—Habrá que esperar su informe.

—Sí. Confío en que encuentre algo que nos ayude a identificar al asesino de la chica.

—¿Y no te resulta raro que el móvil terminara apareciendo tan cerca del cuerpo de la víctima? Hay que ser muy gilipollas para cargarse a alguien y tirar su móvil a pocos metros de una de las escenas del crimen, ¿no?

—¿Tirarlo? Pudo habérsele caído.

—¿Y no se dio cuenta?

—Tal vez tenía prisa para que no le vieran o estaba nervioso y no veía más allá de lo que estaba haciendo.

—Lo que está claro es que si lo tiró aposta o es gilipollas o poco le falta.

—Sí, puede ser. Lo que también creo es que era novato. Tuvo la picardía de alejar el cadáver de la escena principal, pero luego no cayó en la cuenta de que el móvil nos puede dar mucha información.

—¿Tenía novio?

—Francamente, no está claro —dijo mi compañera con disgusto—. Aquí tenemos la declaración de un tal Adrien Berguer Fabre, con el que tendremos que volver a hablar.

—¿Adrien? ¿De dónde narices es ese nombre?

—Francés.

—Oh. —Alcé las cejas sin pretenderlo—. Pues sí, tendremos que volver a charlar con ese tal Adrien, eso seguro. —Se me escapó un suspiro agotado—. En fin, vayamos a hablar con los padres de la chica. Cuanto antes lo hagamos, mejor. Por cierto, ¿hay noticias de los compañeros de la Guardia Civil?

—No. Aún no.

—*Okey*. Supongo que si encuentran algo nos lo dirán.

Bajamos del coche y nos dirigimos al portal de la casa de los padres de Elena. Aines buscó el piso y llamó al telefonillo.

—¿Sí? —preguntó la mujer con un sutil tono electrónico.

—Policía —anuncié—. Venimos a hablar con Nuria Molina y Miguel Castillo.

Tardó unos segundos en reaccionar.

—Sí. Suban, por favor —respondió con la voz temblorosa.

Tras el zumbido pertinente, accedimos al portal.

—Es un primero. Subimos andando, ¿no? —preguntó Aines, que sin darme tiempo a contestar se puso en marcha.

—Sí —respondí, siguiendo su estela.

Una vez arriba, llamé a la puerta dando un par de golpes.

—¿Otra vez? —me recriminó Aines.

—¿Otra vez, qué?

—Los golpes.

—¿Qué pasa?

—La próxima vez llamaré yo al timbre.

—Ya estás tardando.

Nos dedicamos una mirada desafiante, aunque nos olvidamos de nuestras discrepancias en el momento que la señora Molina abrió la puerta.

—¿Señora Molina? —pregunté, aunque ya intuía la respuesta.

—Sí.

—Somos los inspectores Yago Reyes y Aines Collado. Queremos hablar con ustedes. ¿Está su marido en casa?

—No. Se ha ido al gimnasio un rato, pero… ¿Saben ya algo de nuestra hija?

Mientras ella hablaba la observé: tenía la mirada ojerosa, la piel pálida, el cabello despeinado.

No quise andarme por las ramas ni darle tiempo a que pensase que traíamos buenas nuevas sobre el caso de su hija. Allí mismo, en el pasillo, me encargué de comunicarle su pérdida de la manera más suave que pude: sin pronunciar las palabras «muerta» o «cadáver», porque la mente y el alma entienden todo.

—Tenemos que darle una mala noticia —dije al tiempo que mi compañera cerraba la puerta.

—No —articuló afligida con un casi imperceptible movimiento de cabeza.

—Esta mañana se ha hallado el cuerpo de su hija.

El silencio invadió el recibidor. Su rostro quedó desencajado. Su palidez empeoró.

—¿Quiere sentarse? —le ofreció Aines cuando ya la agarraba del brazo para acompañarla hasta algún sitio donde acomodarla; terminamos en el comedor de la vivienda.

Aun reposando sus nalgas y el peso de su cuerpo en el sofá, parecía que en cualquier momento se iba a vencer hacia delante y caer de bruces contra el suelo. Esperamos unos segundos a que se repusiera de la noticia. Y de pronto sus labios emitieron una pregunta encerrada en una sola palabra:

—¿Sufrió?

En ese instante me pregunté qué es lo que les duele más a unos padres que acaban de perder a su hijo: ¿la pérdida en sí o el modo en que murió? Tal vez si a cada uno de ellos les asegurasen que su ser querido no sufrió, que no padeció dolor físico ni miedo, quizá su aflicción mermaría; tal vez aceptarían que el camino de su hijo tenía que finalizar antes que el suyo por algún motivo ajeno a su entendimiento.

Durante unos instantes vacilé qué contestar. Ni siquiera yo lo sabía, aunque por lo que nos dijo el forense el acto sexual parecía haber sido consentido.

—Lamentamos profundamente su pérdida —respondí al fin—. La investigación está en curso y estamos trabajando para determinar las circunstancias exactas de la muerte de su hija. Estamos recopilando pruebas y realizando todas las diligencias necesarias para esclarecer lo ocurrido. En cuanto tengamos datos precisos, le informaremos.

—¿Dónde está? Quiero verla.

Su voz era una triste melodía, débil y temblorosa.

—Sí, por supuesto, podrán verla en cuanto se hayan completado las diligencias forenses. Pero mientras tanto, les rogamos que tengan un poco más de paciencia. Nosotros les avisaremos en cuanto puedan ir.

—¿Saben? El día que fuimos a poner la denuncia temí acabar de este modo. Una parte de mí me decía que ya era tarde para hacer nada, aunque me quise convencer a mí misma de que ustedes podían conseguir algo, devolverme a mi niña sana y salva. Pero no, sabía que era imposible. Ella no se había escapado.

Aquella mujer hablaba con los labios de la resignación y con el foco de su mirada disperso en ninguna parte concreta del suelo. Sus ojos permanecían en una constante humedad, sin la fuerza necesaria para derramar una lágrima. No quisimos interrumpirla; ambos sabíamos que necesitaba exteriorizar su angustia y nosotros estábamos en el lugar y en el instante precisos para escucharla.

—Era muy madura para su edad, distinta a sus amigas. Tampoco se habría retrasado sin avisarnos a su padre o a mí. Me hubiera llamado. Sí, me hubiera pedido ayuda de haberla necesitado. —Hablaba cabizbaja—. Pero alguien le impidió que acudiese a mí. Alguien me la robó. Me la ha matado. La ha apartado de mí para siempre. Y ahora…, ¿qué vamos a hacer sin ella? Tal vez su padre se la ha querido llevar consigo. Al menos él la cuidará allá donde estén.

Miré a mi compañera con el ceño fruncido al escuchar esas últimas palabras.

—Su padre biológico murió unas semanas antes de que Elena cumpliese los seis años, ¿no es así, señora Molina? —dijo Aines.

—Sí —confirmó.

Sentí lástima por aquella pobre mujer. Me pareció cruel que en menos de diez años hubiera perdido a su primer marido y a su hija. ¿Acaso algunas personas están destinadas a sufrir peor suerte que otras? Tuve la impresión de que la desdicha podía clasificarse por grados, y aunque últimamente yo también saltaba de una calamidad a otra, no podía compararla con la suya. A cada uno nos duelen nuestras desgracias, estamos de acuerdo, pero ver a otras personas en una situación mucho peor que la nuestra nos abre los ojos y nos empuja a seguir adelante, a sobreponernos antes y a dejar de compadecernos de nosotros mismos.

—Señora Molina, sé que ahora está dolida, pero necesito preguntarle algo. ¿Cuántos años lleva con su actual marido? —le pregunté.

—Unos nueve.

—¿Y qué tal se llevaban Elena y él?

—Muy bien. La ha criado como si fuese su propia hija.

—Entonces, ¿el trato entre ellos era normal?

—Sí, como el de cualquier padre con una hija.

—¿Elena tenía algún novio o algún amigo que usted supiese que le gustara?

—Que yo sepa no.

—¿Sabe si había conocido a alguien en las últimas semanas?

—No. Tampoco.

—Está bien. ¿Podemos echar un vistazo a su dormitorio?

—Sí. Es la segunda puerta a la derecha, por ese pasillo —indicó alzando el brazo.

Percibí un ligero temblor.

Cruzamos el piso hasta llegar a la habitación de Elena. Estaba bastante ordenada.

—¿Qué buscas? —me preguntó Aines ya dentro.

—La verdad, no lo sé. —Ojeé unos libros que adornaban una estantería junto al armario—. Dime, ¿qué piensas tú de este caso? ¿Sospechas de alguien?

—¿De quién voy a sospechar si acabamos de empezar?

—Por lo general, los asesinos de mujeres son hombres y en más de un sesenta por ciento de los casos las víctimas conocían a su verdugo.

—¿Adónde quieres ir a parar?

—A que hasta que se demuestre su inocencia, no me fío de ningún tío que anduviese cerca de la chica, incluido el padrastro o cualquier amiguito suyo —contesté mientras seguía mirando los objetos de la estantería.

—Si tuviese un diario...

—O si los compañeros consiguiesen acceder a los mensajes de su móvil y a su galería de fotos...

—Francamente, a mí el que no me huele bien es ese tal Adrien Berguer.

—¿Por qué?

—No lo sé, supongo que por su edad. Tiene veintiséis años. Un poco mayorcito para andar con niñas de instituto, ¿no te parece? —Comentó poniendo cara de asco—. Ya has visto además que su madre no sabe nada de su existencia. Elena se lo estaba ocultando por algo.

—Hombre, pues tú lo has dicho, porque le sacaba diez años. No creo que a ninguna madre o padre le haga gracia que su hija adolescente se vea con un tío que casi le dobla la edad.

—No, a mí desde luego no me la haría. Vamos, que no la dejaría.

—¿Tenemos ahí su dirección?

—Sí.

—Pues hagámosle una visita.

—Me parece estupendo.

Regresamos al comedor para informar a la señora Molina de que debíamos marcharnos, no sin antes preguntarle por la hora a la que estimaba que regresaría su marido.

—Tal vez dentro de media hora. Una hora como mucho.

Era evidente que estaba en *shock*.

—De acuerdo, señora Molina —dijo Aines—. Nosotros ahora debemos marcharnos, pero queremos recordarle que estamos aquí para ayudarlos en todo lo que necesiten. Entendemos que están viviendo una situación abrumadora y traumática, así que, si lo desean, podemos coordinarles una cita con un psicólogo o para que puedan brindarles orientación. Tiene nuestro teléfono. Cualquier cosa, no dude en llamarnos.

—¿Prefiere que nos quedemos hasta que venga su marido? —le ofrecí al ver su estado de turbación.

—No… —dijo tras negar con la cabeza y forzar una sonrisa que no engañaba a nadie.

Aines y yo nos miramos y decidimos hacerle caso.

—De acuerdo —respondió mi compañera.

—Lo sentimos de veras. No obstante, es posible que regresemos más tarde.

La mujer me miró como si estuviese bajo los efectos de alguna droga, con la boca entreabierta y sin decir nada. Parecía tener fuerza solo para asentir con la cabeza.

—No hace falta que se levante, nos acordamos de dónde está la salida —dije.

No habló. Su cuerpo, sus ojos empezaban a reaccionar a la realidad.

Aines y yo nos marchamos de allí en silencio, siguiendo el uno los pasos del otro. Dejé que fuese mi compañera quien cerrase tirando suavemente del pomo.

UN DÍA ANTES

Domingo, 15 de septiembre de 2019

Nuria Molina los acompañó hasta la puerta.

—Si se entera de cualquier cosa, nos llama, tiene nuestro número —dijo Carlos Costea, el más curtido de los agentes.

Caminaron en silencio, sintiendo cómo la mujer los observaba marcharse. La puerta no sonó hasta después de haber descendido el primer tramo de escaleras.

—¿Siguiente visita? —preguntó su compañero Iván Trejo, intuyendo cuál sería la respuesta.

—Hablar con la amiga, Alba.

—Estupendo —respondió satisfecho.

Salieron del portal y se dirigieron al coche. Por el camino, Iván cogió su móvil y comenzó a teclear, luego se lo llevó a la oreja.

—Hola, necesito que me localices la dirección correspondiente a dos números de móvil —solicitó apremiante tras llamar a un compañero de la comisaría—. Te los acabo de mandar en un mensaje. Es urgente. Gracias.

Colgó.

—¿Dos números? —preguntó Carlos, extrañado.

—Sí, el de la chica y el de su madre.

—¿No crees que los dos coincidirán con la misma dirección?

—Se supone que sí, pero ya sabes…, por si acaso. —El compañero hizo una mueca de conformidad—. Dice que nos las mandarán en un par de minutos.

—Muy bien. Esperamos en el coche, si te parece bien —consensuó Carlos, fiel a su talante diplomático.

—Me parece lo mejor, sí —respondió Iván, despreocupado. Entraron en el vehículo y ocuparon sus habituales asientos: Carlos al volante e Iván de copiloto—. Y bien, ¿qué opinas? —se interesó al tiempo que se dejaba caer contra el respaldo—. ¿Se ha fugado de casa? ¿Se ha cruzado con algún hijo de puta? ¿Qué crees que le ha ocurrido?

El compañero suspiró. No pasaba un día sin que temiese que le sucediese algo parecido a uno de sus dos hijos.

—No lo sé, la verdad. Cuando se trata de adolescentes, siempre me gustaría que fuese la primera opción: que hayan tenido una discusión con los padres y la inmadurez los haya llevado a tomar la absurda decisión de fugarse de casa durante unas horas. Algunos se creen que asustándolos o castigándolos de esa manera van a solucionar las diferencias que tienen con sus padres. Los ven como a unos demonios que solo pretenden hacerles la vida imposible. ¿Es que no se dan cuenta de que si no les dejamos hacer todo lo que les viene en gana es porque queremos protegerlos? Sin embargo, me temo que esa posibilidad queda lejos de nuestros deseos —dijo sincero, poniendo fin, sin pretenderlo, a la conversación.

Ambos se quedaron ensimismados. Los segundos transcurrieron sin nuevas palabras, con la única distracción de sus móviles personales, que, de forma recurrente, fueron ojeando hasta recibir el ansiado mensaje.

Eran compañeros desde hacía tres años, se llevaban bien. Tenían la suficiente confianza como para no tener que justificar cada acto de «aislamiento» que pudiese surgir en medio de una investigación. Sabían respetar sus silencios, sus momentos de introspección, de reflexión, de «descanso». Su trabajo era duro, no todos los agentes tienen la capacidad de aparcar los sentimentalismos y, a la vez, no dejarse empujar por los deseos de los familiares de los desaparecidos.

Aquel prometido par de minutos se transformó en varios más.

—Ya está aquí —dijo el joven, poniendo fin a la calma.

—Tú dirás.

—Estos cada día son más *cracks* —elogió Iván, refiriéndose a sus compañeros—. Además del nombre de la calle, nos han mandado la ubicación para introducirla en el GPS.

—Somos buenos, ya lo sabes.

—Sí, sí, ya lo veo.

—Bueno, ¿y qué? ¿Una dirección o dos?

—Una.

—Era de esperar.

—Ya, sí.

Condujeron hasta la calle indicada, Hort dels Frares. En unos minutos llegaron; sin embargo, no encontraron ningún hueco donde estacionar.

—Déjalo ahí mismo —sugirió Iván—. Pero ten cuidado con los bolardos y esos bordillos que sobresalen, no vayas a cargarte el coche.

—Bájate e indícame, ¿no?

—Voy.

En el tiempo en que uno se apeó y el otro maniobró, la calle terminó embotellándose.

—¡Vamos, circulen! —vociferó Iván haciendo gestos con la mano para activar el tráfico mientras su compañero terminaba de estacionar el coche sobre la acera.

—Listo —anunció Carlos satisfecho, acercándose a Iván, que miró el vehículo encajonado entre los bolardos y con las gomas de los neumáticos traseros casi levitando.

—Te has lucido, colega. Cada día lo haces mejor, eso está claro —le dijo Iván, dándole una palmadita en la espalda—. Vamos, que cuanto antes acabemos, más pronto nos podremos ir a nuestra puñetera casa. Hoy estoy que no puedo ni con mi alma.

—Sí, se te ve cansado, aunque ya es bastante tarde —respondió su compañero tras analizar su apático rostro.

Su tez bronceada no podía disimular dos contornos oscuros bordeándole las cuencas de los ojos, señal inequívoca de su falta de descanso.

—Ayer fue sábado, ¿qué quieres? No me iba a quedar en casa como los abuelos, ¿no te parece?

—O sea, como yo.

—Eh... Tú no eres un abuelo, hombre. Solo necesitas entrenamiento.

—Tranquilo, puedes decir lo que piensas sin tapujos, sabes que me importa un pito lo que tú creas. —Rio con tono de superioridad, dándole una tosca palmada en la espalda, que lo empujó hacia delante—. Lo cierto es que con la edad me he vuelto un antifiestas.

Su compañero lo miró con gesto de pocos amigos, pero no le dijo nada.

Al llegar al portal, llamaron al telefonillo.

Les abrieron sin contestar.

—Qué pasota es la gente, joder —se quejó Iván.

Subieron en ascensor hasta el segundo piso.

No les hizo falta llamar al timbre; nada más poner un pie en el descansillo se oyó cómo alguien giraba la llave para abrirles la puerta. Bajo el umbral apareció una mujer de unos cuarenta y cinco años, morena, con el pelo corto y gafas. Su expresión reflejaba inquietud y sorpresa.

—Buenas tardes, agentes —saludó antes de darles tiempo a presentarse.

—Buenas tardes, señora. Somos agentes de la de Policía Judicial. Mi nombre es Carlos Costea, y él es mi compañero Iván Trejo. Necesitamos hacerle unas preguntas a su hija.

—¿Qué ha pasado? ¿Se ha metido en algún lío? Bueno, hablemos dentro. Pasen, pasen —solicitó azorada al tiempo que miraba a un lado y a otro del descansillo.

Temía que sus vecinos especulasen con que ella o su familia estaban metidos en alguna situación comprometida. Los policías se miraron con complicidad mientras la mujer cerraba sin hacer ruido.

«Cuando llegue a vieja, va a ser de esas que hay que echarles de comer aparte», pensó Iván.

—¿Quieren tomar algo? ¿Les sirvo un café, una cerveza…? Bueno, cerveza sin alcohol, me refiero.

—No, señora, no se preocupe.

—Bueno, entonces pasen al comedor para sentarse, allí estaremos más cómodos.

Comenzó a caminar pasillo adentro sin darles tiempo a responder. Carlos miró a su compañero alzando las cejas; Iván le devolvió el gesto de resignación.

—Díganme. ¿Qué ha pasado?

—¿Conoce a Elena Pascual Molina? —comenzó Carlos.

—Claro, es amiga de mi hija desde que eran unas crías. ¿Le ha pasado algo?

—Los padres han denunciado su desaparición. Seg...

—¡Oh! No me lo puedo creer —dijo interrumpiéndole y gesticulando de forma exagerada; parecía la típica participante de un *reality show* de relaciones sociales.

—Según nos ha contado su madre, la señora Molina, la última en verla ha sido su hija, por lo que...

—¿Mi hija? ¿Cuándo? —volvió a interrumpir con voz y actitud irritantes.

—Señora, por favor, deje hablar a mi compañero —replicó Iván perdiendo la paciencia.

—Sí, sí, claro. Cómo no.

—Decía que la única información que manejamos es que su hija fue la última en verla. Elena pasó la noche aquí, en su casa, junto con su hija, ¿es correcto?

—Pues no lo sé. Espere que la llamo. ¡Alba! ¡Alba, hija, ven al comedor, un par de señores quieren hablar contigo!

«¿Un par de señores? —repitió Iván mentalmente—. La Policía, señora, somos la Policía. Su puñetera hija va a pensar que somos unos jodidos vendedores ambulantes. "Unos señores", dice la muy payasa. Lo que hay que aguantar, joder».

Se oyeron los pasos de la chica acercándose al comedor. Su cadencia menguó en el momento en que vio los uniformes policiales; su rostro dibujó una expresión constreñida y asustada.

Los miró a ellos, luego a su madre. Caminó hacia su progenitora con sigilo, como si quisiese disimular su presencia.

—Buenas tardes. Alba, ¿no? —La muchacha asintió con un sutil movimiento de cabeza; le siguió un «sí» casi inaudible—. Venimos porque tu amiga Elena ha desaparecido y su madre ha puesto una denuncia.

—Sí. Hablé con ella cuando iban hacia la comisaría.

—¿Y no me lo has dicho? —intervino la madre, indignada.

—No pensaba que... No sé. Creía que a estas horas ya habría aparecido.

—Hija, estas cosas tienes que contármelas.

—Ya.

—Perdonen, ¿podemos seguir? —intervino Carlos.

—Sí, perdón —respondió la madre con compostura, a pesar de dedicarle una mirada de desaprobación a su hija.

—Necesitamos saber cuándo fue la última vez que la viste —le preguntó Carlos a la chica.

—Ayer por la tarde estuvimos de compras. Luego volvió a casa para arreglarse, o eso dijo. Y...

Se quedó pensativa. Miró sus manos, indecisa. Los agentes intuyeron que ocultaba algo.

—¿Y? —apremió Iván.

—Bueno, luego estuvimos aquí. Dormimos en casa.

—¿Usted no estaba? —le preguntó Carlos a la madre, continuando él con la doble entrevista.

—No, mi marido y yo nos fuimos a cenar y luego pasamos la noche en un hotel. Celebrábamos nuestro aniversario y nos apetecía hacer algo original.

«"Original" —pensó Iván—. Muchas pelis ve esta».

—¿A qué hora se fue Elena? —continuó preguntándole Carlos Costea a Alba.

—A las nueve, más o menos.

—¿A las nueve de la mañana de hoy?

—Sí.

—¿Ustedes ya se habían marchado cuando vino Elena? —preguntó Carlos, esta vez dirigiéndose a la madre de Alba.

—Sí, nosotros nos fuimos a las ocho de la tarde. Ni siquiera la vimos regresar de las compras.

—De acuerdo.

—Cuéntanos qué hicisteis.

La atención se volvió a centrar en Alba.

—Nada del otro mundo. Estuvimos aquí, bailando y viendo una peli.

—¿No salisteis? ¿No conocisteis a nadie?

—No.

—¿Estuvisteis solo vosotras dos? ¿Y todo el rato en casa?

—Sí.

—Necesitamos que nos hables de Elena. ¿Tenía algún problema en casa o en el instituto?

—No que yo sepa.

—¿Tenía algún tipo de relación con algún chico?

Se le abrieron los ojos más de la cuenta.

«Bingo», pensó Iván al verla vacilar.

—Eh...

Alba miró a su madre y luego al suelo. Habían dado con la llaga y acababan de meterle el dedo.

—Es muy importante que nos cuentes lo que sepas. Podría haberle pasado algo.

—Ya.

—Dinos entonces. ¿Salía con alguien?

—Hace unas semanas conoció a un chico. Es mayor que nosotras.

—¿Dónde lo conoció?

—No lo sé.

—¿Seguro?

—No me lo dijo.

—¿Os lo contáis todo y eso no te lo dijo? —intervino la madre, esta vez siendo de ayuda.

Negó con la cabeza.

—¿Por internet? —insistió Iván.

—No lo sé —respondió gimoteando.

Empezaba a ponerse nerviosa.

—Tranquila, solo queremos saber si ha podido fugarse con alguien; con ese chico, por ejemplo.

Volvió a negar con la cabeza.

—Has dicho que es mayor que vosotras.

—Sí.

—¿Cuánto mayor?

—Tiene veinti... No lo sé. Veinticuatro, veinticinco, veintiséis...

La madre puso cara de asombro al tiempo que a la hija se le escapaba la primera lágrima.

—¡¡Tú sales con chicos de esa edad!? —arremetió de nuevo la mujer contra su hija, perdiendo esta vez la compostura.

—Señora —intervino Carlos mientras la hija se defendía.

—No, mamá, yo no he estado con nadie tan viejo.

—Señora, atiéndame —reclamó Carlos—. Eso deberá esperar unos minutos.

Resignada, la madre miró para otro lado llenando los pulmones con una larga bocanada de aire.

—Tranquila, Alba. No pasa nada. Cuéntanos qué más sabes de ese chico. ¿Lo conoces?

—Sí. Me lo presentó el sábado por la tarde.

—¿Cuándo exactamente? —intervino Iván, que estaba tomando apuntes en su bloc de notas.

—Por la tarde, después de dar una vuelta por las tiendas.

—¿Antes de que Elena se fuera a casa?

—Sí.

—¿Y la viste después?

Tardó unos instantes en contestar.

—Sí.

«¿Qué nos ocultas, niña?», se preguntó Carlos. Se le escapó un suspiro que supo disimular enlazándolo con la siguiente pregunta:

—¿Crees que cuando salió de aquí a las nueve de la mañana pudo quedar con él?

—Es posible. No lo sé.

—¿Qué sabes de él?

—Tengo su número.

—¿Nos lo puedes facilitar, por favor?

—Sí. —Hizo un gesto con el brazo—. Tengo que ir a la habitación a por mi móvil.

—De acuerdo.

Salió del comedor como una reclusa a la que acaban de dar una paliza, con paso lento, cabizbaja y con el corazón acelerado. Trataba de ordenar su mente, de decidir qué hacer. A esas alturas ya no podía hacer otra cosa que seguir mintiéndoles a todos.

Al entrar en la habitación, el letargo se transformó en desenfreno. Vio el móvil encima de la cama y, como si fuese un yonqui que estuviese pasando el mono, se lanzó hacia él y lo desbloqueó. Su ritmo cardíaco se incrementó descontrolado. Entró en el WhatsApp a la vez que comprobaba que no viniese nadie por el pasillo. Borró la conversación que había tenido con Adrien. Volvió a mirar que no viniese nadie mientras accedía a la lista de llamadas. Borró del registro la que había mantenido con él. Bloqueó el dispositivo y abandonó la habitación. De regreso al comedor trató de imitar la misma tranquilidad con la que lo había abandonado.

Entró en el salón con la expresión de una niña que nunca ha roto un plato. Se acercó a los agentes y a su madre y, cuando los tuvo delante, desbloqueó el móvil como si no lo acabase de hacer, pausada, sin temblar. Buscó en la lista de contactos mientras los demás se fijaban en cada uno de sus movimientos.

—Aquí está —les señaló mostrándoles la pantalla.

Iván escribió el nombre y el número en su libreta.

—Ya está, gracias —dijo al terminar de anotarlo.

—Está bien —prosiguió Carlos tras exhalar un nuevo suspiro—. ¿Hay alguna cosa más que puedas contarnos? ¿Te habló de él, de qué tipo de relación tenían, de cómo se conocieron…?

—No sé gran cosa. Se veían, se enrollaban, pero no sé dónde ni nada.

—¿Qué quieres decir con que se enrollaban, que mantenían relaciones sexuales?

—No lo sé, creo que no. Me comentó algo de que tal vez lo harían… —dejó de explicarse al darse cuenta de que quizá estaba hablando demasiado—, pero no me dijo cuándo. Supuse que se refería a que lo harían en algún momento, si es que seguían saliendo; vamos, que entendí que todavía no lo habían hecho. Creo. No lo sé.

—Está bien. Si te acuerdas de algo más, de algún detalle importante que debamos conocer, llámanos. Aquí tienen nuestro teléfono —dijo Carlos entregándoles una tarjeta tanto a la madre como a la hija.

—Sí, sí, por supuesto —respondió la madre por ambas.

—Gracias por su tiempo.

—No hay de qué, solo espero que aparezca viva —espetó la madre en un arranque de sincera inoportunidad.

La hija no fue la única que se quedó cohibida.

—Sí, es lo que deseamos todos —respondió Carlos, tajante.

—Los acompaño…

—No hace falta, señora —interrumpió el agente, dejándola paralizada—. Que tengan una buena noche.

Los agentes abandonaron la vivienda con la sensación de que Elena Pascual podría haberse ido de forma voluntaria de casa.

—Voy a pedir la dirección de ese tal Adrien —indicó Iván según bajaban las escaleras.

Hasta que estuvieron en la calle no volvieron a comentar nada.

—Anda, ve dándome indicaciones para que pueda sacar el coche sin darle un golpe —le pidió Carlos con guasa.

—Claro, hombre, faltaría más.

Una vez que su compañero estuvo al volante, paró el tráfico y le dio las indicaciones oportunas. Esta vez no colapsaron la calle.

—Mientras te envían la dirección iremos a tomar un café —le comentó Carlos en cuanto Iván ocupó su asiento—. Eso sí, vayamos a una zona donde podamos aparcar sin problemas.

—Me parece estupendo. Dame un segundo, voy a mandarles un mensaje a los compañeros para que vayan haciendo su parte. —Pasados un par de minutos durante los que también telefoneó a la comisaría, dijo—: Ya está. Ahora nos la envían.

—Iremos al café-bar de siempre.

—Donde tú digas —aprobó Iván.

—¿Qué? ¿Qué opinas de la señora y de su hija?

—Joder, que habla más que un político.

—Debe de tener firme al marido —bromeó Carlos.

—Sí, seguro que está hasta las pelotas de ella. —El tono de Iván fue duro, como si se sintiera identificado—. Esa casa tiene pinta de ser un infierno. Como la hija sea igual que la madre...

—Hombre, los genes están ahí, pero..., no sé, ¿tú la has visto reaccionar? Parecía un cervatillo en una jaula de hienas.

—Sí, pobrecilla. ¿Y la cara que ha puesto la madre cuando ha dicho que la amiga se enrollaba con el maromo ese?

—Peor ha sido cuando se ha enterado de la edad.

—No me extraña —espetó Iván.

—De todas formas, la impresión que me ha dado Alba es de buena chica. Tal vez su amiga Elena sea un poco... No sé cómo definirla, ¿demasiado confiada? Pero Alba da la sensación de ser más comedida. Por las caras que ponía se veía que no estaba de acuerdo con que su amiga se estuviese viendo con ese tío, no sé si por la edad o porque directamente no le gusta.

Carlos estacionó; habían llegado al café-bar. Entraron y buscaron una mesa apartada.

—Carmen, lo de siempre, por favor —pidió Carlos haciendo una breve parada delante de la barra.

Aquella mujer era la dueña del café-bar al que solían acudir muchos miembros de la Policía de Alzira. Su corta estatura, inferior al metro y medio, la compensaba con un marcado desparpajo, confianza en sí misma y buen hacer. Tanto era así que veinte años atrás le habían traspasado un antro al que solo iban los borrachos del pueblo y ahora era uno de los más reconocidos y habituales en Alzira. Como si se tratase de la *maître* de un restaurante de etiqueta, solía encargarse de atender en persona a todo el que acudiese a su local. A veces incluso se acercaba a las mesas para cerciorarse de que los clientes tenían todo lo que necesitaban. Todos ellos eran importantes para ella, indistintamente de si llevaban placa o no.

—¿Lo de siempre para ti también? —preguntó la mujer a Iván.

—Sí —respondió este al tiempo que seguía los pasos de su compañero.

Se bebieron el café en un abrir y cerrar de ojos, el mismo

tiempo que tardaron los compañeros de la oficina en enviarles la dirección solicitada.

—Mira, ya sabemos dónde vive el chico.

—Muy bien, pues vayamos a hacerle una visita de cortesía —dijo Carlos.

FUNERAL

Martes, 17 de septiembre de 2019

Se encontraba sentada en el sofá. Tenía la mirada perdida más allá de la pantalla del televisor, que permanecía apagado frente a ella. Sobre el negro de la pantalla intuía su propio perfil desdibujado. Las lágrimas descendían a su antojo por la mejilla jugando a crear nuevos caminos. Algunas se precipitaban desde su pómulo hasta el muslo. Otras recorrían un trazo más amplio, le alcanzaban la barbilla y luego caían en la camiseta. Las había que incluso iban más allá: le resbalaban por la piel en dirección a la mandíbula y seguían un nuevo trazo por el cuello, produciéndole un cosquilleo desagradable que en un par de ocasiones cortó con el dorso de la mano. Aquel gesto fue el único movimiento que hizo después de que los policías se marchasen.

—¡Ya estoy en casa! —anunció Miguel desde la entrada. Nuria no contestó—. ¿¡Hola!? ¿¡Hay alguien!? ¿¡Muñeca!?

Apenas había luz en la vivienda; las persianas estaban bajadas.

Se asomó a cada habitación hasta llegar al comedor y encontrarse a su mujer. Parecía una muñeca de cera, pero con aspecto siniestro.

—Pequeña, ¿estás bien?—preguntó, asomándose con cautela.

Su mujer seguía sin mover una sola articulación. Parecía no escucharle. El brillo de su rostro le hizo entender lo que sucedía: habían encontrado a Elena. Sorteó el sofá hasta colocarse enfrente de ella y se acuclilló. La atención de su mujer se centró en los temerosos ojos de Miguel.

—¿Es...?

No pudo terminar la pregunta. No quería pronunciar esas palabras lapidarias, aunque temiese estar en lo cierto. Nuria agachó la cabeza.

—Han encontrado a Elena —dijo ella en un débil pero claro tono de voz. Miguel la tomó de las manos y esperó a que siguiese hablando; se había quedado sin palabras—. Ha estado la Policía en casa. La han encontrado muerta. Aún no sé qué le ha sucedido. Tampoco sé dónde la tienen, creo que me han dicho que está en el anatómico forense. Todavía no podemos verla. Estoy esperando a que llamen para que nos dejen ir. Necesito tenerla delante una vez más. Me da igual cómo esté. ¿Entiendes? Necesito verla —dijo rompiendo a llorar—, tocarle el pelo, acariciarle la mejilla...

Miguel la agarró y la estrechó contra su pecho con fuerza mientras su mujer sacaba una mínima parte del dolor que alojaba en su corazón.

—Iremos a verla, muñeca. En cuanto nos dejen, iremos a verla para despedirnos —le susurró con el mentón apoyado sobre su coronilla; la balanceaba como una madre acuna a su bebé para calmarlo.

—Nos la han robado. Nos la han robado —repitió entre lágrimas.

—Aún no puedo creerlo. Es imposible. Hasta que la vea no creeré que nos ha dejado.

Permanecieron varios minutos abrazados en silencio. Las palabras no llegan tan al alma como un abrazo.

Miguel se irguió y tomó asiento junto a su mujer mientras aún la agarraba de las manos. Ella se recostó en su regazo.

—¿Saben qué le ha pasado?

—No me han dicho nada, solo que aún no me podían dar datos. Han venido para comunicarnos que está muerta, que han empezado a investigarlo y ya.

—Siento no haber estado en casa contigo —lamentó.

—No podías saberlo.

—Tenía que haberme imaginado que podrían venir a... —Se quedó varios segundos en silencio, con los ojos mojados—. Tenía que haber estado a tu lado.

—Lo importante es que estás aquí ahora.

—Sí. Aunque eso no va a devolvérnosla.

Nuria permanecía apoyada sobre el regazo de su marido; él la peinaba con las yemas de los dedos con la intención de consolarla.

Estuvieron sin moverse del sofá durantes unos largos y silenciosos minutos. Las palabras se ahogaban en sus gargantas y el dolor de cabeza empezaba a ser insoportable, sobre todo en Nuria. Cerraba los ojos buscando un ápice de alivio, aunque fuera en una pequeña parte de su cuerpo, ya que el dolor que sentía en el resto de su ser no podía curarse con un simple analgésico.

—Tal vez debería ducharme —dijo Miguel pasado un rato—. He venido corriendo y si luego podemos ir a ver a Elena...

—Sí. Buena idea. Dúchate y vístete para cuando nos dejen ir.

—No tardo. Si llaman, avísame.

Nuria asintió. Miguel se levantó del sofá y le dio un beso en la frente antes de marcharse. La mujer cogió el móvil y se hizo un ovillo en el sofá. Entró en la galería de imágenes y empezó a ver fotografías. Necesitaba contemplar a su hija, sentirla viva, dichosa, risueña y alegre, como era ella.

Nuria Molina
Miércoles, 18 de septiembre de 2019

La tarde anterior nos avisaron de que podía llevarse a cabo el sepelio de Elena. Celebraríamos un pequeño velatorio y, al día siguiente, la enterraríamos en el nicho donde ya descansaba su padre.

Después de que Miguel se duchara, lo hice yo. Se quedó encargado del teléfono y fue durante esos minutos cuando llamaron para decirnos dónde estaba; nos autorizaron a iniciar los trámites oportunos para darle sepultura. Desde el cuarto de baño no me enteré de nada. Miguel esperó a que terminase mi ducha para ponerme al corriente. Creo que quiso concederme un lapso para que pudiera llorar y desahogarme, pero en verdad sentí que me había robado unos minutos irrecuperables para estar con mi niña, aunque tan solo fueran un par.

Nos preparamos y acudimos a la dirección que le dieron a mi marido. Mientras él conducía, pensé en comunicarle lo sucedido a mis padres y a Alba. Cuando los llamé a ellos, cogió el teléfono mi madre.

—Hola, hija. ¿Qué tal? —me contestó alegre.

A mis padres ni siquiera les habíamos dicho aún que Elena había desaparecido, no quise preocuparlos porque hice todo lo posible para convencerme a mí misma de que todo aquello se quedaría en una anécdota que contar dentro de algunos años en las reuniones familiares.

—¿Está papá?

—Sí. Aquí, a mi lado, como siempre.

—Tengo que deciros algo a los dos. —La barbilla empezó a temblarme y la garganta se me secó.

—Espera. —Noté que se apartaba el teléfono de la boca para hablar con él—: Es tu hija. Quiere decirnos algo.

—Hola. ¿Qué pasa? —preguntó mi padre.

—Te oímos los dos —señaló mi madre.

—El otro día... Estamos... Buf...

—Déjame el teléfono —me dijo Miguel, que se había echado a un lado de la carretera y había puesto los cuatro intermitentes.

Mi mano trémula le entregó el móvil. Puso el altavoz y habló:

—Hola.

—¿Miguel? ¿Qué pasa? ¿Nuria está bien? —le preguntó mi padre.

—Os llamamos porque el domingo Elena desapareció...

—¿Que desapareció? —le interrumpió mi padre mientras mi madre farfullaba algo.

—La han encontrado. Está muerta.

Y se hizo un silencio largo de esos que se hacen eternos y se te graban en la memoria.

—Pero... No... —tartamudeó mi madre.

—Es posible que... ¿No pueden haberse equivocado? —preguntó mi padre.

—No, papá. No se han equivocado —dije rompiendo a llorar.

A partir de ese momento mis oídos dejaron de oír. Miguel siguió hablando con ellos un rato y luego colgó.

—¿Estás bien, cariño? —me preguntó con ternura. Sus ojos también estaban llenos de lágrimas. Me apretó la mano.

Negué con la cabeza.

—Tus padres avisarán al resto de la familia. Luego les mandaremos los datos del tanatorio, aunque tardarán unas horas en llegar. Están de viaje.

Ni siquiera sé si le contesté.

—Debería llamar a mi madre; por mucho que quiera evitarlo, voy a tener que hacerlo de todas formas.

La verdad, apenas tengo un recuerdo desdibujado de aquel trance. Miguel habló con su madre y creo que luego yo le mandé un mensaje a Alba. Después de eso tengo lagunas. No sé adónde fuimos, con quién estuvimos hablando ni qué nos dijeron, solo que la habían asfixiado. Tan solo albergo imágenes sueltas: Elena sobre una cama metálica, bocarriba, cubierta con una sábana hasta el cuello, con los ojos hinchados y sellados por algún tipo de pegamento que se los mantenía cerrados. En su boca, la misma capa de brillo, la misma impresión: le habían pegado los labios. Sus facciones se veían tan relajadas que parecía estar dormida. Sin embargo, su tez blanquecina y sus labios amoratados me recordaban por qué estábamos allí. Al besarle la frente, el frío de su piel me volvió a dar otro argumento para hacerme consciente de lo que sucedía, para asumir que mi pequeña había abandonado este mundo.

Permanecí junto a ella todo lo que me permitieron; tan solo fueron unos minutos. Un tiempo nimio en el que apenas levanté la mirada de su rostro. Tenía la necesidad de empaparme de sus rasgos para así recordarla por más tiempo. Los de su padre se me borraron demasiado rápido.

Aquella fue la situación más dura que había vivido hasta la fecha. El frío y el olor de aquel lugar me cortaban la respiración. No vomité de puro milagro, creo que por no perder un segundo a su lado.

Contemplé la pulcritud de aquella fina sábana blanca que la envolvía desde el cuello hasta los pies. No la levanté. No quise ver las señales que pudieran haberle hecho; con saber que había muerto asfixiada tenía suficiente. Y de pronto fui consciente de que no solo estaba muerta, sino que yacía con su cuerpo desnudo, tal y como la traje al mundo. La sentí tan frágil que, de nuevo, mis ojos no pudieron contener el llanto. Y, por un instante, temí que estuviese pasando frío. Sí, la mente a veces te lleva a pensar las cosas más ridículas.

Antes de salir le di a alguien, no recuerdo si a un hombre o a una mujer, la bolsa con la ropa con la que enterraríamos a Elena, la que había preparado Miguel antes de salir de casa.

Una vez lista, la trasladaron al tanatorio de Alzira. El destino quiso que Elena ocupase la misma sala que su padre. Todavía hoy me pregunto si fue una broma macabra o un guiño de mi difunto primer marido para hacerme saber que él cuidaría de ella. Aunque, hasta el día que nos dieron la noticia de su fallecimiento, siempre pensé que ya lo hacía. Supongo que las barreras que separan el mundo de los vivos del de los muertos son más gruesas de lo que quise imaginar. Hay personas que aseguran hablar con sus seres queridos, que sienten el momento de su expiración, que advierten su presencia o su amor como una caricia aun después de haber abandonado este plano. Sin embargo, yo no sentí nada ni cuando falleció César ni cuando me arrancaron de mi lado a mi única hija. No sentí nada, no intuí que aquel iba a ser su último día a mi lado, que estaba en peligro. Solo temí por su vida cuando supe que había desaparecido. Tal vez existen personas especiales, con capacidades extrasensoriales, con la intuición desarrollada. O tal vez lo raro es ser como yo. No lo sé. Sin embargo, lo que sí creo es que esas personas que perciben a sus muertos son más felices que las que no lo consiguen, ya que ellas no los han perdido del todo, solo sienten que se han alejado, que no podrán verlos durante una temporada, pero que, antes o después, volverán a estar juntos. En mi caso, tengo que aferrarme a la fe, creer en lo que perciben otras personas y esperar a que, algún día, cuando yo también abandone este mundo, se cumpla eso que muchos aseguran: que volveré a verlos. La muerte de un ser querido duele porque crees que lo has perdido para siempre.

A la ceremonia acudieron, además de la familia, decenas de estudiantes, chicos y chicas de su curso y de otros; a la mayoría no los conocía. También asistieron varios profesores. Había tanta gente que parecía el estreno de un musical. En ese momento me hice a la idea de que mi pequeña era una chica popular, querida por cuantos la conocían. Hubo tantos rostros, tantas personas que se acercaron a darme el pésame, que me sentí turbada. Me vi inmersa en una pesadilla que no acababa nunca. Tan pronto estaba en un sitio como en otro, con unas personas como con otras, de pie, sentada, llorando o hablando como si no hubiera pasado nada. Fue surrealista.

Esa misma mañana también se presentaron allí los dos agentes que habían venido la tarde anterior a darme la fatal noticia. Lo hicieron vestidos de manera informal, como la vez anterior. Me saludaron y me dijeron que hiciese como si no estuvieran, que no dijese a nadie quiénes eran, que estarían un rato y luego se irían. Y así fue, desaparecieron igual que habían llegado, sin que me diese cuenta. Y realmente, sin necesidad de hacer grandes esfuerzos, me olvidé de ellos.

A quienes recuerdo con más claridad fue a Alba y a sus padres. Ella se acercó en cuanto tuvo oportunidad. Me abrazó sin poder decir nada. Temblaba como un animalillo asustado.

—Ya está, mi niña —le dije acariciándole el pelo—. Ya está.

—Lo siento tanto… —sollozó.

—Tú no tienes la culpa.

La miré a los ojos, pero ella no pudo mirar a los míos. Lo intentó, pero apartó la vista y la llevó al pañuelo que estrangulaba entre las manos.

—Ayer estuvo la Policía en casa —dijo con voz titubeante.

—Gracias por ayudar. Espero que encuentren pronto al malnacido que le ha hecho esto a mi pequeña.

Asintió observando aún el pañuelo.

En ese momento se acercó alguien y tuvimos que dejar la conversación.

Aunque aquella noche no pude pegar ojo, el tiempo pasó sin que me diése cuenta. Tanto fue así que de pronto me vi frente a un foso leyendo el nombre de mi difunto marido en el mármol e intuyendo cómo quedaría el nombre de nuestra hija justo debajo del suyo. Y la imaginación me llevó a sentir que me caía dentro y me ahogaba en la tierra húmeda.

Una breve oración dio paso a los operarios que llevarían a cabo la inhumación. Se movían con sigilo, como si fuesen sombras al servicio de la parca, como si con cada ser que metían bajo tierra ganasen favores. Quizá un día más en este mundo de locos.

Una vez que le dieron sepultura, de nuevo se me vino encima la desmesura de condolencias, palabras de ánimo, besos y abrazos. Y tan pronto como había llegado, la marea de personas se dispersó, hasta que Miguel y yo nos quedamos solos ante la piedra que representaba el último lugar donde reposaría el cuerpo de Elena para siempre. Parte de mi alma quedó apresada allí, con ella.

Según nos alejábamos pensé en la Policía, en la pareja de inspectores que había estado en el velatorio. Me pregunté si también habían asistido al entierro o estaban buscando en otra parte al asesino de mi hija.

SOSPECHOSO

Domingo, 15 de septiembre de 2019

Tras abandonar el café-bar de su vieja amiga Carmen, fueron a la dirección de Adrien Berguer Fabre, correspondiente a su domicilio.

Una vez más condujo Carlos mientras Iván le indicaba el camino.

Aparcaron sin problema por la zona.

—Vamos, que tengo ganas de volver a mi puñetera casa —dijo Iván, caminando desganado, como un niño pequeño que va arrastrando los pies cuando sus fuerzas están en las últimas—. Joder, se nos está haciendo hasta de noche.

—Sí, yo también quiero irme, espero que esta visita sea breve.

Carlos apretó el botón del timbre, que produjo un estruendoso y continuo pitido. Permaneció junto al telefonillo a la espera de una respuesta.

—Vamooos, hombreee... —se quejó Iván al ver que pasaban los segundos y nadie contestaba.

Su compañero volvió a llamar con más insistencia.

Nada.

—No está.

—Qué perspicaz —le dijo Iván con cara de guasa.

—Vete a la mierda, anda —respondió sin poder disimular una sonrisa—. Venga, vámonos a nuestra puñetera casa —continuó, remarcando las mismas palabras que su compañero—. Mañana será otro día, tal vez tengamos más suerte.

—Me parece estupendo. ¿Me acercas?

—Claro.

Lunes, 16 de septiembre de 2019

Carlos fue el primero en llegar a la comisaría. Café en mano, de camino a su mesa, fue dando los buenos días a cada compañero con el que se cruzaba.

—¿Ha llegado Iván? —preguntó a uno que solía estar más pendiente de lo que pasaba a su alrededor que de su trabajo.

—No lo he visto.

—*Okey*, gracias.

«Eso es que aún no ha llegado», concluyó para sí.

Se dirigió a su mesa y encendió el ordenador. Todavía no había salido el escritorio en la pantalla cuando Iván apareció por la puerta.

—Buenos días —saludó taciturno.

Carlos lo siguió con la mirada hasta que llegó a su altura.

—¿Y a ti qué te pasa?

—Nada, no me pasa nada —respondió esquivo.

—Ya, si tú lo dices...

—¿Nos vamos?

—Eh... Sí, venga.

No se molestó en apagar el ordenador. Se levantó de la silla y siguió la estela de su compañero, que ya caminaba hacia la salida.

Bajaron las escaleras hasta el coche sin dirigirse la palabra.

—¿Me vas a contar qué te pasa? —se interesó Carlos cuando ya se disponía a arrancar.

—Nada, que ayer discutí con Raquel.

—Bueno, seguro que se os pasa a lo largo del día.

—No sé yo. Dice que está hasta los ovarios de que llegue tan tarde a casa. Y por un lado tiene razón, pero ¿qué puedo hacer? Cuando empezamos a salir, ambos sabíamos el trabajo que tengo. Los horarios no son precisamente algo que pueda manejar como me dé la gana. —Carlos aguardó a que siguiese hablando, intuyendo que lo haría—. Queremos tener un niño, ¿sabes? Y no sé. —Bajó la mirada, pensativo—. Me apetece. Realmente me apetece mucho, pero nuestros horarios... No puedo dejar que Raquel se encargue de todo. No es justo para ninguno de los dos. Es lo que hemos hablado varias veces de la igualdad. No quiero ser un padre como el mío, al que no veía el pelo ni en fotografía. ¿Entiendes? Me apetece disfrutar de nuestro hijo tanto como ella. Por eso estoy planteándome solicitar un puesto fijo en la oficina. Al menos sabemos que ellos respetan los turnos más que nosotros.

—Te entiendo. —Suspiró con discreción—. Medítalo con calma. Que te adjudiquen un puesto de oficina no quiere decir que tengas que quedarte ahí para siempre. Igual que ahora puedes pedir esa plaza, más adelante, cuando crezca la criatura, si te apetece podrás volver a solicitar un cambio. Pero, bueno, si hoy acabamos pronto, nos iremos a casa, sea la hora que sea, que ya está bien de hacer el capullo.

—Sí, sería un puntazo —dijo abstraído.

Los escasos minutos que restaban de camino lo hicieron en

silencio, meditando sobre lo que un cambio de puesto supondría para cada uno de ellos.

—Vamos —le animó Carlos tras aparcar—. A ver si hoy tenemos suerte.

—Sí, vamos.

Iván se apeó del coche y cerró de un portazo. Llamaron al telefonillo esperando que esta vez Adrien estuviese en casa. Unos segundos más tarde, la voz de un hombre contestó.

—¿Sí? —respondió enérgico.

—¿Adrien Berguer Fabre?

—Sí, soy yo. ¿Quién es? —dijo como si fuese una serpiente, con acento francés.

Su ímpetu del principio se convirtió en desconfianza.

—Somos de la Policía Judicial. Nos gustaría hablar con usted acerca de la desaparición de Elena Pascual Molina.

No contestó. Tras un par de segundos apretó el interruptor, permitiendo que los agentes accediesen al interior del portal.

Tomaron el ascensor y subieron a la tercera planta. Al llegar se encontraron la puerta ligeramente abierta.

—¿Hola? —saludó Carlos al tiempo que apoyaba la mano sobre la puerta y la empujaba con suavidad. Ante ellos se perfilaba un pasillo vacío y carente de luz; a juzgar por el sol que hacía fuera, debía tener las persianas bajadas—. ¿Adrien? —preguntó asomando la cabeza. No obtuvo respuesta. Miró a su compañero arrugando el ceño; este le devolvió la expresión de desconfianza—. ¿¡Hola!? ¿¡Adrien Berguer!? —insistió, esta vez elevando el tono.

—Cuidado —susurró Iván y se llevó la mano a la funda de su H&K compact.

Tomó el arma.

—¿Adónde vas con eso? ¿Estás mal de la cabeza? —le reprendió Carlos en un susurro gritado.

—¿Y si está armado qué?

—Guarda eso —dijo en el mismo tono de reprimenda, con la porra ya en la mano.

A regañadientes, Iván cambió el arma de fuego por la porra y se dispusieron a entrar en la vivienda, uno a la zaga del otro, enfilando el pasillo para examinar cada habitación. Carlos le hizo un gesto para que avanzasen a la vez, distribuyendo la vivienda en dos partes: él comprobaría el área izquierda e Iván, la derecha.

Con la porra en posición de ataque, Iván accedió a la primera estancia: el salón. Estaba vacío. El estor le hizo ahorrarse las sospechas de que pudiera estar escondido detrás de las cortinas. No tuvo tiempo de fijarse en nada más.

Deshizo sus pasos hasta regresar al pasillo.

—¡Policía! ¡Salga con las manos en alto! —gritó Iván mientras Carlos entraba en la siguiente estancia: la cocina.

Carlos salió de allí negando con la cabeza, volviendo a centrar su atención en el resto de la vivienda que les faltaba por reconocer. Con cautela, accedió a otra habitación. Correspondía a un dormitorio pequeño cuya única decoración era un armario empotrado y una mesa con un ordenador encima. Ni rastro del cada vez más sospechoso. Al salir volvió a hacer un gesto a su compañero para confirmarle que el cuarto estaba vacío.

Iván le pidió que se encargase del dormitorio situado enfrente mientras él revisaba la última habitación que se abría a la derecha.

—¡Vacío! —gritó Carlos desde el cuarto de baño.

A través de su voz se podía percibir desasosiego: de estar Adrien en la casa, solo le quedaba un sitio donde esconderse y el silencio de su compañero no presagiaba nada bueno.

—¿Dónde coño estás, hijo de puta? —susurró Iván entre

dientes, con las mandíbulas apretadas. Despacio y sigiloso, entró en el último cuarto. Sus extremidades se mantenían tensas. Echó una rápida ojeada a la habitación. Debajo de la cama. Dentro del armario—. ¡Está vacío! —confirmó a su compañero, que ya le guardaba las espaldas desde el umbral de la puerta.

—¿Se ha largado? No me lo puedo creer —farfulló Carlos de cara a la puerta principal. Tan solo un cruce de miradas fue suficiente para que notara la tensión en el rostro de su compañero, que tenía los dedos pálidos de lo fuerte que agarraba la porra—. Ha podido subir al ático.

—Sí, o bajar por las escaleras mientras nosotros subíamos en el ascensor.

—O tal vez esté escondido esperando a que nos vayamos —dijo Carlos.

Iván corrió hacia la ventana para ver si lo veía huyendo por la calle. Subió la persiana dándole un tirón a la correa. No vio a nadie. Carlos se dirigió a la puerta principal. Con cuidado asomó la cabeza. Miró a un lado y a otro del rellano. Un ruido en las escaleras llamó su atención. Venía de la planta de abajo.

—Es él —susurró Iván, que, sin que Carlos se hubiera dado cuenta, se había situado a su espalda.

Iván atravesó el descansillo hacia las escaleras sin hacer ruido; Carlos se aproximó a la barandilla.

—¡Deténgase! —chilló Carlos, descubriendo la posición de su compañero, que comenzaba a descender las escaleras con el mismo sigilo que su perseguido.

El muchacho se quedó paralizado unos instantes. Vacilante. Su instinto le gritaba que permaneciese quieto, que no tentase a la suerte. Sin embargo, el miedo le hizo descender un par de escalones más sin perder de vista al agente de la ley, como un niño al que regañas para que no toque un enchufe y, a pesar de que lo estás mirando y él a ti, vuelve a acercar la mano con la intención de hacerlo otra vez.

—¡Policía! ¡Alto, he dicho! —ordenó de nuevo Carlos, que observaba los movimientos de Iván calculando si llegaría a alcanzarle antes de que al sospechoso se le pudiera ocurrir la feliz idea de salir corriendo.

En ese instante, Iván comenzó a correr escaleras abajo. Ante el ruido y el miedo a ser apresado, Adrien reanudó la huida a toda velocidad, ignorando las órdenes del agente.

—Me cago en sus muertos —maldijo Carlos entre dientes al tiempo que bajaba las escaleras detrás de su compañero y del sospechoso.

—¡Alto! —gritó Iván, que ya lo tenía a escasos metros. Los recodos de los distintos tramos de escaleras habían dejado de ser un obstáculo: podía verle la espalda—. ¡Alto! —Adrien siguió unos metros más—. ¡Alto, he dicho!

Iván, que seguía con la porra en la mano, dio un golpe en la barandilla y generó un ruido atronador. El estruendo hizo que Adrien frenara de golpe, tal vez pensando que podrían terminar disparándole por la espalda.

—¡Dese la vuelta! —le ordenó Iván, manteniéndose en guardia—. ¡Despacio! ¡Las manos en la cabeza!

Su compañero los alcanzó unos segundos después.

—¿Se puede saber adónde coño ibas? —le preguntó Carlos sofocado, con el pulso acelerado.

Iván guardó la porra y pasó a cachear al sospechoso.

—No... No lo sé —confesó Adrien acobardado.

Permanecía inmóvil, con los dedos de las manos entrelazados, apoyados en su nuca, y la mirada fija en el suelo.

—No lleva armas —informó Iván al tiempo que le hacía bajar los brazos.

—Chaval, estás metido en un buen lío —dijo Carlos sin confiar en que podía guardar ya la porra.

—Yo no he hecho nada.

—¿Y por qué huías?

—No has hecho nada, ¿no? Entonces, ¿estás sordo o es que no entiendes el castellano? —le vaciló Iván sin darle tiempo a contestar—. ¿Qué hacemos? ¿Le llevamos a comisaría o hablamos largo y tendido aquí, en su casita, lejos de los ojos de los demás compañeros?

—Yo no he hecho nada —repitió el francés.

—Ya te hemos oído, chaval, no hace falta que seas un puto loro —replicó Iván.

—Llevémosle arriba —zanjó Carlos.

—Gran idea —dijo Iván cogiendo a Adrien del brazo y sonriéndole con cara de tarado.

Lo condujo escaleras arriba. Una vez dentro del piso, le hicieron sentarse en una silla de la cocina.

—¿Puedes encender la luz? Aquí no hay quien vea una mierda —solicitó Iván a su compañero mientras cogía otra silla y se sentaba a horcajadas frente al francés, con los brazos apoyados sobre el respaldo—. Bueno, ¿qué? ¿Adónde ibas con tanta prisa, campeón?

—A ninguna parte.

—Joder, pues con la velocidad que llevabas cualquiera lo diría.

—¿Sabes por qué estamos aquí? —preguntó Carlos.

—No, no lo sé.

—Entonces, ¿por qué querías escaparte?

—No lo sé, me ha entrado miedo.

—Tío —intervino Iván—, cuando uno no tiene nada que ocultar el miedo no existe; así que está claro, ¿no? ¿Qué ocultas?

—Nada, se lo prometo. Pueden registrar mi piso si lo desean.

—No, ahora no —dijo Carlos—. Tal vez más tarde. Ahora necesitamos que nos hables de Elena Pascual Molina. La conoces, ¿no?

—¿Elena? —repitió con cara de extrañeza.

—Sí, tío, deja de hacerte el tonto —aseveró Iván, poniéndose nervioso—, sabes perfectamente de quién te estamos hablando.

—Ah, sí, Elena. Sí, la conocí hace unas semanas.

—¿Sabes dónde está? —continuó Carlos.

—No, no la veo desde hace unos días.

—¿Unos días? ¿Estás seguro?

—Sí, creo que sí.

—¿Dónde la conociste?

—En un bar.

—¿En un bar?

—Sí, eso he dicho.

—Tranquilo, no te nos pongas gallito. En un bar —dijo Iván anotándolo en su libreta.

—¿Cuántos años tienes, grandullón? —requirió Carlos.

—Acabo de cumplir veintiséis.

—¿No crees que estás algo crecidito como para quedar con chiquillas de instituto?

—No sabía que... —dejó la frase a medias, parecía no saber qué contestar.

—¿Qué? ¿Que va al instituto, que es menor, que lleva desaparecida desde el domingo por la mañana?

—No, no lo sabía.

—¿Nada de nada?

—No.

—Oh —espetó Iván, dedicándole una mirada de incredulidad. Volvió a anotar en su cuaderno y añadió—: A ver, chaval, necesitamos que hagas memoria, porque te adelantaré algo: la amiga de Elena, Alba, la conoces, ¿verdad?, nos ha dicho que el sábado por la tarde estuvisteis juntos. Así que el cuento ese de que no la ves desde hace días no te lo crees ni tú.

—¿El sábado? Ah, sí... El sábado estaban de compras. Y Elena me mandó un mensaje para decirme que quería presentarme a su amiga.

—¿La conociste ese día? —preguntó Carlos, tomando el relevo a su compañero.

—Sí.

—Muy bien. Y ahora que vas recuperando la memoria, dime, ¿desde cuándo os conocéis Elena y tú?

—Pues..., no sé. No hace ni un mes.

—¿Has tenido relaciones sexuales con ella?

—No —respondió rápido y tajante.

—No será por falta de ganas, ¿me equivoco? —cuestionó Iván.

—No sé por qué dice eso. Solo somos amigos.

—¿Amigos? —intervino Carlos—. ¿No tienes a gente de tu edad con la que estar? No me lo creo. Lo que pienso es que vas con crías porque te las quieres beneficiar y pruebas primero con una y luego con otra hasta que lo consigues o hasta que te cansas porque no te dan lo que quieres. ¿Tengo razón?

—No. No tienen ni idea. Elena me gusta de verdad, no hemos hecho nada. Estoy esperando a que ella esté preparada y quiera dar ese paso.

—¿O sea que admites que quieres acostarte con ella?

—Os lleváis más de diez años —intervino Iván con inquietud.

—Eso no tiene nada que ver. Antiguamente entre las parejas había mucha diferencia de edad y no pasaba nada.

—Sí, y algunos árabes todavía siguen casándose con niñas

que no han tenido ni su primera menstruación. Que lo hagan algunos degenerados en ciertos países no quiere decir que sea correcto ni natural —explicó Iván.

—Chaval, estamos en el siglo XXI —continuó Carlos, dirigiéndose a Adrien—. Ahora no es tan fácil que un viejo como tú se líe con una menor sin que haya consecuencias.

—En fin, al margen de que la última vez que la viste fue el sábado por la tarde —prosiguió Iván—, ¿desde entonces has vuelto a saber algo de ella? ¿Algún mensaje? ¿Alguna llamada? —El chico fue negando con la cabeza—. ¡Habla, coño! —replicó, dándole un grito.

—¡Que no, que no la he visto! ¡No sé nada de ella!

—Eh, cuidadito con el tono, que no estás hablando con tu primo —le advirtió Iván.

—¿No os visteis el domingo después de que ella saliera de casa de su amiga Alba? —preguntó Carlos.

—¿El domingo? No. Íbamos a quedar el sábado por la noche, pero me mandó un mensaje diciéndome que le dolía la cabeza. Desde el sábado por la tarde no sé nada de ella. Yo también estoy preocupado, ¿saben? Le he mandado un par de mensajes para ver qué tal estaba, pero no me ha contestado. Al principio pensé que estaba pasando de mí, pero ahora que dicen que ha desaparecido…, no sé. No creo que sea una chica que se esfuma sin decir nada.

—O sea, que primero no la conocías y ahora dices que estás preocupado, qué curioso.

—¿Nos puedes enseñar esos mensajes? —solicitó Carlos.

—Son personales.

—¿Prefieres que te requisemos el móvil?

—Eso no pueden hacerlo sin una orden judicial.

—Qué listo nos ha salido el colega. Se nota que ve la tele, ¿eh? —repuso Iván.

—¿Y dónde ha quedado eso que nos dijiste antes de que podíamos registrar tu piso? ¿Querías ganarte nuestra confianza o qué?

—No tengo nada que ocultar, pero no quiero mostrarles mi móvil, forma parte de mi intimidad.

—¿Más que el cajón donde guardas los gayumbos y los juguetitos guarros que usáis los de tu generación? —le preguntó Carlos retórico; sabía que no obtendría ninguna respuesta.

Iván resolló clavando la mirada en el rostro de Adrien, meditando qué hacer con él. El chico no levantaba la vista del suelo, permanecía en silencio, rezando para que se fuesen de una vez.

—¿Y por qué no hablan con su amiga Alba? A lo mejor ella sabe algo. Elena me dijo que iría a verla. Sé que habían estado planificando pasar la noche juntas.

Carlos e Iván se miraron.

—Está bien —dijo Carlos suspirando—. Por el momento es todo. Más te vale estar localizable. Y si te enteras de algo o si tu amiga Elena se pone en contacto contigo, nos llamas.

—Claro. Yo soy el primero que quiero que aparezca.

Iván se levantó de la silla y siguió los pasos de su compañero, que ya se dirigía hacia la puerta.

—Esto empieza a olerme mal —dijo Iván mientras bajaban las escaleras.

LOS HILOS DE LA AMISTAD

Martes, 4 de junio de 2019

Se acercaban los exámenes finales. Aquella tarde, Alba y Elena habían quedado para estudiar juntas y preparar el de Literatura. Tenían la casa para ellas solas; los padres de Alba llegarían a última hora.

—Podríamos hacer un descanso, ¿no? —sugirió Elena a su amiga estirándose y bostezando.

—Sí, no estaría mal. ¿Quieres un café o un zumo?

—Déjate de zumitos y cafés, eso es para pijos y viejales. ¿Y si nos tomamos un cubata o una cerveza?

Alba rio desconcertada.

—Pero ¿qué dices, tía? ¿Ahora qué te ha dado?

—No sé —respondió con tono meloso, acercándose a ella—, tal vez si nos tomásemos un poquito de alcohol nos lo pasaríamos mejor, ¿no te parece?

—Venga, si ya casi hemos terminado.

—Por eso lo digo. Ya que casi hemos acabado, podemos… No sé, jugar, pasárnoslo bien. Celebrarlo.

Su voz había adquirido un matiz totalmente desenfrenado, algo que a su amiga Alba le gustaba tanto como le incomodaba.

—Últimamente estás muy rarita.

Elena se carcajeó sin tapujos.

—Lo que tengo son ganas de follar. De saber lo que se siente cuando alguien que no eres tú misma te toca, te da placer y se excita con tu cuerpo. —Alba la miró sin decir nada—. Dios, solo de pensarlo... Tía, soy de las pocas que sigue virgen. Es patético.

—¿De las pocas? No, no es tan raro. Y si lo estás es porque tú has querido.

—Ya lo sé. Si hubiera querido hasta me podría haber tirado a tu padre. —Alba se quedó boquiabierta, sin saber qué decir—. No me mires así, mujer, no es para tanto. A ver si ahora solo veo yo las señales.

—¿Señales? ¿Señales de qué, tía?

—Pues eso, señales. Tu padre es un descarado. Aunque ahora te hagas la tonta, seguro que te has fijado.

—¿En qué?

—Pues en que hay hombres de la edad de nuestros padres que nos desnudan con la mirada. Estoy segura de que al llegar a casa se van al baño a cascársela pensando en nosotras. Somos el centro de sus fantasías. ¿Acaso tú no lo crees?

—Pues..., no. No lo sé. Supongo que a alguno le pasará, pero..., joder, creo que estás exagerando mucho.

—Alba, hija, ¿tú no viste el otro día cómo te miraba el señor ese de la tienda de ropa?

—Nos miraba porque estabas montando mucho escándalo.

—No, Alba, no. Te miraba a ti. ¿Y qué quieres? Es ley de vida. Cualquier hombre siempre querrá estar con una mujer más joven que él, más delgada, más divertida. En su subconsciente está grabado que somos mejor partido; sin problemas de fertilidad ni arrugas, somos más vitales, tenemos más energía para darles lo que desean. Además, nuestra vagina está más prieta y eso les pone.

—¿Ahora eres una experta?

—Solo hay que observarlos.

—¿Ah, sí? ¿Y qué se supone que desean? —le preguntó Alba con recelo.

—Sexo. Sexo de todas las clases, en todas las posturas. Vamos, todo lo que se te pase por la mente.

—Ahí creo que te equivocas. El otro día leí un artículo que decía que es a partir de los treinta cuando la mujer más disfruta del sexo.

—¿Qué me estás contando? Yo te estoy hablando de los hombres, no de nosotras. A ellos cuando más les molamos es ahora, con nuestra edad.

—Creo que estás mal de la cabeza.

—No. Para nada.

—Pues como tengas razón no sé qué haremos cuando tengamos treinta o cuarenta.

—Pues nada, estar amargadas como tu madre —espetó Elena—. Por eso deberíamos disfrutar ahora.

Alba agachó la cabeza, pensativa. Jamás había juzgado que su madre estuviera amargada. Al contrario. La veía bien, en un matrimonio feliz. Sus padres hablaban de todo, se reían juntos, viajaban, se contaban cualquier cosa que les pasara a lo largo del día, incluso se hacían carantoñas estando ella delante, cosa que a veces la hacía sentir incómoda. Si su madre no era feliz, ¿quién podría serlo?

—Mis padres se llevan bien —dijo Alba—. A veces parecen críos de instituto. Hasta se meten mano conmigo cerca. Me ponen de los nervios.

—Pues yo siempre veo sola a tu madre y, además, con cara de seta. Eso no es de ser una mujer feliz.

—¿Acaso tu madre siempre se está riendo o tiene una sonrisa en la cara?

—No, Alba. Mi madre no está majara. ¿Cómo va a pasarse todo el día riéndose? Ni que fuera fumada. Además, no me entiendes. Lo que digo es que no son felices de verdad. Una cosa es lo que nos hacen creer y otra lo que pasa realmente.

—O sea que crees que mi madre está amargada y que no está bien con mi padre.

—No lo creo, lo sé. Si no, tu padre no me echaría esas miraditas.

—Y, según tú, ¿a tu madre no le pasa lo mismo? ¿Acaso tú madre está bien con tu padre?

—No sé yo qué decirte. Se llevan bien y creo que hacen sus cosas, se divierten y eso, pero ¿qué quieres que te diga? Estoy convencida de que tanto tu padre como el mío, cuando se calzan a nuestras madres, están pensando en otras tías, en cualquiera de nosotras, por ejemplo.

—Estás mal de la olla.

—Que no, que les pasa a todos. Hazme caso.

—Si vas insinuándote como si fueras una guarra, no me extraña que los tíos piensen cosas que no deben.

—¿Yo? Yo no tengo que insinuarme para poner a nadie cachondo. Además, no creo que tenga nada que ver.

—Pues sí. Y no quería sacar el tema, pero ya que insistes te lo digo. El otro día vi cómo hablabas con mi padre. No te dije nada porque…, bueno, no sé, pensé que se te había ido la pinza, pero no quiero que vuelvas a hacerlo, me incomodaste mucho, parecías una perra en celo.

—Ah, o sea que te diste cuenta.

—Pues claro.

—¿Te estás poniendo celosa?

—¿Tú eres tonta? No, no me estoy poniendo celosa, solo te digo que no vuelvas a insinuarte así a mi padre.

—Venga, tía, no te lo tomes a la tremenda, solo estábamos hablando —dijo riéndose.

—En serio, Elena, a mi padre no te acerques. Además, no puedes ir así por la vida. Podrías meterte en un lío.

—¿Ah, sí?

—Sí. Últimamente te he visto hacérselo a más de uno. Y no iba a decirte nada, pero ya que estamos sacando el tema...

—¿Y a quién me has visto hacérselo, si puede saberse?

—A varios profesores. Al de Historia y al de Educación Física. Pensé que lo hacías porque querías que te subieran la nota, pero ahora empiezo a dudar.

—Sabes que no necesito que me inflen las notas...

—Ya, bueno, pues entonces no lo entiendo. Aun así, deberías tener cuidado. Te puede ver alguien y pensar que eres una fresca. Sabes que la gente es muy chismosa. Les encanta hablar de los demás, sobre todo para criticar y poner a parir.

—Eres demasiado exagerada. ¿Qué hay de malo en tontear con los tíos? ¿O insinuarse? Yo no tengo la culpa de que estén más salidos que el pico de una mesa.

—Pero si eres tú la que les va detrás.

—¡Bah! Solo me divierto.

—Pues parece que quieres liarte con ellos.

—Bueno, con alguno no me importaría..., ya sabes.

—Joder. En serio, espero que te eches novio pronto, así te relajarás un poquito y se te quitarán esas estupideces de la cabeza.

—Hablas como si fueras mi abuela.

—No. Tu abuela te hubiera dado un par de hostias.

Elena rio a carcajadas.

—¿Nunca has pensado en hacerlo con un negro? Tienen fama de tenerla muy grande. —A Alba se le pusieron los ojos como platos—. En serio, no me mires así, tiene que ser divertido. En algún momento de mi vida quiero probarlo. Y quién sabe, si me gusta, lo mismo me echo un novio mulato o negro. ¿Eh? ¿Tú qué opinas? Algunos están muy buenos.

—No sé qué decirte, la verdad. A veces es como si no te conociera de nada. Solo espero que respetes lo que te he pedido.

—En serio, eres muy exagerada —dijo arrimándose a su amiga.

—No, tía. No me gusta que...

—Ya, ya, ya, ya... —replicó sonriente, elevando el tono para solapar la voz de su amiga—. ¿Ya?

Alba puso cara de guasa.

—Bueno, solo digo que tal vez necesites hacerlo con alguien. Vas de estrecha por la vida y en realidad solo eres una perra salida —dijo Alba recreándose en las últimas palabras y sonriendo—. Tienes que hacer algo y pronto, porque sabes que yo no estoy aquí para aguantar tus calentones, bonita —zanjó, tratando en vano de mostrarle su rostro más serio.

—¿Te estás ofreciendo? —le preguntó Elena, acercándose a Alba con gesto lascivo.

—¿Quién, yo?

—¿Por qué no? —dijo aproximándose aún más. Alba la sonrió siguiéndole el juego—. A ti ya te han desvirgado, guarra. Podrías enseñarme algunas cosillas.

—Eso quisieras tú —respondió en tono meloso.

Elena la miró fijamente a los ojos dibujando un gesto libidinoso. Con la lengua humedeció su labio inferior. Alba permaneció inmóvil, expectante, seducida al mismo tiempo por los movimientos y el descaro de su amiga. Hasta que al fin cruzaron el umbral de la amistad y sucumbieron al deseo, al morbo ingenuo. Lo que para una era algo más, para la otra era tan solo una nueva experiencia. Sin pretenderlo, convirtieron la inocencia de su cariño en un juego de mayores pretensiones. Unieron sus bocas, mezclaron sus lenguas, saborearon los alientos que hasta hacía escasos minutos discutían ingrávidos sobre literatura. A cada beso convertían sus palabras en un nuevo gemido y daban un paso más hacia el desenfreno.

Para Elena fue su primera experiencia sexual; para Alba, la primera con una mujer, con su mejor amiga.

—No se lo diremos a nadie, ¿vale? —propuso Elena mientras se vestía—. No me apetece que me pongan la etiqueta de bollera.

Alba la observó defraudada. Se sentía utilizada. Sucia. Tenía ante ella a una Elena totalmente distinta a la que creía conocer. Desde hacía tiempo pensaba que su rechazo a los chicos que querían salir con ella se debía a que en realidad no le gustaban los hombres, y que la conversación previa había sido una excusa para acercarse a ella. Nada más lejos de la realidad.

LA VERDAD

Yago Reyes
Martes, 17 de septiembre de 2019

Teníamos las pistas contadas: una autopsia que desvelaba supuestas relaciones sexuales consentidas y muerte por asfixia, sin otras vejaciones aparte del asesinato, que, por suerte para la víctima, parecía haber sido rápido. Únicamente contábamos con un círculo de familiares y amigos bastante reducido: madre, padre, amiga y el supuesto novio. No sabíamos si existía algún otro individuo, pero por el momento no teníamos conocimiento de él; el agricultor que encontró el cadáver, desde luego, no parecía estar en el ajo. En fin, que acabábamos de hacernos con el expediente de la desaparición y debíamos estudiarlo a conciencia, cuanto más rápido, mejor.

Quizá lo óptimo hubiera sido que nos fuésemos a casa, a descansar y descongestionar la cabeza, pero sabíamos que cada hora transcurrida jugaba en nuestra contra y la probabilidad de encontrar al asesino de Elena disminuía. Aquella noche terminamos dirigiéndonos al domicilio de Adrien Berguer por una corazonada de mi compañera. Fuese o no el culpable, lo que estaba claro es que por algún sitio teníamos que empezar.

Al llegar, Aines llamó al telefonillo. Esperamos unos segundos, pero no contestó nadie.

—Qué raro que a estas horas no esté en casa —reflexionó.

—¿Qué hora es?

—Cerca de las nueve.

—Bueno, la gente no siempre está en sus casas. Tal vez haya salido con algún amigo a cenar —comenté.

—¿Qué propones? Podríamos llamarle por teléfono.

—Yo sugiero ir a la comisaría, estudiar los informes y ver si hay alguna novedad respecto al descifrado del móvil de Elena, y luego creo que lo más sensato para nuestra salud física y mental es irnos a descansar. Tengo la cabeza como un bombo.

—Si en la comisaría tuvieran algo nos habrían llamado. Y no sé si me has oído, pero son las nueve de la noche.

—Tú has sido la que ha propuesto llamarle —le recriminé.

—Sí, pero he cambiado de opinión.

—¿Entonces?

—Vayamos a comisaría un momento y cerramos por hoy.

—Estupendo —dije agotado y con cara de pocos amigos.

Aines hizo un gesto exasperada, dio media vuelta y se dirigió hacia el coche. Me limité a seguirla.

Esta vez era ella quien conducía. El camino hasta la comisaría volvió a ser, como de costumbre, ridículamente silencioso. ¿A lo mejor necesitaba concentrarse para conducir? No, no lo creo. Sin embargo, era evidente que tenía algún problema conmigo. No obstante, tenía claro que ese no era el momento de preguntarle si le pasaba algo. Demasiadas cosas tenía ya de las que ocuparme.

Durante el trayecto sepulcral me dio tiempo a poner en orden, en mi mente, la sucesión de acontecimientos: quedó con su amiga Alba por la tarde. Luego, ambas se vieron con el amigo de Elena, el tal Adrien, que, según el informe de nuestros compañeros, confirmaba que el encuentro había tenido lugar la tarde del sábado. La última en verla fue Alba, con la que quedó para pasar la noche. Elena se fue de su casa a las nueve de la mañana del domingo. Sin embargo, los datos que teníamos del móvil indicaban que la última vez que se conectó a Facebook fue a las 21:43 horas del sábado y la última señal de localización GPS era de la madrugada del domingo, a las 2:14 horas. Los compañeros lo encontraron apagado en la localidad de Cullera, más o menos a media hora de distancia de su casa en Alzira. Aún desconocíamos la relación de llamadas, mensajes y datos que podría arrojar el análisis forense del móvil.

«¿Qué más? —reflexioné. Durante unos instantes observé a mi compañera, que también parecía ir pensando en el caso—. De su lista de amistades y familiares más cercanos, ¿quiénes fueron los últimos en verla? La madre se encontraba trabajando, con lo cual tiene coartada. El padre estaba en casa, aunque asegura no saber de ella desde que se fue con su amiga a dar una vuelta, sobre las 17:30 horas del sábado, si no recuerdo mal. Por su parte, Adrien afirma no haberla vuelto a ver desde esa misma tarde, la del sábado. Eso nos deja a su amiga Alba como la última persona allegada que la vio con vida. Joder, no sé qué pensar. ¿Qué motivos podría tener cada uno para acabar con la vida de Elena?».

Saqué el cuaderno y lo abrí por una hoja en blanco. «Veamos». Comencé a anotar:

Posibles motivos:

Alba → ¿Envidia? ¿Celos?

Dejé un espacio en blanco por si se me ocurría alguna otra razón.

El padrastro

Permanecí unos instantes pensando.

¿Celos por no tener toda la atención de Nuria solo para él? ¿Resentimiento? ¿Algún trastorno mental?

Adrien → ¿Miedo por haber mantenido relaciones sexuales con una menor? ¿Estrés por si alguien se enteraba? ¿Algún tipo de chantaje económico o psicológico? ¿Discutieron hasta que la situación se le fue de las manos y la mató?

Reflexioné mientras el boli reposaba aún sobre el punto con el que había cerrado la interrogación. Estaba desubicado. La autopsia desvelaba que mantuvo relaciones, pero que no fueron forzadas. Pudo mantenerlas con él. Pero ¿en qué lugar dejaba eso a Adrien? Si fueron consentidas no tenía nada que temer. Aunque si sabía que Elena tenía quince años sí había motivos para que estuviera acojonado. ¿Acaso ella lo amenazó con denunciarlo? Joder, tampoco le veía sentido; se suponía que tenían una relación. A no ser que discutiesen... Cuando los compañeros le entrevistaron, él dijo que no la había visto en todo el día. Luego se retractó después de que le contaron que habían hablado con Alba y confesó que él y Alba se habían conocido esa tarde.

Por otro lado, según las declaraciones de la madre, su hija

no tenía ningún motivo para marcharse de casa. No habían discutido. Se llevaban bien. Era estudiosa, responsable. Su comportamiento era normal. Disfrutaba de las vacaciones de verano como cualquier chavala de su edad. En consecuencia, quedaba descartado, por el momento, un posible problema en el instituto.

¿Tomaba drogas? La lógica decía que no, al menos, no de forma habitual, ya que de lo contrario aquello habría salido en la autopsia y los padres, en teoría, habrían notado algún comportamiento extraño en ella.

¿La estaban acosando?

¿Y qué sabían los padres de su relación con Adrien?

Lo apunté en el cuaderno:

Preguntar a Nuria y a Miguel por Adrien.

Aun así, podíamos ir trazando un perfil del asesino. Volví a centrarme en mi bloc de notas. Apunté:

Perfil: hombre de edad comprendida entre los veinte y los cincuenta años. Probablemente viva solo en un piso. Solitario. Amigos «de pega». Sin pareja estable. Simpático, educado, amable. De buen ver, ya que, si no, una chica joven no se fijaría en él ni mantendría relaciones sexuales consentidas. ¿Sale poco? ¿Podría ser el típico rarito que reprime sus fantasías en casa con una muñeca hinchable? Es fuerte: transportó el cadáver en volandas. Vive en Alzira o alrededores, a poca distancia de la víctima. Tiene carné de conducir y coche propio, aunque puede que lo use poco. Asesinato aislado: lo más seguro es que no tenga intención de actuar de nuevo.

Al levantar la vista del papel vi que estábamos llegando.

«Muy bien —me dije—. Seguiremos trabajando en el caso partiendo de la premisa de que estamos ante un tío que no pretende volver a matar, por lo menos a corto plazo».

Miré a mi compañera. No se inmutó. Permanecía al volante con la atención puesta en el tráfico. Tenía un perfil bonito, lástima que pareciese estar siempre estreñida.

«En fin». Suspiré sin que me oyese. Cerré el cuaderno y lo guardé. Apoyé la espalda en el respaldo de mi asiento para relajarme durante los dos o tres minutos que tardaríamos en llegar al aparcamiento.

Al entrar en la comisaría nos encontramos con Alonso, nuestro analista forense en móviles.

—Estaba a punto de llamaros —dijo al vernos.

—Vaya. Suena bien. ¿Qué tienes? —pregunté.

—Poco. No creo que pueda acceder al código cifrado. Sin embargo, la operadora nos ha facilitado sus últimas interacciones telefónicas, llamadas hechas al terminal de Elena mientras todos la daban por desaparecida. Venid a mi mesa y os doy el listado.

Obedecimos sin rechistar.

Al llegar a su puesto cogió unas hojas que reposaban sobre el escritorio, encima de otro montón de papeles. Adelantándome a mi compañera, la cual ni siquiera hizo amago de cogerlas, las agarré y hojeé. Aines se acercó lo máximo que su estrechez le permitió y asomó la cabeza por encima de mi hombro para ver las anotaciones. A bolígrafo, figuraban varias horas y el nombre de algunas personas:

D. 11:54. Nuria
D. 12:07. Alba
D. 12:33. Adrien

D. 16:40. Adrien

D. 17:14. Nuria

—¿Qué significa la «D»? —se interesó mi compañera.

—Domingo.

—¿Del sábado no hay llamadas? —pregunté.

—No. Con eso de las redes sociales y el WhatsApp la gente habla poco por teléfono.

—¿Y de los días previos?

—Tampoco hay gran cosa. A lo largo de este año ha hablado ocho veces por teléfono. El total de registros está en la página que hay grapada detrás. —La ojeé—. Pero la más cercana en el tiempo es del mes de mayo. Dudo que os sirvan de mucho, pero ahí las tenéis todas.

—Está bien. ¿Me lo puedo quedar?

—Sí, claro.

—Gracias. No tienes nada más, ¿no?

—No. Sigo trabajando para acceder a los archivos del terminal.

—Estupendo. Si lo consigues, avísanos.

—Contad con ello.

Me giré y miré a Aines. Ella me observó unos instantes antes de apartar la mirada y volver a fijarla en nuestro compañero.

—Alonso, ¿puedes hacer el favor de poner el listado en conocimiento de los compañeros de la Guardia Civil? —le solicitó Aines.

—Claro.

—Gracias.

—Bueno, pues mañana más —dije a modo de despedida.

Aines asintió como si le hubiera comido la lengua el gato. Pasé a su lado con la vista al frente, sintiendo una mezcla de rechazo y pena por ella. Parecía tener una compañera con trastorno de personalidad o bipolaridad; tan pronto me hablaba normal como parecía guardar voto de silencio.

Cuando salí de la comisaría ya casi había anochecido.

«En cuanto llegue, me voy a tomar una cerveza bien fría. O dos, quién sabe», pensé.

Anduve en dirección a mi piso con la confusión y el desconcierto como únicos compañeros. Desde que llegué a Valencia estaba siendo la primera vez que me sentía así de solo; una especie de sentimiento de abandono difícil de definir. Parecía un niño entregado a los brazos de unas personas que no son sus padres, o un anciano encerrado en una residencia el resto de sus días, sin capacidad ni deseo de volver a ver a su familia. Incluso, no sé por qué, se me pasó por la cabeza un documental de Netflix acerca de las colonias cristianas: curas que abusaron de niños; niños que guardaron silencio; el padecimiento de las víctimas durante esos días y los años venideros; el secreto que, por dolor y vergüenza, ocultaron hasta alcanzar la edad adulta; la desvergüenza de sus abusadores... ¿Tenía que ver conmigo? No. En absoluto. Sin embargo, aunque no son comparables, existen tantos tipos de dolor... En mi caso estaba cansado, asqueado de mi situación. Era consciente de que aquel hastío se remontaba al momento en que cogí el coche y conduje hasta mi nuevo destino; mejor dicho, al momento en que me dieron la noticia del traslado. Cualquier acontecimiento se terminaba convirtiendo en un montón de mierda que, poco a poco, conseguía minar mis fuerzas.

El caso de Elena Pascual era reciente. No podía estar agotado por ese motivo; al contrario, debía estar fresco, concentrado. En cambio, mi mente no estaba donde tenía que estar. Así que la investigación no era el problema; nos enfrentábamos a un caso más y punto. ¿Desagradable? Sí, pero ya sabía dónde me metía cuando elegí este trabajo. Otra cosa bien distinta era tener como compañera a Aines. De entre todas las policías de la Comunidad Valenciana, ¿me habían tenido que poner con ella? ¿En serio? ¿No había otra? No obstante, ella era solo otro pegote que sumar al montón de mierda que tenía que aguantar día tras día. De haber estado en Madrid habría podido quedar para tomar unas cervezas con los amigos y despejarme, pero no, tampoco conocía a nadie en aquel maldito pueblo. Y de tener una casa bonita y acogedora… ¡Ja! Malvivía en un piso pequeño de dos habitaciones, con muebles viejos, como lo debieron de ser sus últimos inquilinos. Aquel lugar olía a naftalina y no había forma humana de levantar esa peste a lobreguez y decrepitud. Seguramente se murieron allí dentro y por eso el alquiler era tan barato. Muebles del año 3, electrodomésticos carcomidos o amarillentos, olor a tuberías… El propietario supo camuflar bien los desperfectos para endosarme aquel zurullo. Durante una semana estuve durmiendo en el sofá. Cualquier sitio era mejor que dejarse rozar por el colchón de estampado floreado, con olor a pis y manchurrones amarillentos y marrones que descansaba sobre el somier de la cama de matrimonio. Pensé en irme a un hotel, pero mi economía no estaba para hacer excesos: la hipoteca de mi piso en Madrid, el alquiler del cuchitril, la maldita fianza, los gastos del traslado, los seguros de vida, del coche… Por eso había tenido que conformarme con aquello, no podía estirar más el sueldo. Al menos conseguí, a base de amenazas, que el casero cambiase aquel puto colchón.

Caminé arropado por la creciente oscuridad, por el ruido de coches circulando y por mi mente tratando de establecer cuántas veces, contando aquella, me había lamentado de pedir el puñetero traslado.

Subí las escaleras del portal y entré en mi *dulce hogar*. Fui directo a la nevera. Cogí una cerveza y metí otra en el congelador.

«Mientras me doy una ducha rápida, la otra se pondrá como a mí me gusta», pensé.

Abrí la que tenía en la mano, le di un trago y ojeé la comida que quedaba en el frigorífico.

—Joder —me quejé con desgana—. Encima me toca ir a comprar.

Cerré la nevera y miré el armario donde guardaba las latas de conserva. Atún. Sardinas. Melocotón en almíbar. Espárragos. Mayonesa. Kétchup. Fabada. Espaguetis. Macarrones.

«Me niego a ponerme ahora a cocinar».

Bufé resignado.

Mientras me quedaba como un pasmarote frente al mueble y seguía contemplando las latas, le di otro trago a la cerveza, esta vez más generoso.

—¿Sabes qué te digo? —me espeté yendo hasta el armario donde guardaba los platos—. Sí. Hoy toca ejercer de chef.

Cogí la lata de melocotón en almíbar, la abrí y me bebí parte de su caldo; el resto lo tiré por el fregadero. Eché las rodajas en una fuente de ensalada y saqué un par de latas de atún. Las eché encima del melocotón y culminé el momento de inspiración añadiendo un par de cucharadas de mahonesa.

—A cagar —sentencié tras propinar unos cortes poco profesionales al melocotón y mezclar los ingredientes. Sin pensármelo dos veces, metí la fuente en el congelador, junto a la cerveza—. Ahora un traguito más y a la ducha.

Apuré la primera cerveza de la noche.

DAMA BLANCA

Jueves, 6 de junio de 2019

—¿Qué tal te ha ido? —le preguntó Alba a Elena al salir del examen.

—Bueno, creo que bastante bien. ¿Y a ti?

—¿No has visto que he sido de las primeras en terminar? Fatal.

Se sentía como una fracasada.

—Bueno, mujer, no te preocupes, seguro que al menos te da para aprobar. ¿Nos vamos?

—Sí, vámonos. Y sí me preocupo. Te recuerdo que estoy repitiendo, Elena. Con aprobar no es suficiente. Debería estar sacando matrícula en todas las malditas asignaturas. Mis padres me van a matar… Hasta yo empiezo a pensar que tengo algún tipo de retraso mental.

—No digas tonterías, anda. Si tuvieras un retraso, no te habrías sacado el carné de conducir a la primera.

—Tú sabes que llevaba meses estudiando y mi padre me enseñó a conducir lo básico en el pueblo cuando era una cría.

—Bueno, pues por mucho que se enfaden, ya no te lo pueden quitar.

—Ya, pero no será por ganas.

—Que se lo hubieran pensado antes de pagártelo.

—Me lo pagaron porque les dije que lo aprobaría todo con buena nota. ¿Quién iba a pensar lo contrario, siendo el segundo año que doy las mismas asignaturas? En serio, me siento como una mierda. No entiendo por qué me cuesta tanto.

—Yo sí lo sé. Solo te empleas a fondo cuando te interesa. Cuando no, pasas de todo.

—Pues como suspenda, va a ser la última vez que confíen en mí.

—Qué exagerada. Además, seguro que este sí lo apruebas.

Al salir del edificio achinaron los ojos para protegerse de la luz del sol.

—Como tú siempre sacas buenas notas...

—Que no te amargues. A ver, si quieres que quedemos otro día para estudiar, me lo dices y ya está.

Alba sonrió de medio lado.

—¿Te gustó lo del otro día?

Elena le devolvió la sonrisa.

—Claro que sí.

—A mí me gustaría repetir, la verdad. No se me va de la cabeza. De hecho, tú tienes la culpa de que no me concentre.

Elena se echó a reír.

—No tengas morro.

—Te lo digo muy en serio. No te me vas de la cabeza.

Alba miró a su alrededor para comprobar que no las veía nadie. Se acercó a Elena y la besó. Ella correspondió, sin poder evitar que se le escapase un gemido.

—Esta tarde —le susurró Elena separando los labios y apoyando la frente en la de su amiga—. Esta tarde iré a tu casa y...

—No —le interrumpió Alba, alejándose unos centímetros—, estarán mis padres. Mejor en la tuya.

Elena hizo memoria: su madre no estaría, le tocaba doble turno, y de su padre sería fácil deshacerse.

—Vale, vente a mi casa. Mi padre seguramente irá al gimnasio. Aprovecharemos cuando se vaya.

—Joder, tía, qué ganas tengo. ¿A qué hora quedamos?

—Vente a las cuatro y media.

—Genial. Pero mientras tanto...

Elena volvió a asegurarse de que no hubiera miradas indiscretas. Después la besó.

—No quiero que lo sepa nadie. ¿Me has oído? —le advirtió después de que Alba le correspondiera.

—Tranquila, no lo sabrá nadie.

A las 16:22 sonó el portero.

«¿Ya es la hora?», se preguntó Elena. Apenas hacía un minuto que había salido de la ducha. Algunas zonas de su cuerpo aún seguían adornadas por una capa dispersa de gotas tanto estáticas como resbaladizas y de distintos tamaños. Se enrolló la toalla al cuerpo y se apresuró a contestar al telefonillo antes de que lo hiciera su padre.

—¡Ya voy yo! —vociferó para que Miguel no se molestase en ir.

Oyó un débil «vale»; debía de encontrarse en el comedor.

Descolgó el telefonillo y, sin contestar, dando por hecho que se trataba de su amiga, apretó el botón para que se abriese el portal. Abrió la puerta de casa, asomó la cabeza al pasillo para cerciorarse de que no hubiese nadie en el descansillo y la dejó entornada. Después regresó al cuarto de baño para vestirse.

Su amiga no tardó en subir.

—¿Elena? —preguntó Alba al tiempo que cerraba. Anduvo unos pasos esperando a que su amiga contestase. Nada. Oía ruidos, pero no sabía de dónde provenían—. ¿¡Elena!?

—Hola. Alba, ¿no? —saludó Miguel—. Si estás buscando a Elena, está en el cuarto de baño.

—Sí —respondió, forzando una sonrisa.

No le gustaba el trato con los padres ni las madres de sus amigas, le hacían sentir incómoda, a pesar de que a algunos los conocía desde que era una niña. Tenía la sensación de que también ellos la juzgaban, que creían que era un poco corta de entendederas y que por eso iba dos cursos atrasada.

—¿Vais a salir?

Llevaba su cabello azabache recogido en una cola de caballo que le caía por los hombros, un top de tirantes color blanco y una falda blanca que se ceñía en sus caderas y le caía con corte recto hasta los tobillos. Incluso sus pies calzaban unas sandalias blancas de cuña.

—¿Qué? No. Vamos a estudiar. Tenemos un examen dentro de poco.

—Ah, vale, es que entre que Elena está terminando de ducharse y tú vas tan arreglada… Eso sí, como te encuentres con alguien de noche en un sitio solitario, con ese vestido blanco tan inmaculado, se va a pensar que eres la Dama Blanca.

«¿La Dama Blanca? —se preguntó Alba desconcertada—. ¿Esa quién es, una señora con dinero, una prostituta…?».

—Gracias, supongo —le respondió, tratando de que no se notara su ignorancia.

—¿No sabes quién es, o mejor dicho, quién fue la Dama Blanca?

Alba sonrió avergonzada. Vaciló ante qué respuesta darle.

—No. La verdad es que no.

—Pues búscala en internet. Ya verás que existen muchas leyendas sobre esa mujer. Es interesante.

—Vale. Ya lo haré.

—¿¡Alba!? —vociferó Elena desde el cuarto de baño.

—¡Voy! —respondió Alba gritando—. Bueno, voy a... —dijo Alba, señalando con la cabeza el pasillo que se abría a la espalda de Miguel.

—Sí, claro. Que os cunda.

Miguel se fue a la cocina y cerró la puerta para que no les molestara la tele.

—¿Dónde estabas? —se interesó Elena mientras se desenredaba el pelo, sin dejar de mirarse al espejo. Alba se apoyó en el cerco de la puerta. No le dio tiempo a contestar—. ¡Guau! ¿Pero dónde vas tan sexi? ¿No íbamos a estudiar?

—Sí, pero me apetecía arreglarme un poquito. En el insti...

—¿Un poquito, dices? Joder, tía, ni los findes vas tan cañón.

—Me alegro de que te guste.

Elena aprovechó la intimidad de su casa para besarla, olvidándose de que tal vez su padre podría pillarlas si no tenían cuidado.

—¿Te queda mucho? —preguntó Alba tras apartarse unos centímetros.

—No. Vamos a mi habitación, ya se me irá secando el pelo.

Al salir del baño vieron que Miguel salía de la cocina. Llevaba una bolsa de deporte en la mano y un refresco azucarado en la otra.

—Chicas, me voy al gimnasio. Que estudiéis mucho.

—Muy bien, papá. No te canses demasiado —dijo Elena, y le dio un beso en la mejilla.

—No, hija. Ya sabes que siempre guardo energía para mis

chicas. Además, luego me toca hacer la cena, así que... Y tú —dijo dirigiéndose a Alba—, en serio, mira lo de la Dama Blanca. Es interesante. En fin. Que lo paséis bien —se despidió en tono cantarín al tiempo que se marchaba.

Elena miró a Alba con curiosidad, pero ninguna abrió la boca. Esperaron expectantes a que sonase la puerta de casa.

—Al fin solas —canturreó Elena aproximándose a Alba.

Fue a darle un beso y esta se apartó.

—¿Quién es la Dama Blanca?

—Yo qué sé —respondió haciendo un nuevo intento por conquistar sus labios; de nuevo, Alba se alejó.

—¿No lo sabes?

—No, no lo sé. ¿Por qué? ¿Te pasa algo?

—No, nada. Es que tu padre insiste en que mire quién es, o quién fue.

—Joder, pues me acabas de cortar el rollo —dijo Elena, molesta.

—Bah, tía. Olvídalo. Era una tontería.

—Pues vale. —Elena caminó hasta su dormitorio notablemente ofuscada. Alba la siguió—. Estudiemos, que falta te hace.

—No te pongas tan borde...

—No, tía, borde tú.

—Bueno, perdona. No pretendía...

—Olvídalo. Estudiemos —zanjó Elena.

—Yo así no me puedo concentrar.

—¿Acaso tengo la culpa?

—¿La culpa de qué? Aquí nadie ha hablado de culpas, solo te he preguntado si sabes quién es la Dama Blanca.

—Que no, que te he dicho que no. ¿Por qué tanta insistencia?

—Ya te he oído antes, ahora no te estaba preguntando. Además, es una tontería.

—Si fuera una tontería, no te habrías apartado dos veces cuando pretendía besarte —le recriminó Elena.

—Bueno, vale. Pues no es una tontería. ¿Qué haces? —le preguntó al verla sentarse frente al ordenador y abrir el navegador de internet.

—Buscar quién es la puta Dama Blanca. ¿Te vale?

—Joder, tía.

—A ver..., salen varios resultados. Este, por ejemplo. —Eligió y pinchó en un enlace—. Siéntate, ¿no? —dijo sin mirarla a la cara. Alba no contestó, se limitó a coger una silla y ponerla a su lado—. A ver, leamos. Según la Wikipedia, «la Dama de Blanco es un espíritu femenino que viste completamente de blanco. Varias fuentes la han visto vagar en áreas rurales y se la asocia con leyendas locales de trasfondo trágico, siendo la pérdida de una hija o la traición sentimental las más recurrentes». Bla, bla... «Existen leyendas en las que aparece la Dama de Blanco como el fantasma de una mujer que vivió una vida demasiado difícil o cruel». ¿Más? —preguntó retórica entretanto movía el ratón hacia otro enlace—. Veamos —dijo accediendo a otra página. Alba no articulaba palabra—. Según esto, *La dama blanca* es una ópera que se estrenó en París en 1825 y pone que tiene «ambientes típicos escoceses, una heredera desaparecida, un castillo misterioso, una fortuna oculta y un fantasma, en este caso bondadoso». Vamos, que la cosa va de fantasmas. ¿Quieres que busquemos más? —volvió a cuestionar al tiempo que abría otra página.

—No, ya es suficiente —dijo Alba.

—Mira. Otro: «La Dama Blanca es un fantasma femenino que suele aparecerse con más frecuencia en entornos rurales y siempre viste de un blanco inmaculado. Su historia suele estar relacionada con alguna tragedia de carácter local. Son mujeres que han perdido a hijos o maridos o han sido víctimas de una traición y su espíritu vaga sin encontrar descanso». Bueno, eso era parecido a lo que ya habíamos leído, pero aquí hay más: «Es una leyenda que tiene su origen en la Edad Media. La Dama Blanca representaba la muerte. Su figura se mostraba en los hogares donde alguno de sus miembros estaba enfermo o a punto de morir, causando con ello el terror de la familia; se les aparecía ya fuese de día o de noche. Algunos pensaban que se trataba del espíritu de algún ancestro femenino ayudando y acompañando a su ser querido en el tránsito a la muerte».

—Bueno, creo que ya es suficiente —le dijo Alba sintiéndose incómoda.

—Espera. Escucha este otro: «En Alemania existe una leyenda en la que la esposa de un noble de la ciudad de Rheda-Wiedenbrück (Westfalia) se hizo amante de un juglar mientras su marido estaba batallando en la Guerra de los Treinta Años. Un día, al regresar el esposo durante un permiso, los sorprendió en actitud amorosa. Enfurecido, tomó represalias: al amante lo ahogó en el foso del castillo y a la esposa la emparedó, dejándole el suficiente suministro de comida y agua para asegurarle la supervivencia hasta su regreso definitivo. Antes de volver a filas, dictaminó una orden por la cual quedaba terminantemente prohibido, bajo pena de muerte, que alguien la liberase. Si Dios quería perdonarla, la mantendría con vida para que él la liberase al finalizar la guerra y regresar a casa; de ser así, él también la perdonaría. En cambio, el destino quiso que el noble muriese unos días antes de que concluyese la contienda, condenando así a su mujer a perecer a causa del hambre y la sed en aquel espacio lúgubre, frío y húmedo. Pasados los años, durante unas reformas en el castillo, se derribaron los muros que confinaron a la dama. Entre los escombros encontraron el esqueleto de una mujer ataviado con un vestido blanco. Se cuenta que, desde aquel día, la figura fantasmagórica de una mujer engalanada con un radiante vestido blanco vaga por doquier en busca de personas que hayan sido infieles, trayendo la desgracia y la muerte a aquellos a los que elige como indignos de seguir con vida».

—¿Has terminado? —preguntó Alba, cansada—. ¿Podemos empezar a estudiar?

—¿Estás más tranquila?

—Antes no estaba nerviosa.

—Si tú lo dices...

«No voy a volver a discutir —pensó Alba—. No entiendo a qué viene eso de llamarme "Dama Blanca". ¿Solo porque voy de blanco? Está gilipollas. ¿Acaso tengo pinta de fantasma? Está claro que él sí conocía estas leyendas, o por lo menos eso aseguraba».

—En fin —suspiró Alba, resignada—. ¿Estudiamos?

Elena sonrió de medio lado.

—Yo creo que, antes de estudiar, podemos aprovechar que tenemos la casa para nosotras solas. ¿No te parece, Dama Blanca?

UNA CHARLA EXTRAOFICIAL

Yago Reyes
Miércoles, 18 de septiembre de 2019

Aquella mañana salí de mi *zulo* más pronto de lo habitual. Había decidido tomarme el primer café de la mañana en una de las cafeterías que había cerca de la comisaría.

Mientras me despabilaba con la cafeína, eché un ojo al periódico. El asesinato de Elena Pascual Molina salía en las páginas de sucesos. Leí el artículo por encima a ver si encontraba algún detalle que me inspirara en la búsqueda de su asesino; no sería la primera vez.

«A ver —pensé, poniendo sobre la mesa mi libreta mientras apartaba el periódico—. Tenemos que hablar con el supuesto novio o rollete de Elena, con el padre y con su amiga. Dejando al margen a la madre, esas son las tres últimas personas que la vieron con vida».

En una hoja en blanco de mi libreta apunté de nuevo los tres nombres:

Adrien Berguer Fabre
Miguel ¿apellido? (padrastro)
Alba Sierra

Miré la secuencia de llamadas entrantes al móvil de Elena y taché las que le hizo su madre.

~~D. 11:54. Nuria.~~
D. 12:07. Alba.
D. 12:33. Adrien.
D. 16:40. Adrien
~~D. 17:14. Nuria~~

«Son todas del domingo. ¿El padre no la llamó? Qué tranquilidad, ¿no? Aunque supongo que la fama de ser más pasotas viene de algo. Claro que sabiendo que se encontraba junto a su esposa, es una tontería que él también la llamase cuando su mujer ya lo estaba haciendo. Será útil hablar con los padres para saber a qué hora solía volver a casa cuando dormía fuera. Seguramente ya se había quedado en otras ocasiones en casa de su amiga.

»Habrá que hablar también con los vecinos para saber si ellos vieron u oyeron algo. Se nos acumula el trabajo, joder. Tal vez la primera con la que deberíamos hablar es con su amiga. A lo mejor le dijo dónde iría después de salir de su casa. Pero es raro en ese caso que eso no figure ya en el informe por desaparición.

Suspiré pensativo. Apoyé los codos sobre la mesa y le di un trago a mi café.

«Abandonó la vivienda de la amiga a eso de las nueve de la mañana. Los padres fueron a denunciar su desaparición esa tarde sobre las seis y pico o siete de la tarde. Hay muchas horas de por medio. ¿De verdad queda descartado que fuera el agricultor que la encontró? La verdad es que ese no tiene pinta de haber matado a una mosca en su puñetera vida. Puede ser interesante que nos acerquemos al velatorio para ver quiénes asisten. Sigo pensando que ha sido alguien cercano».

Siguiendo la racha madrugadora, llegué a la comisaría antes que de costumbre. Como era de esperar, Aines aún no estaba. Mientras la esperaba, fui a hablar con los compañeros que se encargaban de la informática y las redes sociales.

—Buenos días.

—Hola... Che, tío, se me ha olvidado tu nombre —me dijo el compañero sin ningún tapujo.

En verdad yo tampoco recordaba los de la mitad de la plantilla.

—Yago. ¿Y tú?

—Esteban. —Asentí al tiempo que tenía claro que me costaría recordarlo—. Dime. ¿Puedo ayudarte?

—Creo que sí. Necesito...

—Chicos —me interrumpió un compañero, llamando nuestra atención—, os busca el comisario Luca de Tena.

—¿A los dos?

—Sí. Reyes y Camacho. Os espera en la sala de reuniones.

Esteban y yo nos miramos.

—Ya vamos —contesté por ambos.

El otro compañero se largó por donde había venido.

—Luego me cuentas lo que necesitas. Vamos a ver qué quiere el jefazo.

De camino a la sala de reuniones pensé en Aines. Si Luca de Tena nos quería ver a Esteban y a mí seguramente fuera para tratar algún asunto relacionado con el caso de Elena Pascual Molina y, de ser así, ¿acaso Aines no tenía que estar presente? Si bien otra posibilidad era que ya estuviera allí.

Estábamos llegando cuando la oí saludar a los compañeros dándoles los buenos días. Se le borró la sonrisa de los labios cuando me vio. Aquel gesto provocó que, en vez de esperarla para entrar juntos, me animara a pasar de ella.

Luca de Tena aguardaba sentado, presidiendo una larga mesa rectangular. No alzó la vista del portátil. Aparte de nosotros, había otros compañeros a los que todavía no les ponía nombre. Ellos sí respondieron a nuestros saludos.

La última en entrar fue Aines.

—Cierra la puerta, Collado —le pidió el comisario.

La siguió con la mirada hasta que se sentó y comenzó:

—Buenos días a todos. Los compañeros de la Guardia Civil siguen investigando el caso de Elena Pascual Molina. Hemos intercambiado la poca información que tenemos hasta ahora. Ellos han hablado con varios agricultores de la zona donde se halló el cuerpo para saber si alguno había visto algo fuera de lo normal en los días previos o posteriores al suceso. Nada destacable. Al margen de eso, esta mañana he hablado con el juez instructor del caso para solicitarle una autorización judicial para acceder a los datos de los terminales telefónicos de la víctima y de Adrien Berguer Fabre; también para que las operadoras nos faciliten las últimas geolocalizaciones de ambos móviles y poder sacar una triangulación fiable. En el caso de Elena acabábamos de conseguir la última geolocalización arrojada por el teléfono para poder llevar a cabo su búsqueda; por desgracia, finalmente la terminó encontrando aquel pobre hombre. Tenemos que averiguar cuáles fueron los últimos movimientos de Elena: dónde estuvo y, a ser posible, con quién estuvo en las últimas horas.

—Sería interesante acceder también a los datos del móvil de su amiga, Alba Sierra —propuso Aines.

—Sí. Lo he intentado, pero de momento el juez no se ha

mostrado conforme con esa petición. Quiere algo que justifique su decisión.

Alcé levemente la mano para pedir la palabra.

—Reyes.

—Mientras llega la autorización del juez para el de Elena y el de Adrien, creo que los compañeros podrían indagar en las redes sociales del chico. Para sacar la información que está a la vista de todo el mundo pero que a nosotros puede sernos útil, como sus amistades, con quién habla, qué lugares frecuenta, las fotos que sube... Todo lo que se pueda sacar sin una orden judicial. También podría sernos de utilidad averiguar dónde trabaja.

—Sí, eso estaría bien —respondió Luca de Tena—. Esteban, encárgate de eso.

—Claro, jefe. En cuanto salgamos, me pongo con ello.

—¿Cuánto crees que podrías tardar? —le pregunté a Esteban.

—Supongo que en media hora o una hora como mucho podré adelantaros algo.

—Perfecto.

—¿Algo más? —preguntó Luca de Tena.

—Podemos hacer lo mismo con las redes sociales de Elena y de Alba —sugirió Aines.

—Sí —contestó el comisario.

Las miradas se dirigieron una vez más a Esteban.

—Por mí bien —respondió este—. ¿Por cuál empiezo?

—Por Adrien.

—*Okey*, jefe.

—¿Los compañeros de Criminalística han aportado algo? —me interesé.

—Consiguieron recoger algunas muestras, pero aún las están analizando —respondió Luca de Tena. Asentí con la cabeza—. ¿Vosotros tenéis algo que añadir? —dijo el comisario mirando a dos compañeros vestidos de uniforme.

—No. Por desgracia no nos ha dado tiempo a hacer mucho. Enseguida ha aparecido muerta, así que... —contestó un agente con una prominente tripa, de unos cincuenta y tantos años.

Intuí que debía ser uno de los compañeros que figuraba en los informes, los que estuvieron investigado la desaparición de Elena, Carlos Costea o Iván Trejo. Ellos también eran agentes de la Policía Judicial, sin embargo, pertenecían a la escala básica; por eso, en cuanto apareció el cadáver de la chica, el comisario nos asignó el caso a Aines y a mí. Ahora, su función sería la de ofrecernos apoyo en caso de necesitarlo, ya que el expediente por desaparición se había convertido en una investigación por homicidio.

Observé a ambos durante unos instantes. El más joven parecía un chaval recién salido de la academia. Llevaba el pelo de punta; el otro iba repeinado hacia un lado, como lo solía llevar mi padre cuando aún tenía algo que peinar. Ambos eran morenos.

—De acuerdo, pues si no hay nada más acabamos aquí la reunión. Para cualquier cosa, estamos en contacto —zanjó y bajó la tapa de su portátil.

Hubo un rechinar de sillas arrastrándose por el suelo y en cuestión de segundos la sala de reuniones se quedó vacía.

—¡Esteban! —grité, llamando su atención—. Toma, mi número. Seguramente salgamos a hacerle una visita a Adrien Berguer; si encuentras algo y no estamos por aquí, me telefoneas, ¿vale?

—Tranquilo, te llamaré al móvil.

—Te lo agradezco, estaré pendiente.

Cuando me quise dar cuenta, Aines ya se dirigía a su mesa.

Al llegar a la mía abrí mi portátil pensando en ella y en su actitud. Aunque quería ignorarla, me resultaba imposible. En vez de que mi cabeza estuviera únicamente centrada en el caso, cada dos por tres me venía ella a la mente.

«¿Qué cojones le ocurrirá? Tal vez no debería dejarlo pasar por más tiempo. Y no lo voy a hacer; a ver qué encuentro».

A continuación, escribí «mutismo selectivo» en el buscador de internet sin saber si realmente existía ese trastorno, aunque me sonaba haberlo oído en algún momento de mi vida. Me sorprendí al ver una larga lista de resultados. Empecé leyendo:

El mutismo selectivo es un trastorno de ansiedad. En determinados contextos o circunstancias, las personas afectadas se encierran en sí mismas de tal manera que pueden parecer mudas, a pesar de tener la capacidad de hablar con normalidad en situaciones en las que se sienten cómodas y relajadas.

«Interesante. ¿Por eso habla con los compañeros como si nada y conmigo a cuentagotas? Aunque en verdad lo hace solo cuando le sale de las narices. No lo entiendo».

Hojeé el resto de las entradas. Parecía afectar principalmente a los niños. Seguí buscando, no sabía si era posible que una persona de edad adulta pudiese padecerlo. Leí:

Una de las características del adulto con mutismo selectivo es que se siente ansioso por hablar y comunicarse con naturalidad con la persona a la que no habla, tener una interacción fluida. Es consciente de que su comportamiento no es normal y se siente mal por ello.

«O sea que, aunque no sea lo habitual, también ocurre. La pregunta es por qué le pasa conmigo, que no le he hecho nada».

Escaneé el contenido del artículo hasta encontrar la palabra «adulto».

... desea hablar con fluidez, pero percibe que su comunicación está alterada por una fuerza que no puede controlar. Esto puede condenarlos a un estado constante de tristeza y provocar además un sentimiento de ira, ya sea hacia sí mismos o hacia los demás.

Causas del mutismo selectivo en el adulto: no se puede determinar una causa concreta. En ocasiones comienza en la infancia o adolescencia. Es inusual que el mutismo selectivo arranque en la edad adulta, las estadísticas marcan mayor índice en la infancia. Al dejar de hablar, el niño o el adolescente obtiene más atención al solicitarle que hable. Eso le otorga un papel protagonista frente a los demás. En el caso de los adultos, el mutismo selectivo puede ser una actitud implementada por imitación de gente cercana que tiende a retirar la palabra a otras personas de su entorno cuando hacen algo que les molesta. Este trastorno se puede ver reforzado al convivir o relacionarse con personas carentes de habilidades en una comunicación asertiva.

«¿En serio? ¿Yo no soy asertivo? No me jodas, hombre. No hay un tío más asertivo que yo, y si no que le pregunten a la indeseable de mi ex. Que no soy asertivo... ¡Ja! Lo que me faltaba por oír».

Giré la cabeza y clavé la vista en ella. Estaba entretenida leyendo un informe.

«No. Ya está bien de silencios. Si tiene un trastorno lo trataremos juntos, y si no, habrá que buscar otra solución, porque a este ritmo el que va a acabar con un trauma voy a ser yo».

—Aines, creo que deberíamos ir a hablar con Adrien Berguer.

—Sí. Me parece bien. Dame un minuto que acabo esta página.

Mientras ella terminaba, apagué el ordenador y cogí las llaves del coche. La esperé de pie junto a mi mesa. Ella recogió los papeles y los dejó perfectamente colocados dentro de una carpeta de tapas blandas.

Pasó por delante de mí esquivando mi mirada, articulando un casi imperceptible «vamos» que fue como una patada en mis queridos huevos.

—¿Has dormido bien esta noche? —le pregunté en un intento desesperado por sacarle una reacción distinta, más amigable.

—Sí. Bien.

Bajamos las escaleras.

—¿Te apetece que vayamos antes a tomar un café?

—Ya he desayunado.

—Yo también, pero tenemos que hablar. —Conseguí captar su atención. La expresión de su rostro pasó de mostrar desidia a exteriorizar confusión. Se quedó parada en mitad del descansillo, pensativa, muda, como de costumbre—. Si no quieres un café, podemos ir a dar un paseo, lo que te haga sentir más cómoda.

Me miró a los ojos y vaciló. Debía estar barajando el lugar al que ir y el motivo de mi petición.

—De acuerdo. Un café.

—Muy bien.

Terminamos de bajar las escaleras; ella, un par de pasos por delante. Abandonamos el edificio y nos dirigimos a la cafetería de enfrente. Evitaba andar a mi lado. Intuí que buscaba el local que menos clientes tuviera en ese momento, y por la hora, la cafetería de enfrente era el lugar idóneo. A pesar de que en la terraza había varias mesas libres, optó por *refugiarse* dentro del establecimiento.

Ignorando si yo tenía alguna preferencia, caminó hasta una mesa libre junto a la ventana y se sentó. Su elección me pareció perfecta, teniendo en cuenta el motivo por el que nos encontrábamos allí.

Antes de apoyar mis posaderas, oí la voz de un hombre.

—*Bon dia, xics, què vos abellix prendre?*

Le miré. Era el camarero.

—¿Me lo repite? No tengo la cabeza para pensar más de la cuenta —solté lo más educado que mis nervios me permitieron.

Aines hizo una mueca de disgusto.

—¿Saben qué desean tomar? —repitió, borrando la sonrisa de su rostro.

—Para mí un café con leche, descafeinado —indicó Aines.

—A mí tráigame un café con leche, largo de café.

Hizo una mueca sin pronunciar una miserable palabra, se dio la vuelta y se marchó.

«Joder, estoy hasta las pelotas de tanta simpatía».

Al llevar mi atención a Aines, advertí que me observaba con cara de pocos amigos, expectante. Le sostuve la mirada esperando que al menos me preguntase qué pasaba. No obtuve la reacción deseada, lo que me provocó mayor enervación.

—¿Qué te pasa? —pregunté sin rodeos—. ¿Te he hecho algo?

Arrugó el ceño.

—No.

—¿No? ¿Seguro? Yo diría que te pasa algo conmigo.

—No.

Clavé mis ojos en los suyos. Ella los terminó esquivando.

—¿Sabes? Me he dado cuenta de que no me hablas. El motivo lo ignoro y, para ser franco, creo que no te he hecho nada como para recibir esa indiferencia, tu silencio y tus malas caras constantemente. Tal vez te crees que para mí es fácil estar aquí, que me hace ilusión o algo por el estilo, pero empiezo a estar harto. Ya que nunca me lo has preguntado, te diré que estoy aquí por un traslado tardío. Un traslado que pedí únicamente para vivir con mi novia, la cual acabó dejándome por otro. Para que me dieran el traslado tuve incluso que aprender valenciano, idioma que, tras enterarme de mi lustrosa cornamenta, me he esforzado en olvidar durante estos últimos cuatro años. ¿Que por qué? Porque mi subconsciente ha debido de hacer un vínculo extraño y ahora lo asocio con una época de mi vida que no me gusta recordar. Seguro que el señor Sigmund Freud lo analizaría en un periquete. Por suerte o por desgracia, no es tan fácil olvidar algunas cosas.

Trataba de ser sincero y asertivo, pero a cada palabra que pronunciaba sentía menor autocontrol. Entretanto, Aines me miraba con cara de póker y sin la menor intención de interrumpir mi perorata, de modo que continué:

—He tenido que dejar mi vida, a mis amistades y a mi familia en Madrid y empezar de cero. Vivo en un piso de mierda en el que me da asco entrar y mi único aliciente cada día es poder pasar una apacible jornada de trabajo junto a mis nuevos compañeros. Eso, como entenderás, te atañe directamente, y el hecho de que no me dirijas la palabra me desconcierta bastante.

Agachó la cabeza al tiempo que vi cómo regresaba el camarero con nuestros cafés. Los dejó en modo zombi sobre la mesa y se marchó. Me ahorré darle las gracias.

«¿Les han metido a todos una guindilla por el culo o qué?».

Dirigí de nuevo mi atención hacia Aines y nuestra conversación y proseguí con mi monólogo:

—En fin, lo que quiero decir es que no me apetece estar de mal rollo contigo. Al cabo del día pasamos demasiadas horas juntos como para estar con tiranteces. Dicho de otro modo, me gustaría saber si te he hecho algo que escapa a mi entendimiento.

—No me pasa nada.

—Y si no te pasa nada, ¿por qué no me hablas? ¿Te caigo mal, huelo mal...? No sé, ¿cuál es el problema para que no me dirijas la palabra?

Negó con la cabeza.

Esperé unos segundos a que se sincerase.

Nada.

Resollé desesperado. Medité qué hacer, si mandarla a la mierda o intentar sonsacarle el porqué una vez más. Terminé aferrándome a la segunda opción.

—Te veo hablando con los demás. Te observo. Estudio tus reacciones, tu forma de tratarlos, de hablarlos. Llegué a pensar que no habías sonreído a nadie en tu vida, pero luego me di cuenta de que con el único que mantienes las distancias es conmigo. El otro día, cuando discutíamos acerca del caso, pensé que al fin se te había pasado. Pero no, vuelves a estar igual que al principio. —De nuevo esperé una contestación, cualquier tipo de excusa que justificase su actitud, por muy ridícula que pudiese resultar, pero se limitó a darle un sorbo a su descafeinado—. Dime algo, joder. Estoy tratando de ser amable, de entenderte —requerí, tratando de contener la tensión; mis mandíbulas, en cambio, no actuaron del mismo modo.

—No tengo nada que decir.

Me quedé boquiabierto, pensando seriamente que me estaba vacilando. Llegué a creer que había una cámara oculta en algún rincón de la cafetería, que tal vez habían apostado a ver cuánto tiempo podía aguantar con una insufrible como ella, pero la gota que colmó el vaso acababa de caer, haciendo que mi paciencia se derramase como la furia de una riada que se lleva por delante todo lo que pilla.

Eché mano a mi cartera y saqué un billete de cinco euros. Lo dejé sobre la mesa e inmediatamente después empujé la silla para levantarme. A excepción de la temperatura, el café seguía tal cual lo había traído el otro simpático.

—Voy a hablar con el comisario. Le pediré un cambio de compañero —dije.

Me puse en pie y caminé hacia la puerta sintiendo una maraña de sentimientos difícil de desliar. La frustración, la pena y la rabia se habían convertido en mis más fieles compañeros.

Anduve a paso ligero hacia la comisaría.

—Yago. Espera —pidió mi compañera, que seguía mis pasos.

Vacilé entre parar o ignorarla, como había estado haciendo ella conmigo.

«Vete a la mierda», pensé. Aunque mi educación fue más fuerte que mi impulso de mandarla a paseo. Me detuve.

—Lo siento —dijo tras situarse justo enfrente de mí.

En aquel momento fue cuando verdaderamente sentí lástima por ella. Era evidente que trataba de buscar las palabras idóneas, pero en su lugar lo único que pudo expresar fueron titubeos.

—Vayamos al coche. Daremos una vuelta —sugerí.

Nos subimos al vehículo policial. Conduje hacia una de las zonas más tranquilas del pueblo, un sitio donde no hubiera ojos observándonos. El trayecto lo hicimos en silencio. La tensión aumentaba al mismo ritmo que el reloj nos iba robando segundos de vida.

Paré a un lado de la carretera, frente a un parque *atestado* por la ausencia de personas.

—Te escucho —le dije, girando el cuerpo para ver con detalle su rostro.

Ella permaneció con la mirada fija en la alfombrilla, tocándose los dedos y las uñas.

—No sé qué decir.

—Dime qué te he hecho.

—Nada.

—Algo ha tenido que pasar. Uno no deja de hablarle a alguien así porque sí.

—Lo siento. Trataré de…

—No, no vayas por ahí, porque no lo trago. Si te pasa algo, quiero que me lo digas. Si no te gusta cómo soy, puedes pedir el cambio de compañero. Y si no te atreves, tranquila, que ya lo pediré yo por ti.

—No es eso. Me caes bien.

«Joder, quién lo diría».

—¿Pero…?

—Me recuerdas a una persona.

Se me alzó una ceja.

—¿A quién, si puede saberse?

—A mi primer novio —soltó tras tomarse un tiempo para contestar.

Me sentí desconcertado.

—¿Tan mal acabó la cosa?

Negó con la cabeza.

Sin embargo, aquella expresión ya la había visto muchas veces; sabía que su mente había viajado en el tiempo. Observé su cuerpo, cómo la seguridad y la entereza a las que me tenía acostumbrado se quedaban reducidas a la más extrema fragilidad: parecía un globo inflado recorriendo un pasillo de alfileres. Ante aquello no pude hacer otra cosa que disculparme.

—Lo siento.

Y entonces habló:

—Estuvimos saliendo cuatro años. Apenas éramos unos críos cuando empezamos. Al principio todo era genial. Salíamos con nuestros amigos, a la discoteca, al cine... Lo pasábamos muy bien, pero, poco a poco, la cosa se fue torciendo. Empezó a comportarse de forma seca, borde; regañábamos cada dos por tres. Pensé que era una crisis puntual, que todo pasaría, pero aquel trato se fue perpetuando sin darme apenas cuenta. Me insultaba o mandaba callar cada vez que abría la boca, menospreciaba mis comentarios, me pedía que me vistiese más discreta, que no llamase tanto la atención... Era una mezcla de todo. El maltrato psicológico se fue instaurando en nuestra rutina de la forma más incomprensible y los meses fueron pasando. Un día discutimos por una tontería. Me mandó callar varias veces. Me regañó diciéndome que no tenía ni puta idea; pero yo seguí hablando, no quise callarme. ¿Entiendes? A cada cosa que decía le reprendía con más contundencia, con la voz más alta. La disputa mantuvo ese tono hasta que me dio un bofetón. En ese momento guardé silencio. Y sé lo que estás pensando: debería haberle dejado. Pero no tuve fuerzas para hacerlo. Me había convertido, sin ser consciente, en una mujer maltratada. Cada vez hablaba menos si él estaba cerca. No quería oír sus insultos ni sus «no tienes ni puta idea, así que mejor cállate». Parecía una muñeca en manos de un titiritero.

Los ojos se le empañaron a causa de los recuerdos. Inspiró

profundamente para tratar de calmarse y yo permanecí callado, concediéndole el tiempo que necesitaba.

—Me sentía tan sola, tan insignificante, humillada, limitada... Mi madre empezó a notarme rara. Jamás le conté lo sucedido. Sin embargo, como si intuyese lo que estaba ocurriendo, habló conmigo largo y tendido. Me vino a decir que aquello que sobrase en mi vida, aquello que me hiciese daño, lo eliminase, que tal vez al principio me dolería, pero pasados unos días la sensación de bienestar compensaría todo lo anterior.

»Estuve semanas sin reaccionar. Pero al fin reuní fuerzas y hablé con él. Le dije que debíamos terminar nuestra relación. —Resolló—. Se puso hecho un basilisco. Su primera reacción fue negarse. Me levantó la mano y me chilló a escasos centímetros, pegando su boca maloliente a mi cara. Sin embargo, aquella vez no me achanté. A pesar del miedo a que pudiera volver a pegarme, insistí en que debíamos cortar. Entonces terminó confesándome que llevaba varias semanas quedando con otra. No sabes cuánto me alegré de aquello. Creo que es la única situación en la que una infidelidad puede traer la felicidad más absoluta.

»Sentí pena por aquella pobre desgraciada, pero al fin parecía que iba a librarme de él. Y, en efecto, a partir de ese día dejé de verle. De hecho, a lo largo de estos años no me he vuelto a cruzar con ese cabrón. Llegué a pensar que se había muerto. Lo deseé muchas veces mientras estábamos juntos.

Mostró una mueca de resignación.

—Entiendo. —Fue lo único que quise decir para no interrumpir su arranque de sinceridad. Hay momentos en la vida en que la persona que tienes delante solo necesita que la escuches.

—Cuando te vi entrar a la comisaría sentí que... Joder, noté cómo se me cortaba la respiración. Por unos instantes creí que eras él. Te oí hablar y supe que no, pero ya era tarde: se acababan de despertar de golpe todos los fantasmas de mi pasado. Y luego, cuando el comisario te asignó como mi compañero... —suspiró—, me fui al baño a llorar. No sabía por qué, pero me sentía invadida, atacada. Desconcertada. Después de tanto tiempo volvía a sentir miedo. Sin pretenderlo, te retiré la palabra. Creo que inconscientemente trataba de defenderme, de prevenir un posible ataque.

»Poco a poco parece que voy asimilando que tú no eres él. Tus formas de actuar, pensar, moverte o hablar me ayudan a poner las cosas en su sitio. No quería hacerte daño. Pero no siempre lo controlo. Más bien el miedo me controla a mí.

Me costó reaccionar. La escuchaba sin poder salir de mi asombro, percibiendo su dolor, observando sus movimientos, su forma de expresarse. Aquella fue la primera vez que me paraba a escuchar realmente su voz, su timbre, su tono, su respiración. Me resultó dulce a la vez que hipnótica. No entendía cómo podían existir semejantes hijos de puta.

—Gracias por contármelo y confiar en mí —dije al fin—. Te diría que siento haberte presionado, pero no me gusta mentir. Espero que a partir de ahora veas con claridad que lo único que tenemos en común tu ex y yo es el agujero del culo. —Rio con pena, sin poder reprimir por más tiempo la lágrima que titilaba en uno de sus ojos—. Me gusta hablar con mis compañeros, escucharlos, intercambiar ideas, bromear... Y no solo me gusta, sino que en nuestro caso es fundamental para nuestro trabajo.

—Lo sé. Lo siento.

—No, Aines. No es necesario que me pidas disculpas, solo espero que a partir de ahora confíes en mí y cuentes conmigo para lo que te haga falta. Ningún otro cabrón apestoso va a meterse contigo nunca más, porque si lo hace esta vez no se irá de rositas.

—Gracias, Yago, pero no. Me he vuelto autosuficiente y no necesito a nadie que me defienda.

—Sé que te sabes defender sola, pero no está de más que si te encuentras en otra situación similar sepas que hay gente para ayudarte.

—Ninguna mujer tendría que recurrir a nadie para que la defienda. No deberíamos vivir con miedo ni sentirnos acosadas, ni ser víctimas de maltrato. Incluso dentro del cuerpo hay compañeros que son machistas. No muchos, pero los hay.

—Bueno, la imbecilidad es algo que no se puede quitar de una hostia. —Me miró con la expresión de una niña que ha oído por primera vez una palabrota, con los ojos más abiertos de lo normal y los labios arrugados. Me hizo reír—. No, ahora en serio. Nadie debería ser objeto de abusos, ya sean mujeres, niños, ancianos, animales, discapacitados o personas aparentemente débiles o distintas al resto. Nadie debería ser objeto de violencia por sus condiciones físicas, religiosas o sexuales e identitarias. Pero mientras haya inconscientes vagando por este mundo de locos debéis entender que pedir ayuda no os hace inferiores. —Aines negó con la cabeza—. ¿Sabes por qué me hice policía?

—No —respondió ahora con desgana y con el gesto torcido; no le gustaba lo que le estaba diciendo.

—Yo en mi infancia también viví un periodo desagradable. En el colegio, para ser más exactos. Nos acabábamos de mudar a un nuevo barrio y me tuve que cambiar de colegio; el de antes quedaba demasiado lejos como para ir cada día a pie. Mis padres estaban recién divorciados, por lo que mi madre se encargaba de todo. Pero ella tenía muchas cosas que hacer como para estar yendo y viniendo cada día conmigo a la escuela.

»Los primeros días de clase empezaron a tomarme el pelo, a insultarme, a decirme gilipolleces. Poco a poco me dieron los primeros empujones y se reían. Y aquella aparente tontería empezó a afectarme. Mi madre creía que estaba decaído por culpa del divorcio. Pero no le dije nada. No me atrevía. No quería que fuese a hablar con la directora. Pensé que si ella intervenía la cosa iría a peor. —Hablaba como si narrase la vida de otra persona, lo veía tan lejos que parecía haber sido una simple pesadilla—. Yo era un niño corriente. No era ni bajito ni feo ni estaba gordo, tampoco tenía granos ni llevaba gafas. En principio debería haber encajado como uno más. No sé qué bicho les picó. El caso es que la cosa fue a más. Empezaron a quitarme el desayuno y hasta ahí aguanté. Un día fui de los últimos en abandonar la clase para salir al patio y al verme se me acercaron cuatro compañeros. Sentí una colleja en la nuca al tiempo que los otros tres estallaban en risas. "Tu madre es una guarra", me soltó el que se atrevió a tocarme mientras me golpeaba con sus dedos morcillones. —Sentí cómo, según lo relataba, se me dibujaba una media sonrisa—. En cuanto me golpeó, me giré y le di un puñetazo con tanta rabia y con tan buena puntería que le reventé la nariz y lo hice caer al suelo. Empezó a sangrar como un miserable cochino, como lo que era. Imagina lo que sucedió después. Uno se agachó a socorrer a su amigo mientras los otros dos se abalanzaban sobre mí para darme una paliza. En ese momento apareció nuestra maestra y nos separó como pudo. La pobre mujer se llevó un puñetazo en la boca.

Aines me observaba con detenimiento. Llegué incluso a creer que pensaba que me lo estaba inventando; nada más lejos de la realidad.

—A lo que voy es que la profesora nos llevó ante la directora y llamaron a nuestros padres. ¿Sabes? Por entonces aún no estaba de moda eso de nombrar las cosas en condiciones. Los padres de los acosadores decían que eran bromas, cosas de críos. Ahí fue cuando hablé —dije, recordando el miedo que sentí en ese instante—. Ante la sorpresa de mis padres, confesé que me habían estado haciendo la vida imposible desde el primer día que pisé aquel colegio, que me habían insultado, empujado, robado. Y que la paliza que me habían dado ese día se repetiría al siguiente a no ser que hicieran algo.

—¿Cuántos años tenías?

—¿Yo? Doce. Mis compañeros, algunos doce y otros, trece.

—¿Y qué pasó después?

—No sé lo que esos padres hablaron con sus hijos al llegar a casa ni qué represalias habrían tomado la directora y la profesora de haberse repetido el incidente, pero sí sé que gracias a que hablé me libré de sus vejaciones y me ahorré un trauma.

Mi compañera agachó la cabeza, reflexiva, como si de nuevo estuviese reviviendo la relación que tuvo con su exnovio. Podía percibirse el miedo en su mirada, su desconfianza, su malestar, su resignación.

—Aines —dije apoyando mi mano sobre su antebrazo—, todos necesitamos ayuda en algún momento de nuestra vida y es de valientes atrevernos a pedirla. No digo que sea lo más idóneo, solo que poco a poco la sociedad irá tomando conciencia de cuáles son los límites.

—Los límites están a vuestro favor.

—Tiene que haber límites para ambos, para todos. Si no, ya sabes que el mundo se iría a la mierda. Hablo de un equilibrio justo. De una libertad tan conveniente como igualitaria, desde la premisa de poder ser libres sin hacer daño a los que nos rodean. ¿Has oído esa frase que dice «mi libertad termina donde empieza la de los demás»?

Aines sonrió.

—Claro.

—Pues eso. Respeto e igualdad. Y mientras aleccionamos a esas alimañas que aún creen vivir en la Edad de Piedra, el resto estamos para ayudar y proteger. Y no por eso vais a ser inferiores.

—No tendríamos que necesitar ayuda ni protección —dijo irritada.

—Creo que no me has estado escuchando. Eso ya lo sé. Pero es un proceso que lleva su tiempo. Además, te diré algo: si seguimos trabajando juntos muchos años, sé que en más de una ocasión serás tú quien tenga que protegerme o ayudarme. ¿Eso me hará inferior a ti o a cualquiera?

Guardé silencio esperando una respuesta o, más bien, que reflexionase. Deseaba que se sintiese bien, que estuviese a gusto a mi lado y entendiese que su mala experiencia debía quedar en eso, en una mera anécdota del pasado de la que aprender; que supiese que por cada despojo humano hay cientos o miles de hombres respetuosos y con sentido común. Como yo.

—Gracias, Yago —dijo varios segundos después.

A sus palabras las siguió una bonita sonrisa. Sus facciones se habían relajado. Ya no se le marcaban los nudillos en los puños. Me sentí bien.

—Gracias a ti por hablar conmigo. —Agachó la cabeza con timidez—. Bueno, y dicho esto, deberíamos hablar con nuestro coleguita Adrien. ¿No te parece?

—Sí —respondió soltando una larga bocanada de aire, centrándose una vez más en el caso—. Nos falta hablar con Adrien, con Miguel, con la amiga, con los vecinos...

—Sí, y perdona que te interrumpa, pero antes he pensado que deberíamos pasar por el tanatorio por si vemos algo raro, ¿no te parece?

—Sí, buena idea.

—Guay. Volviendo a lo de Adrien, le he dado mi teléfono a este…, no sé cómo se llama…

—¿Álvaro? ¿Judith? ¿Esteban?

—Ese. Esteban. Le he dado mi teléfono para que nos avise cuando consiga lo de los perfiles de las redes sociales y demás.

—Tal vez ya tenga algo.

Sacó el móvil de su chaqueta y comenzó a marcar.

—Hola, me ha dicho Yago que ibas a llamarle cuando tuvieras algo… Vale. Espera, mejor vamos para allá y nos lo cuentas; estamos aquí al lado. De acuerdo. Hasta ahora.

Colgó.

Me miró mostrando una leve sonrisa. La observé y sentí cómo, antes de apartar sus ojos de los míos, se ruborizaba.

No dije nada. Me limité a poner el motor en marcha y conducir hasta la comisaría. Aunque sospechaba de Adrien, no esperaba lo que Esteban había averiguado de él.

Al llegar a la comisaría nos dirigimos a la mesa de Esteban. Le pillamos de risas con su compañero Enrique.

Aines le dio una palmadita en el hombro que le sobresaltó. Se giró para atendernos.

—Che, qué rápido habéis venido. Por un momento he pensado que erais el jefe.

—Ya, y te has acojonado, ¿eh? Si estuvieras trabajando… —le dijo Aines.

—¿Acojonarme yo? Qué va. Le hubiera dicho que se uniera a la fiesta.

«¿Y este qué se ha tomado?», pensé, sintiendo cómo se me arrugaba el ceño ante su actitud desinhibida.

—Sí, seguramente —suspiró Aines.

—En fin, ¿os enseño lo que he encontrado o qué?

—¿A qué te crees que hemos venido? —contesté.

Esteban rio.

«En serio, se ha tomado algo».

Se dio media vuelta hasta colocarse frente a la pantalla de su ordenador. La feliz sonrisa que lucía apenas un segundo antes desapareció por completo. La cosa debía de ser grave.

Miré a Aines. Ella no se inmutó, estaba centrada en ver las carpetas a las que nuestro compañero iba accediendo.

—Aquí está. Este es el perfil en Facebook de vuestro colega. Al parecer le gusta hacerse pasar por un tío con unos cuantos años menos. He investigado a sus amistades. Casi todo mujeres. Os he apuntado ahí las cifras exactas —dijo señalando un papel que quedaba a su derecha.

—¿Es para nosotros? —preguntó Aines y lo cogió.

—Sí, podéis quedároslo. Mirad. El tío este nació en Francia, vivió allí hasta los diecisiete años. Su madre es francesa y su padre, valenciano. Supongo que por eso vino a parar a España. En su país estudió lo equivalente a primero de bachillerato. Luego aquí estuvo dos años para sacarse el último curso. Al parecer vive solo y ha tenido algún que otro trabajo esporádico. Ahora mismo su Seguridad Social dice que está en el paro, así que en principio no trabaja, salvo que lo haga de forma ilegal. Pero a lo que íbamos: rastreando sus redes sociales he averiguado que es el típico petimetre que no...

—¿Peti qué? —pregunté con guasa a la vez que intrigado.

Esteban volvió a reírse.

—Che, ¿nunca lo habías oído?

—Pues no.

—Un petimetre viene a ser un metrosexual. El típico tío que se preocupa mucho por su aspecto y pretende ir a la última moda.

—Joder, pues ahora me entero —respondí haciendo una mueca de sorpresa.

—Yo también —confesó Aines, mirándome con una media sonrisa en la cara.

—Bueno, pues eso. Que el francesito es el típico lechuguino. Tiene todas sus redes sociales, en especial Instagram, plagadas de fotos en plan sexi. Y como siempre vale más una imagen que mil palabras, acabo antes si os enseño su perfil.

—Deléitanos —dijo Aines con pereza.

Un despliegue de fotografías emergió ante nuestros ojos. Al muchacho le gustaba echarse fotos en poses más que provocativas. De vez en cuando veías alguna en la que iba vestido con vaqueros, con bóxers o con pantalones de chándal, pero la parte de arriba siempre brillaba por su ausencia. Algunas incluso se podrían considerar casi pornográficas. También vimos varias en las que lucía sus mejores encantos ataviado con un traje sin corbata y con la camisa ligeramente desabrochada. Al parecer, nuestro sospechoso iba para modelo y se torció por el camino; no encontraba otra explicación para tanto narcisismo.

—Vale, ¿os habéis empapado bien de sus musculitos? Pues ahora mirad las muchachas a las que sigue.

Nos mostró una larga lista de chiquillas de hormonas revolucionadas, la mayoría con cara de acabar de hacer la primera comunión.

—Joder —se quejó Aines.

—¿Tienes algún mensaje que...? —dije.

—No —me interrumpió Esteban—, qué más quisiéramos. Me temo que los mensajes que se mandan a través de las redes sociales se transmiten a través de códigos cifrados. A la mayoría no podemos acceder y menos sin una orden judicial.

—Está bien. Creo que con esto podremos hacer algo. Sigue indagando y si encuentras más háznoslo saber, ¿de acuerdo?

—Claro.

Le di una palmadita en el hombro al tiempo que le daba las gracias.

—Buen trabajo —zanjó Aines.

Me hizo un gesto con la cabeza para que nos fuésemos a hablar con aquel capullo.

Según nos dirigíamos a las escaleras me acordé del expediente de desaparición.

—Oye —dije, parándome en seco—. ¿Qué ponía del tal Adrien en el informe que estuviste leyendo?

—¿El de desaparición?

—Sí. Hablaron con él los compañeros, ¿no? ¿No destacaron nada?

—No. ¿Por qué?

—No sé.

Me quedé pensativo en mitad del pasillo.

—No, en serio, ¿qué piensas?

—Pues que si de verdad es lo que parece, o sea, un puto pedófilo... —Paré de hablar, tomé aire y comencé de nuevo—. A ver, si yo estuviese en su situación y viniesen dos agentes a mi casa diciéndome que ha desaparecido una de las niñas con las que me veo, como poco me pondría nervioso. ¿Tú no? —Aines se quedó pensativa—. Haya hecho algo o no, tendría que ser muy gilipollas para ignorar que automáticamente está en el punto de mira. A lo que voy es a que me gustaría saber cómo reaccionó. —Alcé las cejas resignado—. No sé, supongo que si hubiera mostrado algún comportamiento anómalo, nos lo habrían dicho o lo habrían anotado en el informe. A esta gente se la suele pillar por su lenguaje corporal, ya sabes; suele servirnos para ser conscientes de hasta qué punto podemos apretarles las tuercas.

—Ya. Entiendo. Podemos hablar con los compañeros a ver

qué nos cuentan. A mí todavía no me ha dado tiempo a leerme un par de hojas, así que eso que me ahorro.

—No lo estarás diciendo en serio, ¿no? —Arrugó el ceño ante mi pregunta. Parecía haberla dejado cohibida—. Madre mía, si nos lo acaban de dar; es materialmente imposible que lo hayas leído casi entero.

—Ya, bueno. No tenía otra cosa que hacer.

Le dediqué una mueca de «no tienes remedio», pero muy leve, no quería que sintiese que me estaba riendo de ella.

—En fin. ¿Has trabajado antes con ellos?

—No del todo. Hemos coincidido un par de veces, pero muy de refilón.

Asentí moviendo la cabeza.

—Juraría que tengo el número de teléfono de uno de los dos —dijo echando mano a su móvil. Comenzó a toquetear la pantalla, desplazando su dedo arriba y abajo por el cristal—. Aquí. Tengo el de Carlos.

A continuación se llevó el aparato a la oreja. A pesar de estar obstaculizando el tráfico de la comisaría, no me moví del sitio; Aines, en cambio, se apartó unos metros. La seguí con la mirada.

«Parece que ha funcionado nuestra charla. Es increíble, la verdad, ya me veía pidiéndole al comisario un cambio de compañero», pensé. Suspiré y seguí contemplándola con el mayor disimulo que pude. Llevaba el pelo recogido en un moño bajo del que no se escapaba ni un mechón. Casi siempre iba así; debía de resultarle cómodo. A juzgar por el tamaño del moño, tenía una larga melena.

—Ya está —dijo sacándome de mis pensamientos. No tardó más de un segundo en hablar—. Están en la cafetería de Carmen.

—¿Carmen? ¿Quién es esa?

Se rio.

—La dueña de un café-bar donde normalmente vamos los de la comisaría, sobre todo después del trabajo, a tomar unas cervezas.

—Ah, muy interesante.

«Y yo creyendo que en este puñetero pueblo la gente no salía a tomarse unas cañas», pensé irónico.

—Yo conduzco —dijo dirigiéndose a la salida.

Aquel trayecto volvió a ser silencioso, pero esta vez no me importó. Sabía que los cambios llevaban un tiempo y aún teníamos que trabajar las bases de nuestra nueva relación, que se acostumbrase a verme como lo que soy y no como ella temía que fuese.

En menos de cinco minutos llegamos al café-bar de Carmen. Bajamos del coche. Seguí a mi compañera hasta el interior del local.

—Ahí están —dijo señalando con el mentón una mesa situada al fondo, ocupada por dos agentes vestidos de uniforme.

Nos acercamos. En efecto, eran los dos agentes que habían estado en la reunión hacía un par de horas.

—Hola de nuevo —dijo Aines sonriente.

—¿Qué hay, compañera? ¿Qué tal todo? —preguntó el mayor de los dos poniéndose de pie y tendiéndole la mano; ella le correspondió dándole un fuerte apretón.

El joven secundó su gesto después de dedicarme una inspección ocular de arriba abajo. «Gajes del oficio», pensé.

En un momento Aines se encargó de presentarnos. Nos sentamos frente a ellos.

—Qué putada, ¿no? —soltó Iván tras apoyar sus codos sobre la mesa, mirándonos a Aines y a mí como si fuésemos Nadal y Federer en una final de Roland Garros.

—¿Habéis averiguado algo? —preguntó Carlos solapando la deducción de su compañero.

—De momento muy poco. Ahora íbamos a entrevistar a Adrien Berguer, por eso queremos hablar antes con vosotros.

Aunque ellos miraban a Aines, yo los observaba a ellos, y me llamó la atención el gesto que hizo Iván al oír a mi compañera decir que hablaríamos con el francés.

—¿Notasteis algo raro en él? Por el momento se perfila como uno de los principales sospechosos —añadió Aines.

—Salió corriendo —soltó Iván, negando con la cabeza y poniendo cara de mofa.

—¿Qué? —pregunté.

—Sí, que se piró —explicó este—. Se acojonó al ver que íbamos a hacerle una visita.

—Bueno, en verdad no le dio tiempo a nada. Pretendía escaquearse, pero no salió ni del portal —matizó Carlos. Aines y yo nos miramos sorprendidos—. ¿Queréis tomar algo? —ofreció con suma tranquilidad—. ¿Llamo a la camarera?

—No, gracias, nos vamos ya mismo —declinó Aines.

—¿Qué os dijo? —pregunté.

—Nada de provecho. Repetía una y otra vez que no había hecho nada —dijo Iván.

—Le dejamos en paz —intervino Carlos—, porque al parecer Elena anuló su cita.

—¿Qué cita? —preguntó Aines.

—Habían quedado el sábado por la noche, pero Elena le mandó un mensaje para decirle que le dolía la cabeza. Tengo la impresión de que fue una excusa para quitárselo de encima e irse con su amiga Alba. Y le creímos; a fin de cuentas, la chica dijo que Elena se fue de su casa la mañana del domingo, así que... —explicó Iván mientras Carlos le daba un trago a su bebida.

—¿No habéis pensado que pudo ir a buscarla a casa de la amiga? ¿Que pudieron pelearse y terminó cargándosela?

—La verdad es que no —respondió Carlos.

Esta vez fui yo el que no pudo disimular una mueca de desagrado.

—En fin, deberíamos irnos, ¿no? —sugerí a mi compañera. Ella asintió—. Ha sido un placer conoceros —afirmé con una sonrisa y eché la silla hacia atrás para levantarme.

—Igualmente. Si necesitáis algo más, ya sabéis nuestro teléfono —nos ofreció Carlos.

—Gracias —concluyó mi compañera.

Ambos nos dirigimos a la puerta.

Salimos y caminamos hacia el coche. Dejé que fuese ella quien se encargase una vez más de conducir.

—¿Qué ha pasado? —me preguntó ya dentro del habitáculo—. ¿Por qué no les hemos preguntado por el resto de las entrevistas?

—No vamos a sacar nada. Tenemos que seguir como si nos acabasen de avisar de un homicidio cualquiera, empezar de cero. Debemos hablar con todas y cada una de las personas de las que podamos desconfiar. —Por su expresión noté que no entendía mi razonamiento—. Nosotros jugamos con la ventaja de conocer los resultados forenses, de saber aproximadamente la hora de la muerte, pero ellos no tenían nada. Nada de nada —les excusé a pesar de estar convencido de que si rascaba encontraría algún hilo del que podrían haber tirado en su investigación. Nunca me había gustado hablar mal de un colega, pero Aines era mi compañera directa y con ella tenía que ser sincero, explicarle lo que pensaba—. ¿De verdad no se plantearon que el tal Adrien fuese a buscarla a casa de su amiga Alba? Podría haberse enterado de que estaba allí y además de pedófilo ser un pederasta, un violador o incluso un psicópata, vete tú a saber. No sé. No digo que sean unos incompetentes, pero en este caso han estado un poco desatinados.

—Sí, es la sensación que da.

—Es que, joder, ¿y encima dicen que salió corriendo? ¿De verdad? ¿Eso lo pone en el informe acaso? En serio, vaya dos...

Suspiré resignado. Aines puso en marcha el vehículo, pensativa, sin darme réplica. Y de nuevo, como en los viejos tiempos, el silencio nos acompañó hasta la casa del sospechoso.

Corría prisa que hablásemos con Adrien; se había ganado las suficientes papeletas como para convertirse en nuestro sospechoso número uno.

Aparcamos enfrente del edificio donde residía el francés, con la esperanza de encontrarlo en su domicilio. El portal estaba abierto, de modo que subimos directamente hasta su piso. Tras ubicar la puerta, Aines se encargó de llamar al timbre. Esperamos en el rellano unos segundos. El silencio inundaba todo el edificio a excepción de los lejanos ladridos de un perro nervioso, tal vez inquieto por estar solo en casa. Mientras esperábamos, sentí un sutil chirrido metálico proveniente de la mirilla, casi imperceptible: Adrien se encontraba al otro lado de la puerta. Manipuló la abertura con tanto cuidado que apenas se oyó, pero, por suerte, mi sentido auditivo funcionaba como el de un chaval que aún no se ha destrozado los tímpanos en la discoteca. Sabiendo que nos observaba, clavé la mirada en ese insignificante ojo de buey de cristal, mostré mi expresión más seria y alcé mi placa de policía y se la puse delante de las narices —en sentido figurado— para que la viese con detalle. No tardó en abrirnos.

—Buenos días. Somos los inspectores Yago Reyes y Aines Collado —saludó Aines—. Queremos hablar con...

—Sí, pasen —dijo interrumpiéndola y echándose a un lado.

Esa predisposición me resultó chocante, aunque no tanto si me paraba a pensar en la información que nos había facilitado Esteban y la corta charla que mantuvimos con los policías, a quienes deseé no tener que volver a cruzarme en futuros casos.

Nos condujo hasta el comedor y nos invitó a sentarnos en uno de los dos sofás; él ocupó el otro.

—Supongo que sabrás por qué estamos aquí —expuse, iniciando así la entrevista. Aguardé unos instantes a ver si respondía algo, pero permaneció expectante—. Conocías a Elena Pascual Molina, ¿no es así?

—Sí.

—¿Estás al tanto de que ha sido hallada muerta?

—Sí.

—¿Cómo te has enterado?

—Me lo ha dicho su amiga Alba.

—¿Tú y Alba sois amigos?

—En verdad solo la he visto una vez.

—Oh, ¿y ya habéis intercambiado los números de teléfono?

—Sí. El día que Elena nos presentó insistió en *ficharme*. Yo creo que no se fiaba de mí.

«¿Que no se fiaba? ¿Acaso Carlos e Iván te dijeron algo que te acojonó y ahora estás en plan confesiones?».

—¿Por algo en especial?

—Porque era mayor que Elena, supongo.

Una vez más me sorprendió tanta sinceridad. Se le percibía inquieto; pensé que tal vez se debía al desencuentro que había sufrido con nuestros compañeros.

Le observé con detenimiento. ¿Aquel era el guaperas que tantas pasiones levantaba en las redes sociales entre las adolescentes? Tenía la boca algo grande, pero por lo demás me parecía un chico normal, ni feo ni guapo —Aines podría valorar mejor ese detalle—. Aun así, no era como en las fotos que acostumbraba a colgar. Se le notaba una musculatura fibrosa debajo de la camiseta —algo más ancha que las pocas que de vez en cuando lucía en su colección de fotos de Instagram—, pero estaba demasiado delgado, hasta parecía enfermo. La piel oscura que circundaba su mirada reforzaba esa sensación. Tal vez había estado llorando la pérdida de su amiga. O tal vez no había pegado ojo desde la visita de nuestros compañeros. ¿Miedo? ¿Dolor? Quizá era una mezcla de ambos.

—Entiendo... —dije.

—¿Cuánto hacía que conocías a Elena? —intervino Aines.

Adrien la observó detenidamente. Me pregunté en qué estaría pensando, por qué la miraba de esa forma. De haber tardado unos instantes más en contestar no sé cuál hubiera sido mi reacción.

—Un par de meses.

—¿Qué tipo de relación teníais?

—Amistad.

—¿Solo amistad?

—Sí.

—Tenemos entendido que manteníais relaciones —intervine, tomando una vez más las riendas de la entrevista.

—No. Solo éramos amigos.

—¿Quieres decir que has estado hablando y viéndote con una chavalilla de dieciséis años y no has dado un paso más allá de la amistad? Mejor dicho, de quince.

—Eso es. Solo amistad —dijo marcando su acento natal.

—No creo que fuera por falta de ganas, ¿no?

—¿Qué insinúa?

—No insinúo, lo digo abiertamente. ¿Acaso no tenías ganas de tirártela?

—¿Cómo? —preguntó extrañado.

—Lo que has oído, no te hagas el tonto. Que si no tenías ganas de calzártela.

—No —respondió inquieto, notablemente molesto y nervioso.

—La verdad, no lo entiendo. ¿Qué te aportaba una niña de quince años para estar viéndote con ella durante dos meses?

—Nos llevábamos bien. Podíamos hablar de cualquier cosa.

—Ya —respondí tajante y receloso—. Díselo tú —le pedí a mi compañera.

—Señor Berguer, me temo que hemos investigado acerca de sus gustos, sus rutinas, sus relaciones sociales y amorosas y su situación no nos inspira confianza.

—Yo no he hecho nada.

—Sí, es lo que suelen decir las personas como tú —repliqué—. No han hecho nada y luego resulta que tan solo tienen trapos sucios que esconder.

—Les repito: no he hecho nada —dijo recalcando cada palabra.

—¿Usted sabía cuántos años tenía Elena? —cuestionó Aines.

—Dieciséis. Acaba de cumplirlos. Cuando la conocí ya los tenía.

—Me temo que no, más bien le faltaban un par de meses para cumplirlos. Así que Elena aún tenía quince.

—No puede ser, en su Facebook ponía...

—¿En serio se fía usted de todo lo que aparece en Facebook? —le preguntó Aines.

Agachó la cabeza. Parecía confuso y estar diciendo la verdad. Aunque, por otro lado, viendo qué amistades tenía en sus redes sociales, era posible que supiese que Elena aún tenía quince años y le diese igual; o tal vez no lo sabía y simplemente seguía viéndose con ella porque le excitaba su físico, su apariencia de cría de doce años.

El francés se quedó callado y cabizbajo, por lo que Aines continuó:

—No sé si estará al tanto de lo que significa e implica la «edad de consentimiento sexual». ¿Ha oído ese término alguna vez? —Adrien siguió sin alzar la vista del suelo, en el más estricto silencio. Aines continuó sin inmutarse, intuyendo que Adrien empezaba a ser consciente de lo que se le podía venir encima—. Es la edad establecida para poder mantener relaciones sexuales o llevar a cabo otras actividades de índole sexual, como conversaciones, intercambiar imágenes, vídeos..., sin infringir la ley, es decir, sin que se considere que el individuo de edad más avanzada esté incurriendo en violencia, abuso o acoso. ¿Entiende lo que eso implica?

El francés asintió con la cabeza.

—Estamos al tanto de que tienes la costumbre de rodearte de jovencitas algo desorientadas —proseguí, tomándole el relevo a mi compañera—, con las que mantienes largas conversaciones privadas e intercambias fotografías y vídeos de dudosa inocencia. Tu Instagram está plagado de fotos tuyas y de tus musculitos y, por supuesto, las cabecitas locas a las que sigues y te siguen guardan el mismo ideal exhibicionista que tú. ¿Te has fijado en sus edades?

»También hemos visto que muestras un perfil un tanto adulterado: tu foto parece de hace dos o tres años y la edad que figura en tus datos personales está notablemente rebajada. Que yo sepa, basándome en los datos que recoge el registro estatal, tienes veintiséis años, mientras que en tus redes sociales quieres hacer creer a todas que tienes veinte. Me pregunto con qué intención, si no es la de camelártelas. En tu Facebook, de un total de doscientas treinta y nueve amistades, solo siete son hombres. De todas las mujeres, el noventa por ciento son menores de dieciséis años. ¿Casualidad, tal vez? Lo que me hace preguntarme si sabes lo que es la pedofilia.

Mientras hablábamos, él seguía sin ser capaz de articular palabra, sin poder rebatir nada de lo que decíamos ni defenderse de algún modo. Tan solo escuchaba con la vista fija en aquella reducida parcela de gres que tenía delante de sus ojos. Su rostro reflejaba tensión y miedo. Le hice un gesto a Aines para que prosiguiese ilustrándolo.

—En estos momentos —siguió ella— tenemos a varios compañeros estudiando sus perfiles y las edades de las niñas con las que se ha estado relacionando, es decir, con cuántas de ellas ha mantenido, como poco, conversaciones.

—Me juego el cuello a que entre ellas hay más de una Elena, más de una menor de dieciséis años con las que has intimado más de la cuenta —intervine sintiendo repulsión—. En el caso de que nos enteremos de que, además, has mantenido relaciones sexuales con alguna, la cosa se agravará. ¿Sabías que el año pasado condenaron a uno de los de tu calaña a diez años de prisión por mantener relaciones con una menor? Fue en Álava, aquí en España. La cría tenía catorce años y él, veintiocho.

Lo observé. Seguía sin mirarme a la cara. Añadí:

—¿Sabes qué? No vamos a parar hasta encontrar todo lo que nos estás escondiendo. De modo que deberías ir pensando en soltar la lengua y contarnos qué hiciste con Elena; si no, no tendré ningún reparo en acudir a los medios de comunicación y airear todos tus trapos sucios. ¿Y sabes lo que harán con ello? Echarte a los leones. Se te vendrá el mundo encima. No podrás salir a la calle. Nadie te mirará a la cara. Las niñitas huirán de ti y lo más probable es que empiecen a lloverte las denuncias por abusos a menores. ¿Y sabes lo que viene después? La cárcel. Si no eres muy imbécil, ya estarás al tanto de lo que les pasa a los que son como tú cuando están entre rejas.

—No hice nada con ella. Yo no la maté —aseguró, reaccionando al fin—. Me mintió. Ella fue la que mintió acerca de su edad. Me dijo que tenía dieciséis años.

—Y tuvisteis relaciones...

—No, no hicimos nada. Habíamos quedado para pasar la noche juntos, pero me mandó un mensaje y me dijo que no podía venir.

—¿Puede enseñarnos ese mensaje? —solicitó Aines.

—Sí, claro que puedo. No tengo nada que esconder. ¿Puedo...?

Hizo un gesto solicitando levantarse para ir a buscar su móvil.

—Adelante.

El chico abandonó el comedor y se adentró en el pasillo. Aines lo siguió hasta la puerta y desde ahí controló sus movimientos. En menos de un minuto regresó con el móvil en la mano y mi compañera detrás de él.

—Aquí está —dijo mostrándonos la pantalla.

Soy consciente de que se me arrugó el ceño al ver el mensaje lleno de abreviaturas y faltas de ortografía. Leí al tiempo que lo *traducía*:

> Hoy no puedo quedar contigo. Me duele la cabeza. Lo dejaremos para otro día. Tengo muchas ganas, ya lo sabes. Mañana hablamos. Besos.

«Dios, qué mal escriben, joder. ¿No pueden poner las palabras enteras?».

Miré la hora del mensaje. Eran las 21:47.

—Baja. Quiero ver tu respuesta.

Me miró con desprecio, reflexionando si debía mostrármela o negarse. Terminó cediendo. Leí para mí, de nuevo convirtiéndome en una especie de traductor automático. Lo de él era más aberrante, si cabe.

> Qué pena. Yo sí que tenía ganas. ¿No puedes tomarte un paracetamol? Si se te pasa, podemos quedar más tarde. En fin, ya me dirás algo, si no, ya lo haremos otro día. Aunque me tienes como una moto. No se puede ser tan sexi.

Sentí náuseas. «El que no quería tirársela».

Hora de la respuesta: 21:51.

Hice amago de seguir leyendo lo que ponía debajo, pero apartó la mano con un movimiento seco y rápido, escondiendo la pantalla.

—¿Qué más pone?

—Nada.

—Yo creo que sí. ¿Qué ocultas?

—Nada.

—¿Nada? Pues me gustaría leer el resto de la conversación.

—No se la voy a enseñar. Si quieren leerla deberán pedir una orden de registro o lo que sea que necesiten. Yo no he hecho nada. No la vi ni esa noche ni después.

Inspiré y espiré una profunda bocanada de aire muy despacio, examinando su rostro al tiempo que contenía las ganas de romperle la nariz y tal vez esa repulsiva boca de besugo que la mala genética le había dado y de la que tanto presumía en sus fotitos. Sabía que Aines guardaba silencio esperando algún tipo de reacción por mi parte. Mientras tanto, el sospechoso se escondía el móvil en el bolsillo trasero de sus vaqueros.

—No vas nada bien, ¿sabes? —dije acercando mi cara a la

suya, consciente de que mis palabras y mis formas sonaban a amenaza; justo lo que pretendía.

—¿Qué hizo la noche del sábado? —intervino mi compañera.

—Quedarme en casa.

—¿Un tío hecho y derecho —salté—, independiente y en pleno calentón, se queda en casa una noche de sábado pudiendo buscar a cualquier tía medio pedo dispuesta a dejársela meter en el asqueroso aseo de una discoteca?

—Sí, me quedé en casa —insistió airado.

—¿Buscando a otra niñita a la que engañar? —formulé con retintín.

—Yo no he engañado a nadie. No he hecho nada.

—¿Hay alguien que pueda confirmar que estuvo usted aquí? —preguntó Aines.

El chico permaneció vacilante y pensativo.

—¿Sabes? —tomé la palabra antes de que contestase—. Hay tres problemas. El primero, que eres nuestro principal sospechoso por el simple hecho de ser un puto pedófilo y la víctima, una cría de quince años. El segundo que, según parece, no tienes coartada. Y el tercero, que la autopsia desvela que Elena mantuvo relaciones sexuales supuestamente consentidas antes de que algún hijo de puta la matase —dije sin disimular mi cara de creciente asco—. ¿Acaso te fuiste a buscarla a pesar de que ella te dijo que no podía quedar contigo? No sé, chaval, pero yo que tú empezaría a buscarme un buen abogado, no vaya a ser que en cualquier momento vengamos a por ti con una orden de arresto y te pillemos con el culo al aire, y no precisamente haciéndote selfis. ¿Has entendido? Lo tienes bien jodido.

UN JUEGO

Viernes, 16 de agosto de 2019

Elena echó un vistazo a las mesas de al lado: sus respectivos ocupantes estaban centrados en sus propias conversaciones. Cogió el refresco y se lo llevó a los labios. El líquido bajó por su garganta y la ayudó a apaciguar el calor que hacía aquella tarde de agosto.

—Se me ha ocurrido una cosa —dijo soltando su vaso y dedicándole a Adrien una mirada provocadora.

—¿Ah, sí? ¿Y qué es, si puede saberse?

Comenzó a hablar de forma pausada, jugando con sus dedos a hacerse tirabuzones en el pelo.

—Ya hace dos semanas que nos vemos y nos hemos liado varias veces, así que…, bueno, creo que podríamos ir a tu casa para hablarlo tranquilamente.

—¿No podemos hablarlo aquí? ¿Pasa algo?

—Mejor que no. No quisiera que nadie nos oyera.

Durante unos instantes Adrien la observó con el ceño frun-

cido, el mismo tiempo que Elena le sostuvo la mirada con lascivia. El chico sabía que debía seguirle el juego si quería conocer lo que la mente inquieta de Elena estaba tramando. No
darle la razón de inmediato tendría como castigo el silencio,
tal vez el final de la velada.

—Está bien. Vamos.

Abandonaron sus asientos. Los vasos estaban prácticamente llenos y la cuenta pagada.

—¿Y hasta que lleguemos a mi casa no me dirás nada? —le
preguntó, pasándole la mano por la cintura y aproximándola
a él.

—Me parece que no. Así será más divertido.

—¿Ah, sí? ¿Crees que me gustará tu idea?

—Seguro que sí. Por lo que me has contado de tus gustos...,
sí, estoy convencida.

—¿Te das cuenta de que estamos lejos? Aún tenemos que
llegar hasta el coche y luego hay casi media hora hasta mi
casa. No sé si podré esperar tanto tiempo.

Elena sonrió de medio lado. Lo tenía justo donde quería:
inquieto, deseoso, expectante.

—Ya lo sé. Pero, créeme, te gustará lo que tengo para ti.
Verás que la espera habrá merecido la pena.

—Bueno. No me queda más remedio que dejarme llevar,
¿no?

—Exacto, francesito. ¿Te he dicho alguna vez que me encanta tu acento?

—Alguna vez. *Si tu veux je peux parler en français.*

—Eh... ¿Hablar en francés? No, no. Prefiero que me hables
en castellano, así me enteraré de lo que dices.

—Oh, *très bien*, pero ya veo que acabas de entenderme
perfectamente.

—Sí..., pero ya. Mejor en español.

—Sin problema. Mi padre me enseñó bien, así que...

Fiel a su palabra, durante el trayecto a casa de Adrien, Elena se las apañó para desviar la atención y hablar de otros temas. No obstante, él intuía que se trataba de algún jueguecillo íntimo, de ahí que no quisiera hablarlo en la terraza de una cafetería.

Llegaron a casa. Nada más abrir la puerta, Elena soltó su bolso en el suelo y se lanzó encima de él. Empezó a besarlo y a tocarle por el cuerpo, provocando la excitación de Adrien.

—Para —dijo ella cuando él se disponía a subirle la falda.

A regañadientes, Adrien obedeció. La observó cejijunto, desconcertado. Nunca había conocido a una chica que le excitase tanto como ella. Le gustaban sus juegos, sus provocaciones, el dominio que ejercía sobre él y su escaso autocontrol.

—¿No querías...?

—Espera. ¿No prefieres que te diga primero lo que se me ha ocurrido?

Adrien se acercó para seguir besándola, pero Elena lo volvió a frenar, esta vez poniéndole las manos en el pecho y echando la cabeza atrás.

—Muy bien. Te escucho —dijo con desidia.

Elena se agachó y cogió su bolso. Adrien observó cómo rebuscaba en el interior. Al fin extrajo algo. Era un recorte de periódico.

—¿Qué es eso?

—Esta mañana estaba mi padre mirando el periódico y luego lo he cogido yo para echarle un ojo. Me aburría, así que... A mí esas cosas no me gustan, prefiero una revista de cotilleos, pero hoy, no sé por qué, me ha llamado la atención. He visto que en las últimas páginas había anuncios con ofertas de todo tipo: señoras ofreciéndose a limpiar casas, tías que dan masajes, chicas ofreciéndose como niñeras... Y adivina qué.

—Qué.

—También había anuncios de putas y putos. Tanto para tías como para tíos, gais, lesbis…, de todo. Lo he flipado un poco, pero a la vez…

—¿A la vez qué?

Elena sonrió con prepotencia.

—No lo entiendes. Mira lo que he traído.

Adrien bajó la mirada y observó el trozo de papel de periódico. Primero se fijó en sus bordes irregulares. Elena lo había recortado con las manos. Luego comenzó a ojear los anuncios.

Tan solo había uno que se podía leer completo, uno que hacía referencia a los servicios de un *gigolo* que atendía tanto a mujeres como a hombres. Adrien dio la vuelta al papel para ver si había más publicidad al otro lado, pero el reverso tampoco mostraba otros anuncios enteros. Alzó la vista con desconcierto. Elena lo contemplaba con una sonrisa de oreja a oreja.

—¿Te apetece? —le preguntó ella.

—¿El qué?

—He pensado que nos lo pasaríamos bien. A ti te gusta ver toda clase de porno y, no soy tonta, sé que te molan los vídeos en los que salen chicas de mi edad.

—Pero…

—No trates de esconderte —le interrumpió—, el otro día cuando fuiste al baño lo vi en tu ordenador. Ya te lo he dicho, no soy tonta. Y no me importa. Cada uno tiene sus vicios, aunque no sean del todo legales.

—No tenías ningún derecho a mirar en mi portátil.

—Bueno, y tú no tienes ningún derecho a ver fotos de crías. ¿Sabes que es ilegal?

—No son crías, son de tu edad.

—¿Acaso te crees que me importa? —Adrien se quedó boquiabierto, sin saber qué decir, cómo excusarse—. A ver, francesito mío, lo que digo es que a ti te gusta mirar a jovencitas haciendo guarradas y a mí me apetece jugar con un mulato. Siempre he querido saber cómo la tiene un negro y el anuncio que he traído dice que es un «mulato *gigolo*». No creo que te moleste, ¿no?

—Yo no voy a llamar a ningún *gigolo*. ¿Por quién me has tomado? Además, ¿pretendes hacértelo en mi casa con otro tío? ¿Pero te has vuelto loca?

Aunque su tono se fue alzando de forma gradual, supo contenerse para no llegar a gritar; ante todo, no quería que los vecinos pudieran oírlos discutir.

—No. De loca nada. Curiosa tal vez. Y creo que no me estás entendiendo. Te gusta mirar vídeos y fotos de chicas, ¿no? —Adrien no contestó—. Además, sé que te ves con otras. Así que, ¿qué problema tienes? Ahora no te pongas en plan estrecho. Piénsalo: te ofrezco la posibilidad de mirar en vivo y en directo. Y si quieres también podrás participar. —Elena llevó la mano a la entrepierna de Adrien y le miró con lascivia—. Vamos, francesito, si se te está poniendo dura solo de pensarlo. Yo me encargo de todo, ¿vale? Tú déjate llevar. Será divertido.

—¿Tú sabes que esa gente cobra una pasta?

—Lo pagaremos a medias, no te preocupes. Tengo dinero ahorrado. Mi madre me da una paga todas las semanas y siempre me sobra más de la mitad. Tengo una buena hucha. De hecho, en el monedero llevo trescientos euros, así que solo hay que esperar a que venga.

—¿Ahora?

—Sí. Ahora.

—¿Y quién te dice a ti que puede venir ahora?

Elena sonrió. Su mirada reflejaba malicia.

—¿Te acuerdas cuando estábamos en la pizzería y me he ido al cuarto de baño? Pues, como ya sabes, trato de no tener cosas raras en mi móvil por si lo cotillea mi madre, por eso te digo siempre que no me mandes mensajes guarros ni nada que pueda hacer que se mosquee si los ve, así que he aprovechado que llevaba tu móvil en mi bolso para llamarle. He quedado con él a las siete. ¿Qué hora es?

—¿Que has hecho qué?

—Que ya le he llamado.

—¿Por eso querías que viniéramos corriendo, dejando incluso las bebidas a medias?

—Premio para mi francesito. Tenía un hueco a esta hora. Por lo que se ve está muy solicitado.

—¿Y si no me hubieras convencido para venir qué?

—Eso no habría pasado. Sé cómo llamar tu atención.

—Joder, Elena.

—¿Qué pasa? ¿No te mola la idea?

—Pues, la verdad, no sé si quiero.

—¡Venga ya! ¿Cuántas veces en la vida se presenta una oportunidad como la que te estoy ofreciendo? —El sonido del portero provocó una nueva mueca de satisfacción en el rostro de Elena mientras que a Adrien se le ponían los ojos como platos. Llegó a dudar de si le estaba tomando el pelo—. Tranquilo, ya abro yo. Tú te puedes ir preparando.

Cogió el monedero de su bolso y fue a contestar.

Ante ellos se presentó un mulato de unos treinta años. Vestía una camiseta de algodón blanca que se ceñía, como un traje de neopreno, a los músculos de su dorso. Un pantalón pitillo de tela vaquera y unas zapatillas de deporte más blancas que las escleróticas de sus ojos terminaban de componer su indumentaria. Llevaba el pelo hacia arriba y los laterales rapados. Sus facciones eran suaves; su apariencia, limpia. En conjunto, nadie que se cruzase con él pensaría que se dedicaba a una profesión tan exclusiva.

Elena lo recibió en la puerta.

—Pasa.

El hombre accedió con desconfianza al interior de la vivienda. Esperó a que Elena cerrase la puerta para preguntarle las dos únicas cosas que le inquietaban: que no estaba con una menor y que se iría de allí con el dinero.

—¿Cuántos años tienes?

El acento del mulato dejaba claro que su nacionalidad de origen no era la española.

—Dieciocho. —Él le hizo un examen visual de arriba abajo—. Tengo una genética muy aniñada. Mi madre es igual que yo.

La observó tratando de adivinar la veracidad de sus palabras. Sin embargo, no le pidió ninguna documentación que lo confirmara.

—Antes has dicho que estaríais tú y tu novio. ¿Es así? Si participáis los dos será cien euros más caro.

—No hay problema. De momento mi novio mirará. Es un regalo. Le encanta mirar.

—Está bien. ¿Tienes el dinero?

—Sí —dijo sacando un fajo de billetes de cincuenta euros del monedero.

—Está bien.

—¿Vale?

—Sí.

—Pues ven, pasa por aquí.

—¿Te ocurre algo? Tienes cara de seta —le dijo Elena a Adrien en cuanto se marchó el *gigolo*.

Se acercó para darle un beso, pero Adrien la apartó con sutileza.

—No. Estoy bien.

—¿Ah, sí? ¿Y por qué te apartas? ¿Acaso no te lo has pasado de puta madre?

—Sí, me lo he pasado bien, pero…

—Ni pero ni nada. ¿Qué te pasa?

—¿Cuántos años tienes?

—¿Por qué me preguntas eso ahora?

—Quiero ver tu DNI.

—No te lo pienso enseñar.

—No tienes dieciséis, ¿verdad?

—Venga, va. Déjalo, anda.

—No. No lo dejo. Dímelo. Te he oído hablar con el mulato cuando ha llegado. Le has dicho que tienes dieciocho y algo me dice que no has cumplido ni los dieciséis.

—Pero ¿a ti eso qué más te da? Te gusto, nos lo pasamos bien y punto. No importa. Además, ya sabes los años que tengo. No te hagas ahora el responsable.

—Quiero oírte decirlo. ¿Cuántos años tienes?

—Quince. Tengo quince. Pero ya lo imaginabas, ¿a que sí? Por eso te pongo como una moto, porque soy como una manzana prohibida.

—Creía que…

Adrien bajó la cabeza y se sentó en el borde de la cama. Tras unos segundos de abstracción comenzó a calzarse las zapatillas sin mirarla a la cara.

—¿Qué haces?

—Vamos. Termina de vestirte. Te llevaré a casa.

—¿Me estás echando?

—En cierto modo, sí. Es lo mejor.

—Ahora, ¿verdad? Ahora quieres llevarme a casa. Después

de haberte corrido como un auténtico puerco —replicó ella elevando levemente el tono—. Te recuerdo que las otras veces que nos hemos liado tampoco pasó nada, te quedaste igual de satisfecho. ¿Estás así por lo del *gigolo*? ¿Acaso tú puedes liarte con quien quieras y yo no? Eres un hipócrita, ¿sabes?

—Creo que deberíamos dejar de vernos unos días, tal vez unas semanas.

—Venga ya, no me jodas con esas chorradas. Estás loquito por mí y yo me lo paso genial contigo.

—Te lo digo en serio, Elena. Es mejor que no quedemos durante una temporada.

—¿Sabes? Voy a dejar que me lleves a casa, pero más te vale que sigamos viéndonos, porque ¿sabes lo que haré si no? Que me chivaré. Es más, diré que me engañaste, que me chantajeaste para que me acostase contigo. Y sabes que me creerán. La ley está de mi parte. ¿Te enteras? No tendrán más que entrar en tu ordenador para saber de qué pie calzas. Y, por si no lo sabes, no te servirá de nada que lo borres, porque la poli sabe recuperar todos los archivos que ha habido en un ordenador. Así que ten cuidado con despreciarme, te puede salir cara la broma.

—No se te ocurra amenazarme —respondió Adrien poniéndose en pie, acercándose a ella y agarrándola del brazo de forma violenta.

La mirada de Elena tomó un cariz desafiante. Los dedos de Adrien en su brazo dejaron sin color la piel que apretaban.

—Tú comes de mi mano —dijo tratando de zafarse de él, en vano. Verbalizó cada palabra con las mandíbulas en tensión, mostrando sus dientes como un perro rabioso—. Recuérdalo, francesito. Además, con tu patético brote de moralismo no engañas a nadie. Eres un pervertido y, como vuelvas a tratarme así, haré que te encierren.

EL QUE NO VIO NADA

Yago Reyes
Miércoles, 18 de septiembre de 2019

—¿Qué opinas? —le pregunté a mi compañera nada más entrar en el coche.

—No sé qué pensar. Por un lado, creo que ha podido ser él, y por otro...

Guardó silencio, pensativa.

—¿Qué? Sigue.

—Pues que no cuadra lo que hemos leído en los mensajes con lo que nuestros compañeros averiguaron al hablar con el padre de Elena. ¿Los has leído? Ponía que le dolía la cabeza, como si estuviese en casa. Sin embargo, en el informe pone que el padre negó que volviese a verla, como si Elena se hubiese ido por la tarde y desde entonces le perdieran la pista. Y la amiga dijo que pasó la noche con ella, pero que antes la dejó en casa para cenar y arreglarse. ¿No la vio su padre? ¿Acaso era una excusa que le dio Elena a Adrien para no quedar con él y en su lugar verse con Alba?

—Pero se supone que Alba sí la dejó en casa, ¿no? O al menos eso fue lo que les aseguró a los compañeros cuando hablaron con ella después de que Elena desapareciera.

—Sí.

Daba gusto poder trabajar e intercambiar impresiones con normalidad con mi compañera.

—¿Qué hora es? —pregunté.

—Son las once y media pasadas. ¿Por qué?

—Estoy pensando que podríamos acercarnos al tanatorio. Quizá veamos algo que nos interese.

—Me parece bien. ¿Sabemos dónde es?

—No. Pero no deberíamos tardar mucho en averiguarlo.

Se puso a indagar y en un par de minutos dio con los datos.

—Está en el Tanatorio Crematorio de Alzira. Dirección: Camí Hort de Pellicer, uno —dijo satisfecha.

—Muy bien, compañera.

Aines me observó con un semblante al que no me tenía acostumbrado. Definitivamente habíamos enterrado el hacha de guerra.

—¿Conduces tú? —me preguntó, a pesar de estar ocupando ya el asiento del acompañante.

—Como quieras. Si te apetece hacerlo a ti es todo tuyo.

—No, no. Solo quería asegurarme de que no te importaba conducir a ti. Francamente, aquí voy más cómoda y de paso, mientras llegamos, puedo seguir echándole un vistazo al expediente.

—Genial, entonces.

Entre unas cosas y otras, el tiempo se me pasó volando. Llegamos al tanatorio a eso de la una del mediodía. Aquello estaba a rebosar. Al parecer, aquel día estaban todas las salas ocupadas.

«Al menos pasaremos desapercibidos».

Al llegar a la de Elena nos topamos con multitud de personas de todas las edades, sobre todo chavales: parecía que el instituto entero se había personado para darle su último adiós. Ellas lloraban desconsoladas; ellos no tenían complejos en mostrar su dolor.

«Cómo han cambiado los tiempos —pensé satisfecho a la vez que recordaba la charla con mi compañera—. Todo progreso es cuestión de tiempo, pero hay que concedérselo y trabajar en ello».

—¿Has ubicado a los padres? —le pregunté a mi compañera.

—No, no los veo. Lo mismo han salido un momento a la cafetería.

—Ven —le dije, cogiéndola del brazo—. Vamos allí. —Señalé un hueco esquinado donde, raramente, no había nadie—. Cuanto menos se nos vea, mejor.

Asintió y se dejó arrastrar entre la marabunta hasta el rincón más discreto de la sala. Era el momento de ejercer de espías, de identificar alguna actividad extraña.

Desde aquella posición teníamos una panorámica algo más amplia. Aparte de la multitud de jóvenes, había ancianos, hombres y mujeres de diversas edades, todos arremolinados en distintos grupos, por lo general en forma de corros.

Al cabo de unos minutos, al fin vimos a los padres de Elena. El trasiego de gente que se acercaba a ellos resultaba abrumador. Nosotros lo hicimos cuando se quedaron unos instantes a solas. Fingimos ser unos conocidos más.

—Nuria... —Llamé su atención poniéndole una mano en el hombro. Ella se giró. Tenía los ojos rojos e hinchados. Junto a ella estaba su marido, igual de afectado—. ¿Qué tal, se acuerda de nosotros?

Arrugó el ceño como tratando de hacer memoria y comenzó a hablar, vacilante.

—Sí, son…

La ignoré para centrarme en su marido. Le ofrecí la mano como presentación inicial. Debo reconocer que no me lo esperaba así. Era igual de alto que yo —más de metro ochenta—, moreno, de abundante cabellera negra repeinada hacia atrás y barba de *hipster*. Su camiseta ceñida de manga corta no dejaba dudas de que tenía un cuerpo fibroso. También lucía un pantalón vaquero ajustado. A pesar de que a mí me gustaba vestir moderno, lo suyo me parecía excesivo. ¿Cuántos años tenía? ¿Cuarenta? ¿Cuarenta y dos?

—Mi nombre es Yago Reyes, ella es mi compañera Aines Collado. —Aines le estrechó la mano después de darle un par de besos a la mujer. Al principio esto último me resultó extraño, pero luego pensé que era la mejor forma de pasar desapercibidos. Miguel nos correspondió diciéndonos su nombre, convirtiéndose aquella ocasión en la primera vez que hablamos con él—. Estaremos por aquí —continué—. Nos gustaría que actuasen como si fuésemos un familiar o un conocido más; no queremos llamar la atención.

Ambos asintieron.

—¿Saben ya algo? —se interesó Miguel; era la reacción lógica de cualquier padre en su situación.

Sus ojos se enrojecieron y la barbilla le tembló. Agachó la cabeza tratando de evitar que lo viéramos llorar. Yo intercambié una mirada cómplice con mi compañera, que puso una mueca de pesar. El padre de Elena se secó las lágrimas antes de que le contestara, antes de volver a mirarme a la cara.

—Aún es pronto y me temo que este no es el lugar —le respondí.

Él volvió a agachar la cabeza entristecido, negando. Me

pregunté qué estaría pensando. Los ojos de la mujer se anegaron de lágrimas, que comenzaron a resbalarle por las mejillas.

—Lo siento mucho —se disculpó Aines poniéndole una mano en el brazo—. Ahora debemos continuar. Ya pasaremos a verlos por su casa en cuanto todo esto haya terminado.

—Gracias por todo —dijo la madre.

—Es nuestro trabajo —le contestó Aines.

—Hagan todo lo que esté en sus manos para atrapar a ese malnacido —rogó el padre.

—Por supuesto —concluí.

Una simple mirada entre mi compañera y yo fue suficiente para compartir lo que estábamos pensando: «Es hora de dejarlos con su duelo». Al tiempo que Aines se giraba para marcharnos, yo oteé una vez más a aquellos dos desgraciados, encontrándome nuevamente con el desconsuelo de una madre y la resignación de un padre; no obstante, las estadísticas nos abocaban a sospechar de él.

«Nuestra charla contigo tendrá que esperar unas horas, Miguel —pensé con mis ojos clavados en su afligido rostro—. Si ocultas algo, lo averiguaremos».

Jueves, 19 de septiembre de 2019

—Creo que debemos acercarnos a hablar con el padre, el padrastro de Elena —sugirió Aines captando toda mi atención.

Aunque un «porque sí» hubiera sido suficiente, alcé la vista esperando cualquier tipo de argumentación por su parte. No la obtuve; él ya era una de las personas con las que antes o después tendríamos que hablar si no queríamos convertirnos en un par de incompetentes, y creo que en eso se basaba su sugerencia.

—¿Por algo en especial? —pregunté de todas formas.

—Ah, pues por lo que hablamos ayer antes de ir al velatorio. Sigo preguntándome cómo es posible que no la viera regresar. Además, ya le hemos concedido demasiado tiempo. Elena está bajo tierra y nosotros debemos proseguir. Me hierve la sangre al pensar que el hijo de puta que se la cargó sigue por ahí suelto.

—Ya... Yo lo que he pensado es que tal vez no se encontraba en casa.

—¿Y por qué iba a mentir? Si estás fuera, lo dices y punto.

—¿Y si tiene una aventura? Imagínate que estaba con alguna con la que se ve de vez en cuando.

—Pues otro que sumar a la lista. Tenemos que decirle al comisario que también queremos acceder al registro de llamadas del número telefónico de Miguel Castillo. Y no estaría mal que nos dejaran echar un vistazo a los movimientos bancarios —dije.

—Para eso también necesitaremos una autorización judicial y no sé si al juez le va a hacer gracia que le pidamos tanto. Pretendemos inmiscuirnos en su vida privada.

—Por eso él tiene que darnos permiso.

—Ya.

—En fin. Pues si no tienes objeciones, podemos ir a hablar con el señor Castillo ahora mismo. ¿De camino te encargas de telefonear a Luca de Tena?

—Sí. Yo le llamo.

—Perfecto.

Arranqué y conduje dejándome guiar por alguna que otra indicación que Aines me fue dando mientras hablaba por teléfono.

Nos dio la bienvenida la madre de Elena. En esta ocasión nos ahorramos las presentaciones.

—Hola, inspectores. ¿Qué tal? ¿Hay alguna novedad?

Su voz transmitía la razonable esperanza de que trajésemos buenas noticias.

—De momento estamos hablando con las personas que han podido ver algo o pueden saber alguna cosa.

—¿Y ayer averiguaron algo?

—Me temo que nada que nos llamase la atención.

Agachó la cabeza, desmoralizada.

—Hemos estado leyendo los informes de cuando se estuvo investigando la desaparición —intervino Aines—. Nuestros compañeros anotaron que Elena le mandó un mensaje para decirle que iba a casa de su amiga. ¿Correcto?

—Sí.

—¿Conserva aún el mensaje?

—Sí, por supuesto. Es lo único que me queda de ella, los recuerdos. Al leer sus mensajes es como si oyese su voz —respondió con los ojos humedecidos.

—¿Podría enseñárnoslo?

—Claro.

Cogió el móvil que reposaba sobre la mesa del comedor y lo desbloqueó. Buscó en WhatsApp hasta dar con la conversación que mantuvo con su hija horas antes de morir, luego le entregó el móvil a mi compañera; ella lo puso a medio camino entre nuestros cuerpos para que ambos pudiéramos leer:

> Hola, ¿qué tal la guardia? Oye, esta noche me quedaré a dormir en casa de Alba, como te dije el otro día. Sus padres no están. ¿Vale? Besitos.

Bajé acariciando el cristal de la pantalla. Respuesta:

> La guardia, pesadísima. Estoy deseando salir. Vale. Ten cuidado. No hagáis nada raro. ¿Pasarás por casa?

Bajé aún más para ver la contestación de Elena:

> Sí, voy de camino a casa para darme una ducha y dejar un par de camisetas y pantalones que me ha prestado Alba y luego ya me voy.

Descendí hasta llegar al final de la conversación, en la que la madre le decía: «*Okey*. Ten cuidado y pasadlo bien». Y Elena terminaba con un: «Graciaaassss...» y varios emoticonos.

El primer mensaje era a las 20:23 y el último a las 20:28. Aquella fue la última conversación que mantuvieron madre e hija y lo hicieron ajenas a lo que estaba a punto de suceder, a través de la frialdad de una pantalla, sin ni siquiera oír sus voces.

—¿Alguna vez le habló Elena de un chico llamado Adrien Berguer? —pregunté, intuyendo la respuesta.

—No. ¿Quién? ¿Adrien Berguer? No —se contestó ella sola—. ¿Debería conocerle?

—Es un chico con el que, al parecer, solía verse su hija.

La expresión de su rostro mutó al pánico. Su piel adquirió una palidez enfermiza.

—¿Fue él quien...? —preguntó en un hilo de voz.

—Aún no lo sabemos —contestó Aines.

—¿Podemos hablar con su marido? —solicité, tratando de cambiar el tono a la conversación.

—Sí —dijo cabizbaja—. Iré a llamarle, aún sigue en la cama. —Su voz había perdido la poca fuerza que le quedaba—. Ayer fue un día muy largo.

—Gracias —respondió Aines.

Nos dejó allí mientras iba a despertarle.

—¿Has visto? Según ese chat, Elena vino a casa —susurró mi compañera.

—Ya, pero ¿lo hizo realmente? ¿Volvió y luego no salió, tal y como le dijo a Adrien en el mensaje que le mandó? ¿O más bien vino a casa y luego se fue de fiesta con su amiga Alba, mintiendo a Adrien?

—La amiga declaró que Elena se fue de su casa a las nueve de la mañana, es posible que le mintiese.

—Sí, puede ser. Lo que no entiendo es por qué el padre dijo que no la vio cuando supuestamente estuvo en casa.

—Tal vez tengas razón y cuando llegó Elena para cambiarse el padrastro estaba fuera.

—O…, también puede ser que estuviese durmiendo o viendo la tele. —Ni yo mismo creía posible lo que acababa de decir. Aines me hizo una mueca—. En fin, a ver qué nos dice ahora el bello durmiente —dije sacándole una sonrisilla a mi compañera.

Nos paseamos por el comedor hasta que se oyeron pasos acercándose.

—Buenos días, inspectores —saludó Miguel con la característica voz ronca de una persona recién levantada.

—Señor Castillo. ¿Qué tal? Ayer no tuvimos tiempo de hacerle unas preguntas relacionadas con Elena. Si fuera usted tan amable…

—Claro. Siéntense, por favor. ¿Quieren tomar un café o alguna otra cosa?

—No, gracias —decliné su ofrecimiento al tiempo que nos sentábamos.

Nuria lo hizo junto a su marido y lo tomó de la mano.

—Ustedes dirán.

—¿Qué tal se llevaba con Elena?

—Muy bien. Sí, nos llevábamos francamente bien —dijo apesadumbrado.

—Usted no es su padre biológico, ¿cierto?

—No.

—¿Desde cuándo están usted y su mujer juntos? —preguntó Aines, tomando las riendas de la entrevista.

—Va a hacer diez años. Nos casamos a los pocos meses de empezar a vernos —explicó mientras le dedicaba un gesto de afecto a su esposa—. Elena me trató muy pronto como si fuera su propio padre y pasábamos tanto tiempo juntos que pensamos que casarnos sería beneficioso para todos.

—¿Y lo fue?

—Sí. Totalmente. —Apretaron con fuerza sus manos entrelazadas. A Nuria se le escapó una lágrima—. Elena era tan pequeña que fue fácil hacerse a la idea de que era mi propia hija. Yo la criaba y educaba tanto o más que su madre, porque pasaba más tiempo en casa con ella que Nuria, a causa de su trabajo, ya saben.

—¿Tenía confianza con Elena? ¿Ella le contaba sus intimidades, si le gustaba algún chico, si salía con alguien...?

—Sí, había absoluta confianza entre nosotros. Hablábamos de todo. O, al menos, eso creo. Lo que sí sé seguro es que, como dice su madre, era muy madura para su edad, podías charlar con ella de cualquier asunto. Y no, no me dijo nada acerca de ningún chico. Ella estaba centrada en sus estudios. Era muy aplicada y responsable.

—Señor Castillo —intervine—, ¿qué hizo a lo largo del sábado?

—Estuve en casa, ya se lo dije a sus compañeros.

—¿No salió de casa en toda la tarde?

—No.

—¿Cuándo fue la última vez que vio a Elena?

—Esa tarde.

—¿A qué hora? —Resolló. Se notaba su irritación—. Sé que ya se lo contó a nuestros compañeros, pero debemos repetirle ciertas preguntas.

Cogió una honda bocanada de aire antes de contestar.

—Creo que eran las cinco y media o seis de la tarde.

—¿Quiere decir que no volvió a verla después, por la noche?

—No.

—¿Está seguro?

—Sí, totalmente seguro.

—Bueno, en verdad —intervino su mujer—, dijiste que no sabías si había vuelto a casa. Oíste algo mientras te estabas duchando, ¿no?

—Bueno, sí. Es decir, me pareció oír un ruido. Pero no sé si fue Elena entrando a casa o algún vecino montando más escándalo del normal. El caso es que yo no la vi.

—Señora Molina, sigue sin haber tocado nada de su dormitorio, ¿verdad?

—Sí. No tengo fuerzas para entrar ahí.

—¿Podemos revisarlo una vez más?

—Sí.

Se puso en pie y la seguimos hasta la habitación de Elena. El padre fue tras nosotros y aguardó en el umbral de la puerta.

—Entonces... —Los ojos de Nuria se pusieron llorosos—. ¿Aún no han averiguado nada? ¿No tienen idea de quién pudo hacerle algo así a nuestra hija? —preguntó nerviosa, como si de repente algo en su cabeza hubiera producido un cortocircuito.

—Estamos haciendo todo lo que podemos —contestó Aines.

—Pero tendrán alguna pista o algo, ¿no? —intervino Miguel en tono suplicante.

—Encontramos el móvil de Elena muy cerca del lugar de los hechos —dije.

—¿De verdad? —preguntó la madre intercambiando una mirada de esperanza con su marido.

—Eso... Eso es bueno, ¿no? ¿Y con él han podido averiguar algo? —preguntó Miguel.

—No. Me temo que no se puede contar con esa pista. Sabemos que la última señal telefónica que emitió el terminal de su hija fue a un kilómetro y pico de distancia del lugar donde se halló su cadáver, pero no hemos sacado nada más.

Ambos agacharon la cabeza decepcionados.

—En los mensajes que nos enseñó antes ponía que Elena vendría a casa y dejaría unas prendas que le había prestado su amiga. ¿Las ve por aquí? —siguió Aines.

La mujer se enjugó una lágrima y luego ojeó el cuarto sin moverse del sitio.

—Tendría que abrir el armario.

—Adelante —autoricé.

Se acercó hasta él y buscó en su interior con cuidado de no resolverlo demasiado.

—No veo nada que no sea de ella.

—¿Y en los cajones tal vez?

—Voy.

Abrió uno por uno los cajones de la mesilla y del chifonier.

—No, no parece que haya nada extraño. Además, no lo habría escondido tanto. Conociéndola, lo habría dejado a los pies de la cama o encima de las demás cosas que hay en el armario.

—De acuerdo. Gracias —dije, dirigiéndome a la puerta—. Tenemos que hablar con Alba —le comuniqué a mi compañera.

—¿Creen que ella...? No creo que... No. Se conocían desde que eran niñas. No podría —especuló Nuria en voz alta.

Aún no sé qué le llevó a dudar de la amiga de su hija. ¿Intuición de madre?

Me giré y la miré a los ojos; ella cesó de exteriorizar sus temerosos pensamientos.

—Encontraremos al o a la responsable de la muerte de su hija —afirmé pausado.

Lejos de una promesa, mis palabras fueron una declaración de intenciones y, conociéndome, no cejaría en el empeño hasta conseguirlo.

A continuación, la expresión de su rostro se endureció al tiempo que el blanco de sus ojos adquiría un repentino brillo, semejante al de un barniz recién aplicado. La del marido, en cambio, se mantuvo impertérrita, como si no entendiera lo que estaba pasando. Había padres que se quedaban en estado de *shock* y les costaba un tiempo salir de él, aceptar la situación que les había tocado vivir. Sentí sus ojos fijos en mi espalda incluso después de haberle dejado atrás. Me pregunté entonces si estaría dolido por verse como un sospechoso. Yo en su situación, aunque conociese los procedimientos policiales, no sé qué pensaría ni cómo me sentiría.

Aines y yo nos dirigimos hacia la salida sin dar más explicaciones, solo un «estaremos en contacto» a modo de despedida.

Una vez más nos encontrábamos en el coche dispuestos a ir al siguiente domicilio y hablar con la amiga de Elena, Alba Sierra. Demasiado habíamos retrasado ya esa entrevista.

—Una cosa: ¿por qué les has dado a entender a Nuria y a Miguel que el móvil de Elena no nos dará más información que ayude a esclarecer el caso? —me preguntó Aines.

—Es difícil de explicar.

—Inténtalo —me retó.

—En casos como este procuro no dar más datos de los que nosotros mismos tenemos. Aquí todos son sospechosos: Alba, Adrien, Miguel..., incluso la madre, ¿por qué no? Así que prefiero...

—Que el sospechoso no crea que estamos cerca —dijo terminando mi frase.

—Exacto. Además, lo que les he dicho es cierto, solo he omitido el detalle de que los compañeros siguen tratando de sacar información relevante del terminal. Sea quien sea el asesino de Elena nos interesa que esté tranquilo, que actúe relajado. En otras palabras, que se confíe. Si hubiera sido Adrien o Alba quien nos hubiera hecho esa pregunta le habría contestado lo mismo. No me fío de nadie.

—Pues ahora te diré yo otra cosa. Imaginaba que esas eran tus intenciones, de ahí que yo tampoco haya querido darles más explicaciones cuando han preguntado.

No contesté. Estaba disfrutando de ese momento de conexión entre mi compañera y yo: los dos de acuerdo en un aspecto tan crucial. Habría resultado incómodo que ella hubiera seguido dándoles datos a los padres de Elena, echando por tierra mi estrategia.

—¿Nos ponemos en marcha? —preguntó, sacándome de mis reflexiones—. El piso de Alba está a unos doscientos metros. ¿Te parece bien que vayamos andando?

—Sí. Buena idea.

Me apetecía estirar las piernas.

Salimos del coche y comenzamos a caminar como un par de transeúntes más, uno al lado del otro.

—¿Sospechas de ella? —me preguntó mi compañera.

—¿De quién? ¿De Alba? La verdad, no lo sé.

Aquella fue nuestra única conversación antes de llegar al piso. Ambos íbamos inmersos en nuestras elucubraciones y el trayecto, en sí, fue breve.

—Es ese portal —aseguró Aines después de mirar la dirección exacta en su móvil.

De una carrera cruzamos la calzada.

Al llegar al portal, como de costumbre, llamó al telefonillo.

Aguardamos en silencio.

Nada.

Volvió a apretar el botón.

Nada.

—Joder, últimamente no tenemos suerte —espetó airada.

—Eso parece.

Bajé el escalón hasta situarme en mitad de la acera. Mientras ella hacía un tercer intento, yo miré a ambos lados de la calle.

—No hay nadie —informó.

—¿Qué hacemos? ¿Vamos al coche y esperamos unos minutos?

—Es una opción.

Hizo una mueca antes de alejarse de la puerta.

Apenas habíamos caminado unos metros cuando Aines requirió mi atención.

—Mira allí. ¿No te suena haber visto ayer a esa chica durante el velatorio?

—Sí.

Nos echamos a un lado y esperamos a que se acercase. A juzgar por su indumentaria y el sudor que bañaba su cabello, regresaba del gimnasio.

—¿Le decimos algo? —preguntó mi compañera.

—No, vamos a seguirla.

Pasó a nuestro lado sin que sospechase de nosotros.

Llegó al bloque y abrió.

Aines alcanzó la puerta del portal antes de que se cerrase.

Empezamos a subir las escaleras siguiendo sus pasos a varios metros de distancia. Mientras ascendíamos, se giró un par de veces para mirarnos con el mayor disimulo que pudo. Se la percibía inquieta, desconfiada. Aceleró el ritmo. Buscó las llaves en su bolsillo derecho; después la que correspondía a la cerradura de su casa. La puerta de la vivienda terminó frenando sus prisas y acrecentando sus nervios. «Sí, es ella», me susurró Aines al ver la puerta que trataba de abrir. De nuevo, la chica volvió la vista atrás y se encontró con nuestros ojos, los cuales seguían observando cada uno de sus movimientos. Parecíamos estar rodando la escena de una película de terror, solo que, en mi caso, en lugar de estar representando al bueno, habría encarnado el papel del sanguinario psicópata dispuesto a dar caza a la pobre chica guapa e indefensa. A juzgar por el ruido de las llaves chocándose unas con otras, el miedo no le permitía introducir la llave en la cerradura.

—¿Alba Sierra? —preguntó mi compañera al llegar al rellano.

La chica dio un respingo antes de volverse hacia nosotros.

—Sí —respondió vacilante, en un tono débil y entrecortado.

—Somos los inspectores Yago Reyes y Aines Collado —nos presentó Aines y ambos le mostramos nuestra placa—. ¿Tienes unos minutos? Queremos hacerte unas preguntas. —Asintió, observándonos—. Podemos hablar dentro, si lo prefieres.

—Sí.

Temblorosa y cabizbaja, volvió a probar suerte con la llave.

Una vez que consiguió abrir, entró y nos invitó a pasar. Rehuía mirarnos a la cara, más que como una persona vergonzosa, como alguien que esconde algo.

Cerró y nos quedamos allí mismo, en el pasillo de la entrada.

—Como podrás imaginar —continuó mi compañera—, buscamos al responsable de la muerte de Elena Pascual Molina. Sabemos que erais buenas amigas y queremos averiguar qué pasó.

—Ya se lo dije a los otros agentes.

—Sí, ya lo sabemos, pero necesitamos oírlo de tu boca.

Siempre era la misma cantinela.

—Pero...

—El problema está en que tú eres la última persona que la vio con vida. ¿Entiendes? —explicó mi compañera sin dejarla terminar de hablar.

—No, no puede ser —respondió agitada.

—¿Estás sola? —pregunté.

Pensé que estando presente alguien de su confianza se tranquilizaría y nos diría todo lo que necesitábamos saber.

—Sí.

«Bueno, lo he intentado».

—Alba —dijo Aines—, cuéntanos qué pasó el sábado que desapareció Elena.

Agachó la cabeza y se tocó las manos. Vaciló unos instantes antes de hablar. Un suspiro cargado de pena y arrepentimiento encabezó su confesión.

DISCUSIÓN

Sábado, 14 de septiembre de 2019
Horas antes de la desaparición de Elena

—Estás muy rara. ¿Qué te pasa? —preguntó Elena cuando ya regresaban a casa.

—Nada —contestó Alba.

—¿Nada? Y una mierda. Ni que no te conociese.

—Que no me pasa nada, joder.

—¿Es Adrien? ¿No te ha caído bien?

—A mí no tiene que caerme bien. Yo no estoy saliendo con él.

—Estás muy borde, ¿sabes?

—Ya, como que tú eres muy delicada —le respondió Alba, clavándose las uñas en las palmas de las manos.

—¿A qué te refieres?

—A que eres una guarra y una mentirosa.

—¿Perdona?

—Lo que has oído. No entiendo cómo puedes estar viéndote con ese tío y a la vez liándote conmigo.

El semáforo se puso en rojo y Alba detuvo el coche. El resplandor escarlata le iluminó el rostro, como un reflejo de la ira que empezaba a sentir por dentro.

—No sé por qué te ofendes, ya sabías lo que había. Sabías que estaba hablando y quedando con él.

—Pensaba que estabas de coña, que era una mentira para ponerme celosa.

—A ti no necesito ponerte celosa, ya estás suficientemente colgada por mí como para hacerte sufrir aún más —respondió Elena con gesto de superioridad.

Alba se sintió como un muñeco vapuleado. La miró con odio al tiempo que percibía cómo su boca se secaba, cómo sus palabras se deshacían en aquella árida oquedad antes siquiera de pronunciarlas. Un nudo en el estómago le subió por la garganta y le hizo sentir náuseas. Y la agonía se convirtió en fragilidad, como si algo en su interior estuviese a punto de romperse en mil pedazos y desgarrar sus órganos.

—Eres una puta —escupió entre sus dientes apretados.

Elena rio con sarcasmo.

El semáforo cambió a verde y Alba avanzó unos metros antes de detener el coche en doble fila.

—Ya. Una puta a la que estás deseando meterle mano, ¿verdad? —La mirada de Alba se nubló tras una cortina de odio, ira e impotencia, las manos estrangulaban el volante.—. No llores, mujer, mañana podemos quedar por la tarde y así te cuento qué tal ha ido la noche. Además, he pensado que podemos ir a un *sex shop* y así te compro un buen rabo para enseñarte con detalle lo que hagamos esta noche Adrien y yo. Dime que te mola la idea, porfa, llevo varios días pensándolo.

—Das asco.

—Joder, va a ser verdad que estás celosa, ¿eh? En fin, no te preocupes, mañana te lo compensaré.

—Creo que no me entiendes. Esto no va a quedar así.

—No seas estúpida, anda. Venga, ¿te cuento otro plan en el que he estado pensando? Seguro que te mola.

—No va a quedar así —repitió Alba una vez más.

Elena la oyó, pero siguió ignorándola.

—Venga, deja de murmurar, que...

—No me extraña que os maten —reflexionó Alba, pausada, con la mirada puesta en el salpicadero.

Elena dejó de hablar para observarla. Sus facciones y extremidades se mostraban tensas, sus puños habían perdido color.

—Venga, tía —dijo algo más cauta.

Su amiga alzó la vista y la miró desafiante. Aquellos ojos mostraban a una Alba distinta, a una persona hasta ese día desconocida para Elena. Eran como los de un depredador dispuesto a atacar a su presa.

—No vas a volver a hacerlo.

—¿De qué hablas? —preguntó Elena desconcertada.

La sonrisa se le desvaneció del rostro.

—De que al final serás tú quien se convierta en una Dama Blanca.

EL TRABAJO

Viernes, 16 de agosto de 2019

Aquella se presentaba como una tarde más. Nuria acababa de terminar sus vacaciones de verano y debía incorporarse al trabajo.

—¡Ya he llegado! —vociferó Elena desde la entrada tras cerrar la puerta de casa—. ¿¡Mamá!? ¿¡Miguel!?

—¡Estoy en la habitación! —respondió Nuria.

Elena dejó la bolsa de la playa en la cocina y fue al dormitorio de sus padres.

—Hola. ¿Te vas? —le preguntó Elena al tiempo que le daba un beso en la mejilla.

—Hola, hija. Sí, ya sabes. Se acabó lo bueno.

—Es verdad, se me había olvidado que hoy trabajas.

—¿Qué tal lo habéis pasado?

—Bien —respondió distraída, examinando lo que hacía su madre.

—¿Has comido?

—Sí, el sándwich que me llevé —dijo sentándose en la cama como una niña pequeña.

—Muy bien. ¿Y quiénes habéis estado? ¿Solo Alba y tú?

—No. Alba, Lucía y Carol. Nos las hemos encontrado allí. Aunque no sé cómo las hemos visto, porque estaba llenísimo de gente. No veas cómo se pone Cullera en estas fechas.

—Es normal, la zona de Levante y el turismo...

—Joder, pero es demasiado —se quejó la chica en un arranque de sincera espontaneidad—. Casi te chocas con el de la toalla de al lado. Me parece muy exagerado.

—Bueno, mientras no tengamos dinero para irnos de vacaciones a las Seychelles o para comprarnos una isla privada deberemos conformarnos con compartir olas y meados con los demás veraneantes —respondió Nuria con guasa.

—Joder, mamá, cómo te pasas —dijo poniendo cara de asco.

—Ni que fuese mentira...

—¡Ya, por favor, basta, que me está dando mucho asco!

Nuria se carcajeó mientras buscaba una camiseta de tirantes que ponerse.

—Vale, pero es verdad, y lo saaaabessss —zanjó con retintín.

—¡Mamáááááá!

Elena se levantó de la cama de un salto.

—¿Adónde vas?

—A la ducha, a quitarme los meados —soltó resignada.

—Oye, antes estaba pensando que por qué no vamos un día de compras.

—¿Cuándo?

—Pues no sé, ¿el fin de semana? Ya habré terminado el ciclo.

—Me parece guay.

—Sí. Es que hace mucho que no te compras ropa y…

—En realidad no me hace falta nada.

—¿No quieres unos pantalones de esos cortitos que llevan todas las chicas de tu edad?

—¿Esos con los que vas enseñando medio culo? No, gracias. No me apetece ir por la vida como una *pornochacha*.

—Pues a mí me gustan —dijo Nuria.

—Pues póntelos tú.

—Si encuentro unos que me gusten puede que lo haga.

—Eso quiero verlo —retó Elena a su madre.

—¿Qué? ¿Acaso no puedo? ¿No me van a quedar bien o qué?

—Te van a quedar de muerte, mamá, ya lo sabes. Pero luego no quiero que me vengas diciendo eso de «toma, te los doy, póntelos tú, que yo no me siento cómoda» o cosas así. Apechuga con lo que te compres —bromeó Elena.

—*Okey* —respondió su madre, reflexiva—, compraremos otro modelito menos provocativo. Aunque es una pena. Si tuviera tu edad…

—Vale, nos vamos de tiendas el finde. Si vemos algo que mole, me lo compras. Pero, si no, ya te digo que tengo ropa de sobra.

—Como tú quieras.

—Me voy a la ducha, ¿vale? Por cierto, ¿papá dónde anda?

—Se fue al gimnasio hace un rato. Supongo que tardará en volver, ¿por?

—Quería saber si tengo la casa para mí sola toda la tarde… —Elena le dedicó una mueca mostrándole todos los dientes.

—Qué ganas tienes de que nos vayamos, ¿eh?

—Era una broooma, mujeeer…

—Ya, ya… Una broma.

—Bueno, me voy a duchar.

—Vale. Yo también tengo que irme ya.

—Que tengas buena tarde y buena noche —dijo acercándose a su madre y dándole un beso en la mejilla.

—Gracias. Igualmente. Si vas a algún lado, mándame un mensaje, ¿vale?

—Sí, no te preocupes. Si acaso quedaré un rato con Alba. Ya te diré.

Mientras su madre terminaba de arreglarse, Elena preparó la ropa que se pondría después de la ducha. Cogió los altavoces y la tableta y llevó todo al cuarto de baño. Buscó su lista de reproducción y la puso a todo volumen. Ni siquiera se enteró de cuándo se quedó sola.

—¿¡Mamá!? —gritó asomando la cabeza por la puerta del baño. Esperó una respuesta. Nada. Volvió a chillar—. ¿¡Mamá!?

El silencio se encargó de indicarle que tenía el piso a su entera disposición. Siendo así, dejó la puerta abierta para que el baño no se llenara de vaho.

Cogió el móvil y le mandó un mensaje a Adrien:

> Quedamos en la esquina de siempre.
> A las cinco, como dijimos.
> Si te portas bien, luego...
> Ya lo verás. Besos.

Se desnudó al ritmo del reguetón. Danzó ante el espejo mirando sus propios contoneos. Observó sus pechos, sus brazos, sus caderas, sus piernas, su pubis. Sentía la sensualidad recorriendo cada palmo de su anatomía. Abrió el grifo del agua caliente para graduarla a una temperatura templada. Al final entró.

Aprovechando que no había nadie que le metiese prisa, la

ducha sería más larga que de costumbre. Balanceó su cuerpo bajo el agua hasta dejarlo completamente empapado. Siguió danzando, esta vez limitando los movimientos. Cogió el champú y se enjabonó el cabello mientras cantaba y meneaba sus caderas. Al primer champú le siguió un entretenido aclarado. Continuó bailando, pero con precaución de no resbalarse. Cogió de nuevo el bote y se echó un segundo champú. Se masajeó el cuero cabelludo unos minutos mientras el agua seguía acariciando su piel dorada por el sol. Cuando lo consideró oportuno, se deslizó hasta situarse bajo la alcachofa de la ducha. El jabón recorría su cuerpo en el momento en que su padre entró en casa. La puerta se abrió y se cerró sin que ella lo oyese; estaba demasiado inmersa en la música y en sus bailes.

Miguel, por su parte, regresaba agotado del gimnasio. Aquella tarde no se había sentido con fuerzas para estar una hora levantando pesas; el calor lo dejaba sin energías.

«Madre mía, tiene la música a todo volumen. Cualquier día vendrán los vecinos a llamarnos la atención; seguro que lo hace siempre que no estamos en casa», pensó Miguel.

Miró la hora en su reloj de pulsera.

«No pierde el tiempo, no hará ni diez minutos que Nuria se ha marchado al trabajo», se dijo.

ALBA SIERRA

Yago Reyes
Jueves, 19 de septiembre de 2019

—Quedamos para ir de compras —comenzó a explicarnos Alba—. Estuvimos viendo varias tiendas. Yo me compré un vestido de tirantes y ella…, bueno, ella se compró una camiseta muy provocativa; me contó que le diría a su madre que se la había dejado yo.

—¿Por qué zona estuvisteis? —le pregunté.

—Aquí, por el pueblo. Hace poco que tengo carné de conducir y mi madre me había dejado el coche. Pensábamos ir a varios sitios y no queríamos cansarnos. Aunque realmente me lo llevé porque la idea era ir a Cullera.

—¿Y fuisteis?

—No, al final no; se nos hizo tarde.

—¿Fuiste entonces a recogerla a su casa? —se interesó Aines.

—Sí, quedamos a las seis menos cuarto. La esperé un par de minutos en la puerta. Luego bajó y nos fuimos.

—¿Qué más pasó aquella tarde? —pregunté, haciéndome cargo de las siguientes preguntas.

—Bueno, conocí a Adrien.

—¿El novio de Elena?

Hizo una mueca.

—No sé si se le podría llamar «novio».

—¿Salían juntos?

—Supongo que sí.

—¿Elena no te contó si salía con él?

—Bah —expresó indignada—. Lo que Elena me decía era que solo quedaban de vez en cuando, pero no creo que fuese cierto. Estoy convencida de que hablaban todos los días por Messenger o WhatsApp.

—¿Sabes si mantuvieron relaciones sexuales?

Reaccionó echando la cabeza hacia atrás, como si sintiese rechazo ante la pregunta.

—Debes contarnos todo lo que sepas. Además, no pasa nada. Lo que nos digas es confidencial —le expliqué, tratando de ablandarla.

—Sí, se liaron varias veces, pero no sé si llegaron a...

—¿A acostarse?

Asintió.

—Aunque algo me dice que sí.

—El tiempo que estuviste con ellos, ¿qué trato tenían el uno con el otro? ¿Discutieron?

—No. Se hablaban bien. Bromeaban y tonteaban sin parar. —Sus palabras parecían cargadas de aversión—. Se morreaban como si estuviesen solos.

Puso cara de asco.

—¿Te hizo sentir incómoda el modo en que se trataban? —preguntó Aines.

—Sí.

—¿De qué hablaron?

—De tonterías. Bromeaban. Elena le enseñó la camiseta que se había comprado. Él puso cara de baboso. Se cuchicheaban cosas al oído y se reían como si yo no estuviese delante.

—¿Y qué pasó después de que terminaseis de ir de compras?

—La llevé a su casa.

—¿Ya se había ido Adrien?

—Sí.

—Vale, y dices que la llevaste a su casa.

—Sí.

—¿Estás segura?

—¿Cómo? Sí, claro que estoy segura. —Aines y yo intercambiamos una mirada fugaz—. ¿No me creen?

—¿Dónde la dejaste? —dije, dándole el relevo a mi compañera.

—En la puerta de su casa.

—¿La viste subir?

—Sí.

—Vale. Dinos una cosa. ¿Le dejaste ropa?

—Eh... Sí —respondió, ruborizándose.

Fingí que no me daba cuenta.

—¿Ese mismo sábado? —continuó Aines.

—Sí.

—¿Puedes concretar qué clase de ropa?

Se tomó unos instantes antes de contestar.

—Un par de conjuntos de ropa interior.

—¿Por qué le dejaste ropa interior?

—Porque... Es que no puedo decírselo.

—Debes hacerlo. Si no, pensaremos que tuviste algo que ver en su asesinato.

—Yo no la maté.

—Ya, eso es lo que suelen decir los asesinos que no quieren verse entre rejas.

Resolló. Sus ojos comenzaron a no poder contener la inquietud.

—Teníamos una relación —confesó—. Elena no quería que nadie lo supiera. Pero a mí me daba igual. Yo quería estar con ella —sollozó—, me traía sin cuidado lo que pudiesen pensar nuestros padres, nuestros amigos o cualquier otro. Pero… —dejó la frase a medias, quedándose sumida en sus pensamientos.

Tras un par de segundos, mi compañera, volviendo a tomar las riendas de la entrevista, le preguntó:

—Pero ¿qué?

—De alguna manera sabía que no iba a acabar bien.

—¿A qué te refieres?

—A lo mío con Elena. Después de la primera vez que nos liamos empezó a cambiar, a mostrarse más fría. Como indiferente. No entendía esa actitud. Siempre nos habíamos llevado bien y nos lo contábamos todo, pero comenzó a… No sé, creo que me mentía siempre que le daba la gana. Y no entiendo el motivo. Bueno, sí, en parte sí.

—¿Y le consentías que te mintiera? ¿Por qué?

—Porque quería estar con ella. Me gustaba y creo que yo le gustaba a ella. Ya les he dicho que nos conocíamos de toda la vida y me sentía muy a gusto a su lado, a pesar de su actitud extraña. Ya me lo dijo una vez: le gustaba tener el control de las cosas, y creo que también de las personas. Pienso que se dio cuenta de que me tenía comiendo de su mano y no había otra cosa que le gustase más.

—Entiendo. Y dices que cambió después de la primera vez que tuvisteis relaciones… ¿Recuerdas la fecha?

—Claro. Como para no recordarlo. —Se le dibujó un gesto de cariño, aunque le duró poco: la nostalgia empañó su mirada—. La primera vez que nos acostamos fue el 4 de junio. Fue... Da igual. El caso es que dos días después empezó a hablarme otra vez de tíos. No entendía nada, pero sabiendo que nunca había estado con uno supuse que se debía más a la curiosidad que a otra cosa. Yo misma he experimentado con chicos. Aunque ahora sé con claridad lo que quiero. Bueno, sé lo que quería.

—¿Te llegó a hablar de algún otro chico aparte de Adrien?

—Solía cambiar de tema de conversación, no para proteger mis sentimientos, sino para que no le preguntase de más. Ya les he dicho que le gustaba tener el control de las cosas y, sobre todo, de las personas, entre ellas yo; que se dejase interrogar suponía perder ese control. Y no, no me suena ningún otro. Lo que sí me dijo es que solía meterse en las redes sociales a ver a quién podía provocar. Le encantaba sentirse poderosa.

—Antes nos hablaste de que le prestaste unos conjuntos de ropa interior. ¿Por qué se los dejaste?

—Me dijo que quería sentirse sexi, pensé que para mí. Insinuó que quería ponerse uno esa noche, por eso me lo pidió. Me hizo creer que la pasaríamos juntas —dijo mientras las lágrimas resbalaban por sus mejillas—. Pero luego me di cuenta de que me había engañado. Quería irse con Adrien. Me los pidió para ponérselos con él —balbució—. Me utilizó. Solo me utilizó para pasar la noche y acostarse con ese franchute de mierda. Para ella solo fui un juguete con el que divertirse. Dios —dijo apretando los labios—, se lo tiraba siempre que quería.

—¿Estás segura? Antes has asegurado que no lo sabías —le pregunté.

—Una vez se le escapó, pero trató de disimularlo; intentó hacerme creer que estaba tomándome el pelo para ponerme celosa. Pero sí. Estoy convencida de que lo hacían siempre que ella quería. De un día para otro empezó a estar rara conmigo y creo que fue porque se había acostado con ese tío.

Se secó la cara con las manos. Evitaba intercambiar una mirada directa; en su lugar, la mantenía perdida en un punto fijo mientras recordaba aquella tarde. Con solo unas cuantas palabras consiguió transmitirnos su dolor. Había ocultado el secreto de su sexualidad y ahora, a pesar de que su amiga y amante estaba muerta, aún podía percibirse el rencor que guardaba hacia sus desprecios y sus ofensas; sus palabras destilaban el odio y la indignación que genera una infidelidad amorosa. Conocía tan bien aquellos sentimientos... Estaba ofendida por haberle confiado sus secretos, sus proyectos y su amor a una persona traicionera y cobarde. Al menos así me sentí yo cuando me enteré de que mi novia y prometida empezaba una relación con un tío de su trabajo mientras yo seguía en Madrid. Por unos instantes, la chica que tenía enfrente no fue la única que buceó en una laguna de sucios recuerdos. Pero la pregunta era: ¿se había vengado? ¿La había matado ella?

—¿Cuándo le diste la bolsa? ¿Cuándo la subió a su casa? —preguntó mi compañera ante mi breve abstracción.

—Cuando fui a buscarla. A eso de las seis menos cuarto —explicó, sorbiendo por la nariz la mucosidad provocada por el llanto.

—¿No has dicho que llegaste un par de minutos antes de las seis menos cuarto, que la esperaste en el coche, que bajó y os fuisteis? —repliqué.

—Eh... No lo sé. No recordaba que se la había dado y que la subió antes de marcharnos. Pero sí, se lo juro: se la entregué cuando bajó de casa y la subió mientras yo la esperaba en el coche para no... Bueno, da igual.

—No, habla. ¿Qué ibas a decir?

—Bueno, iba a decir que me quedé en el coche porque no me apetecía ver a su padre. Sabía que estaba en casa.

—¿Te cae mal?

—No es que me caiga mal, es que es muy raro. A veces me pone nerviosa. La última vez me hizo sentir incómoda porque me estuvo hablando del fantasma de una mujer que iba vestida de blanco y me dijo que le había recordado a ella y no sé qué más chorradas. Luego pensé que a lo mejor Elena le había dicho algo de nuestra relación y él era de esos chapados a la antigua. No sé, no tengo ni idea. —Hizo una mueca de desagrado—. En verdad me mira como si yo le diese asco o algo por el estilo.

—¿Asco?

—No lo sé. Parece como si quisiera intimidarte con la mirada, como si estuviera ido. Sí, tengo la sensación de que le doy asco.

—¿Alguna vez te habló Elena de él?

—Sí, claro.

—¿Y qué te dijo?

—Pues no sé. Cosas de sus padres. Elena y él se llevaban muy bien. Pero creo que tenían una relación muy rara. Yo no hablo con mi padre de casi nada; ni siquiera con mi madre.

—¿Puedes ser más concreta?

—Me refiero a que ellos hablaban de todo: de los estudios, de música, de chicos… Seguro que también de mí. Aunque eso Elena nunca me lo confesó.

No sé por qué, llegué a pensar que trataba de desviar nuestra atención.

—Está bien —la corté—. ¿Qué pasó después de que dejase la bolsa de ropa y fueseis de compras?

—La volví a dejar en su casa.

—¿A qué hora fue eso?

—Sobre las ocho y media o nueve menos cuarto.

—La dejaste…

Aines no terminó la frase con la intención de que fuese Alba quien lo hiciese.

—La dejé en la puerta.

—¿La viste entrar al portal?

—Sí. Y también la vi subir las escaleras.

El tono de su voz volvía a ser el de antes, más sereno, aunque se seguía notando su irritación. Ahora nos miraba a la cara.

—Cuando supiste que su intención era pasar la noche con Adrien, ¿qué ocurrió?

—Le dije que no me parecía bien. Que había prometido pasar la noche conmigo, ya que mis padres no estaban y yo no quería dormir sola.

—¿De modo que cambió de opinión y en vez de irse con Adrien vino aquí contigo?

Agachó la cabeza. El silencio ante nuestra pregunta nos advirtió de que ocultaba algo. Pero habló.

—No. No vino. No estuvo conmigo. No pasó la noche conmigo. Quedó con Adrien. Se fue con él.

—Pero tú dijiste en tu primera declaración que se fue de aquí a eso de las nueve de la mañana —replicó Aines.

—Lo sé. Mentí.

—No lo entiendo. ¿Nos puedes explicar por qué mentiste? —pregunté.

Me sentí confuso e irritado.

—Aunque me sentía traicionada, la quería. Ella estaba deseando pasar la noche con ese asqueroso y… —resolló— sabía que había escrito a su madre poniéndome de coartada. ¿Qué iba a hacer? ¿Descubrirla? ¿Chivarme como una cría de cinco años? No podía. Si lo hacía, sabía que las consecuencias me salpicarían también a mí, así que la encubrí.

—Míranos —le pedí.

Ella alzó la vista y clavó sus profundos ojos marrones en los míos.

—¿Tú sabes que has entorpecido una investigación policial? —le recriminó mi compañera, enfurecida.

—No era mi intención. Tan solo quería protegerla —lloriqueó—. En el coche discutimos y nos dijimos cosas muy feas. La amenacé con vengarme, con airear sus trapos sucios y su sexualidad. Mis amenazas se limitaban a acabar con nuestra relación, pero nunca hubiera sido capaz de hacerle daño.

—¿Cuándo fue entonces la última vez que la viste?

—El sábado por la tarde, cuando la dejé en casa a eso de las ocho y media o nueve menos algo.

En ese momento comenzó a sonar mi teléfono.

—Necesitamos que nos acompañes a la comisaría —la informó Aines—. Tenemos que tomarte declaración por escrito. Puedes avisar...

—Llaman de la comisaría —le dije a mi compañera.

Descolgué al tiempo que me apartaba un par de metros para poder hablar.

—¿Sí? —contesté.

—Han encontrado el cuerpo sin vida de Adrien Berguer Fabre —dijo la voz al otro lado.

SOBREPASADO

Yago Reyes
Jueves, 19 de septiembre de 2019

La mayoría de las veces sufrimos por cosas que no sucederán; sin embargo, mientras acontezcan en nuestra mente, las padeceremos en nuestro cuerpo como si fuesen reales. El desamor, la muerte, el abandono, la traición, el miedo a ser señalado... El abanico es amplio. Pero, incluso teniendo fantasmas tan variopintos, a veces no alcanzan a ser tan desgarradores como lo puede llegar a ser la vida misma. A pesar de que nuestra tormentosa imaginación disfruta mortificándonos, otra parte de nosotros trata de defenderse diciéndonos que nunca nos pasará a nosotros.

Me pasaron mil cosas por la cabeza al oír las palabras del comisario al otro lado del teléfono. He de confesar que no me lo esperaba y, a juzgar por su tono de voz, él tampoco.

—¿Cómo ha sido? —le pregunté a Luca de Tena.

Empezaba a sospechar de Alba Sierra cuando ¿de pronto

esa noticia? Dependiendo de su respuesta, el caso podría tomar un rumbo definido: su suicidio podía ser la confirmación de que él era el culpable; pero si lo habían asesinado... Aines se situó lo más cerca que pudo de mí para tratar de oír la conversación; la expresión de su rostro era un poema.

—Aún se desconocen las causas de la muerte, pero todo apunta a un suicidio —dijo Luca de Tena.

Mi compañera y yo intercambiamos una mirada fugaz. Estaba convencido de que por su mente pasaba la misma confusión que por la mía. Y es que, en el fondo, aunque habíamos sospechado de él desde el principio, aquello supondría, de una forma u otra, un paso de gigante en la investigación.

—¿Puede mandarnos la ubicación de la escena del suceso?

—Ha sido en su casa.

—De acuerdo. Vamos entonces para allá.

—Un momento, Reyes.

—Dígame, señor.

—El juez ha sido diligente a la hora de concedernos las autorizaciones para acceder al registro de llamadas de los números de teléfono de Miguel Castillo y Adrien Berguer y la operadora nos los ha mandado hace unos minutos. Esteban los ha estado analizando.

—¿Y bien? —pregunté expectante.

—En el móvil del padre no hay ningún registro que levante nuestras sospechas, solo figuran dos llamadas en los últimos tres meses y corresponden a su mujer Nuria. Sin embargo, en lo que se refiere al móvil de Adrien Berguer, de las veintitantas que ha hecho en ese mismo tiempo una fue a un número que corresponde a un tal Anuar Duany, un inmigrante procedente de Senegal. Nos hubiera pasado desapercibido de no ser porque hemos visto que está fichado. No sabemos cuándo llegó a España, pero ha sufrido un par de detenciones por hurto, una en 2015 y otra en 2016. Según consta, nunca ha llegado a pisar la cárcel.

—¿Ha dicho que solo hay una llamada? ¿Podría ser un error y que se hubiera equivocado de teléfono?

—Sí, solo una. Y no lo creo, la llamada duró cuatro minutos con once segundos. Cuando uno se equivoca de número no se está tanto tiempo para despachar a su interlocutor.

—¿Y dice que es Adrien Berguer quien hizo la llamada?

—Sí, es una llamada saliente.

—¿De qué fecha?

—Del 16 de agosto. Puede que no tenga nada que ver con el caso de Elena Pascual Molina, pero no estaría de más que en algún momento hicieseis una visita a Anuar Duany, a ver si se vieron o de qué narices se conocen.

—De acuerdo, señor —dije pensativo.

—Bien. Ponedme al tanto de lo que encontréis en el lugar del suceso.

Colgué. Aines ya se dirigía hacia la puerta principal.

—Tenemos que marcharnos. Pasaremos a buscarte más tarde para continuar donde lo hemos dejado —le expliqué brevemente a Alba Sierra antes de seguir los pasos de mi compañera.

No entré en detalles. No quise ponerle al corriente de la muerte de su *amigo*.

—Jo-der —gruñó Aines nada más cerrar la puerta—. ¿Qué cojones...? Es él, claro —meditó en voz alta, desconcertada.

—No lo sé. Lo que está claro es que si se ha quitado la vida es porque se ha visto superado por algo. Y lo de la llamada esa... No sé qué pensar, la verdad.

—Que sepamos, el suicidio podría deberse a dos motivos: uno, a que realmente haya sido él el autor de la muerte de Elena, o dos, a que se haya acojonado por el tema de la pedofilia y las relaciones con menores.

—O tres: que conociera al asesino de Elena y se lo hayan cargado. O sea, que no sea un suicidio, sino otro asesinato —dije. Aunque pensaba que esta hipótesis era poco viable, era el momento de exponer nuestras ideas en voz alta por muy raras, improbables o ridículas que pudieran parecer—. A lo mejor estaba de mierda hasta el cuello. En cualquier caso, si al final fue él, está bien el modo en que ha terminado. ¿Quieres conducir?

Aines condujo en silencio, concentrada, no sé si en la carretera o en atar cabos. En realidad, el recorrido era corto; nos encontrábamos bastante cerca. Por mi parte, también estaba distraído con la situación del caso. Aines ya no era un problema del que preocuparme. Pasamos a mantener el trato justo, el que siempre deseé. Si de repente se hubiera convertido en una cotorra, habría estado igual de incómodo; quizá más. Me gustaba disfrutar de un mínimo de tiempo y de paz para reflexionar, ya fuese sobre los casos, mis problemas personales o cualquier tontería que se me pasase por la cabeza. Y aquel trayecto me resultó útil: sospechaba de Alba Sierra, de Adrien Berguer y del padre-padrastro de Elena. No hacía más que darle vueltas a todo. Si Alba la dejó en casa y la vio subir las escaleras, quería decir que Miguel Castillo tuvo que verla, cosa que había negado. Pero si Elena no pasó la noche con Alba, ¿con quién había estado? ¿Quedó con Adrien?

En principio, aquello no cuadraba. Adrien nos enseñó el mensaje que le envió Elena: ponía que le dolía la cabeza. ¿Era una excusa? ¿Terminó yéndose sola? ¿Quedó con otra persona?

«Joder con la puñetera niña, no podía salir más alocada. ¿Y su madre acaso no se dio cuenta de que tenía un monstruito en casa? Si es que ya lo dicen, no hay más ciego que el que no quiere ver», pensé cargado de impotencia.

Estábamos llegando a unos bloques de pisos que empezaban a sonarme.

«Si al menos hubiésemos encontrado una muestra de esperma... Aunque si era lesbiana, bueno, bisexual, ¿quizá tuvo relaciones consentidas con un pene de mentira?».

Me sentí ridículo pensando aquello.

—Recuérdame que cuando veamos al forense le pregunte una cosa —le pedí a mi compañera.

—¿No me vas a decir el qué?

—Pues, la verdad, no tengo intención. —Me miró con gesto ceñudo—. Es porque no quiero que te cachondees de mi ignorancia.

—Tranquilo, tú mismo.

«Bien, eso que me ahorras», pensé.

Según nos aproximábamos, vimos las luces de una ambulancia y de al menos un vehículo policial. Multitud de viandantes se agolpaban formando un semicírculo, impidiéndonos ver más allá de sus espaldas.

—¿Qué hace ahí tanta gente? —preguntó Aines.

No contesté. Tuvimos que aproximarnos unos metros más y estacionar antes de salir de dudas. Nos apeamos del vehículo y nos acercamos a paso ligero. La gente miraba algo en el suelo. Fue entonces cuando entendí lo que sucedía. Las expresiones de sus rostros lo decían todo: desconcierto, pavor, pena, asco... Nos abrimos camino entre todos ellos hasta alcanzar el cordón policial. Según avanzábamos vi a un chaval de unos veinte años grabando el desaguisado que había quedado sobre el pavimento.

—Dame eso —dije quitándole el móvil de un tirón.

Hasta que me topé con aquel memo no fui consciente de lo alterado que estaba.

—¡Eh, tú, cabrón, devuélveme el móvil! —gritó abalanzándose sobre mí.

Contuve sus intentos de agresión con un solo brazo mientras que con la otra mano le daba el móvil a mi compañera y luego le enseñaba mi placa al retardado en cuestión.

—Para de una puta vez —dije poniéndole la placa delante de las narices—. El móvil queda confiscado hasta que me salga a mí de las pelotas. ¿Entiendes?

—¡No puede hacer eso! —vociferó, llamando la atención de todos los que nos rodeaban—. ¡Eso es abuso de autoridad! ¡No pueden hacerlo! —gritó mientras trataba de recuperar su móvil, esta vez lanzándose hacia mi compañera. Le retuve con una llave; la gente de alrededor empezaba a formar un corrillo a nuestro alrededor—. Aines, borra el vídeo y cerciórate de que no haya ninguno más.

Obedeció sin decir nada.

—¡No pueden hacerlo! ¡Eso es abuso de autoridad!

—Y lo tuyo es abuso de subnormalidad y aquí estás.

—¡Que me suelte! —exigió sacudiéndose entre mis brazos—. ¡Tengo derechos! ¡Están atentando contra mi libertad de expresión!

—Cállate, que no haces más que decir tonterías —repliqué apretándole aún más, como una boa constrictor.

Mientras Aines se encargaba del contenido multimedia del teléfono, vigilé que ningún otro imbécil de los que estaban cerca se pusiese a grabar la escenita.

—Ya está —aseguró Aines.

Acto seguido, solté al chico.

—No quiero volver a verte por aquí —le dije y le devolví el móvil.

—Voy a denunciarlos.

—¿Sí? Pues hala, corre, campeón, ya estás tardando.

El muchacho achinó los ojos con desprecio y comenzó a alejarse. Yo permanecí inmóvil siguiéndole con la mirada.

—¡Voy a denunciarlos! —gritó de nuevo cuando ya se encontraba a varios metros, tras darse la vuelta con aire desafiante.

Volvió a girarse y prosiguió su camino.

—Vamos —me requirió Aines.

Hice un leve asentimiento.

—¡Venga, circulen, aquí no hay nada que ver! ¡Váyanse a sus casas! —vociferé al tiempo que seguía los pasos de mi compañera.

Al llegar al cordón policial nos identificamos ante el agente que se encargaba de vigilar el acceso. Sentí que Aines me observaba de reojo. Una vez que apuntó nuestro número de placa en el informe de control, accedimos al perímetro protegido.

—Mientras preparáis las mamparas, haz el favor de despejar la zona lo máximo posible —solicité a otro de nuestros compañeros—. Son capaces de sacarse los ojos de las cuencas y lanzarlos al aire con tal de enterarse hasta del más mínimo detalle.

—Sí, la gente es demasiado morbosa. Lo intentaré.

—Gracias. Ah, y si ves a algún otro capullo grabando esta mierda o haciéndose selfis o cualquier otra barbaridad, le requisas el móvil. Estoy hasta las pelotas de tanto demente.

Cuando me quise dar cuenta, Aines ya no estaba a mi lado. Permanecía petrificada junto al cuerpo reventado de Adrien. Su masa reposaba en decúbito prono sobre un charco de sangre que aún manaba de su cabeza. La cara, la boca y la nariz besaban una pringosa amalgama de fluidos orgánicos, polución y asfalto que alfombraba su descanso. El olor me recordó a un corral el día de la matanza; sentí náuseas.

Me situé frente al cadáver, a un par de pasos del cerco que había formado su sangre, y lo contemplé.

El bullicio de los compañeros trabajando en la zona y la gente que aún permanecía expectante pasó a ser un zumbido uniforme relegado a un segundo plano. Parecía encontrarme solo con él, como si nuestras almas protagonizasen una siniestra conexión a pesar de encontrarse en dos estados distintos. Deseé que a través de cualquier tipo de señal contestase a todas mis preguntas.

«¿De verdad te has suicidado? ¿Por qué? ¿Te sentías culpable? ¿Eso quiere decir que mataste a Elena? ¿O acaso te has cansado de ser un depredador sexual? No, no lo creo. La gentuza como tú no conoce escrúpulo alguno.

»¿Te asustó lo que te dije? ¿Realmente creíste mis amenazas? Eras débil, de eso no hay duda.

»En fin, me alegro de que estés muerto. Has hecho un gran favor a muchas almas inocentes. Después de todo has tenido el suficiente juicio para desaparecer de este mundo. Sobran las sabandijas como tú. Espero que los de tu calaña tomen ejemplo y reúnan, también, el valor suficiente para tirarse del primer ático que encuentren».

—Disculpa —solicitó un agente de la Policía Científica, cubierto de arriba abajo con un mono blanco.

—Claro —dije y retrocedí varios pasos.

Ojeé la zona en busca de Aines: hablaba con un compañero de la Policía Local. Decidí acercarme.

—Vale. Gracias —oí que le decía Aines al agente.

Él le hizo entrega de algo y se marchó con un «no hay de qué». Al girarse se topó conmigo.

—Oh —musitó Aines, prácticamente chocando conmigo—. Iba a buscarte.

—Bueno, pues no hace falta, como buen caballero ya estoy aquí —respondí, dedicándole una sonrisa amable.

Sentí un leve rubor por su parte, hasta el punto de agachar la cabeza y empezar a abordar el tema en cuestión.

—Mira —dijo elevando ante mis narices lo que nuestro compañero le había confiado—, una nota de suicidio.

—Interesante. ¿Qué pone?

Sentí tensión por un momento. ¿Y si ponía algo de mis amenazas?

—Te la leo:

Lo siento, no quería hacer daño a nadie. Y nunca he notado que se lo estuviese haciendo. Ellas querían. Les gustaba. Pero voy a acabar con todo. No aguanto más la tentación, porque sé que estoy enfermo y no tengo cura, porque siempre querré más e irá a peor. No puedo soportarlo. No quiero padecer el resto de mi vida. No quiero que todo el mundo sepa lo que soy. No quiero que me señalen por la calle. Me quito la vida solo por ese motivo. Tengo la conciencia tranquila. No le hice nada a Elena; nada que ella no quisiese o buscase. No era como las demás. No era tan inocente como aparentaba. Y soy consciente de los años que tenía, pero ella quería y yo no podía negárselo. Estaba fatal de la cabeza, peor incluso que yo. Y ahora que no está, no pienso ir a la cárcel por ello. No. No lo aguantaría. Lo siento. Díganle a mi familia que los quiero y que me perdonen.

Por suerte, no ponía nada acerca de mis *advertencias*.

—¿Qué opinas? ¿Crees que la carta es real? —me preguntó Aines.

—¿A qué te refieres?

—No, nada, déjalo. Pensaba en voz alta; era una auténtica estupidez.

—No creo que sea para tanto, pero vale.

—En serio. Alguien que supuestamente ha matado a otra persona y termina suicidándose, ¿crees que pondría que tiene la conciencia tranquila?

247

—No. Lo normal es que confiese su crimen y luego se suicide. Ergo, pienso que el suicidio es una consecuencia de su problema como pedófilo. Yo creo que se acojonó cuando le dije que informaría a los medios de comunicación y que se convertiría en el principal sospechoso de la muerte de Elena. Supongo que la presión y el pánico a ser señalado y a pisar una cárcel han hecho el resto. Ya sabemos lo que les pasa a los violadores y a los pederastas en el trullo. Además, en la carta da a entender que mantuvo relaciones con ella, incluso que ella le incitaba a hacerlo. ¿Te has fijado en ese: «No era tan inocente como aparentaba»?

—Ya. —Alzó las cejas en un movimiento pausado—. Cuadra con lo que ha dicho Alba: los manejaba como quería. Y también tenía razón cuando nos ha dicho que pensaba que Elena y Adrien se acostaban. ¿Echamos un vistazo a su domicilio? Tal vez encontremos algo.

Según subíamos las escaleras no podía dejar de pensar en el suicidio, en lo desesperada que tiene que estar una persona para creer que solo tiene esa salida.

A simple vista, en su casa no se veía nada distinto de cuando habíamos estado hablando con él. No obstante, el ordenador de Adrien, su móvil y su tableta pasarían a disposición judicial para someterlos a un exhaustivo análisis y esclarecer si él había tenido algo que ver con el asesinato de Elena Pascual Molina.

ALGO TUYO

Una vez sola en casa, se fue a su dormitorio y se sentó en el borde de la cama. Se sentía desorientada. Estaba convencida de que la Policía sospechaba de ella.

«Me he librado solo porque los han llamado, si no, ahora mismo estaríamos de camino a la comisaría.

»Dios santo, ¿cómo se lo voy a decir a mis padres? A mi madre.

»Tal vez hayan visto que borré mensajes del móvil. ¿Eso lo pueden ver? ¡Joder!», se decía a sí misma mientras el corazón le bombeaba a un ritmo frenético.

Cogió el teléfono para ver si tenía algún mensaje nuevo. Desde que su madre se enteró del asesinato de Elena no dejaba de estar pendiente de ella. Al desbloquearlo se sorprendió: tenía uno del padre de su amiga. Trató de averiguar qué decía sin abrirlo, pero le resultó imposible, solo podía leer las primeras palabras:

—Qué cojones querrá —susurró desconcertada.

Observó la pantalla durante un dilatado lapso, meditando cómo proceder, releyendo una y mil veces esas primeras palabras de un texto que no revelaba nada más que el supuesto interés de Miguel por su estado de ánimo.

«No me apetece contestarle —pensó quejumbrosa. Se dejó caer contra el colchón—. Debería...».

Resolló.

—¿Acaso no te daba asco? ¿A qué viene ahora esa preocupación por mí? —dijo en voz alta.

«Puede que Elena le contara lo nuestro y por eso quiere saber qué tal lo llevo. Quizá no sea un homófobo como yo pensaba».

—Ya. ¿Y si no es eso? —Miró el color blanco del techo como si allí fuera a encontrar la respuesta a cómo debía proceder—. Tal vez debería hablar con él y con Nuria, decirles que su querida hijita, la que lo hacía todo tan perfecto —dijo mientras hacía aspavientos con las manos—, estaba perturbada y había quedado con ese novio suyo que podía ser casi su padre. No creo que supiesen de su existencia. —Sintió repulsión—. Está claro que tenía un grave problema mental y lo peor es que nos ha terminado arrastrando a todos con su mierda. Maldita seas. ¿En qué te convertiste? Es culpa tuya que no me dé ninguna pena que estés muerta.

Se le empañaron los ojos de rabia y nostalgia.

Vaciló una vez más. Tenía el móvil en la mano izquierda y miró el reflejo de sí misma que le mostraba la pantalla.

Pulsó para abrir el mensaje de Miguel. Leyó:

Hola, Alba. ¿Qué tal estás? Me parece que Elena
tenía una bolsa con cosas tuyas, aunque no
estoy seguro. ¿Podrías pasar un momento por casa
y mirarlo? Ya me dices algo. Gracias.

—Tiene que ser mi ropa interior y un par de camisetas.
No puede ser otra cosa. Aunque a saber. A lo mejor *su novio*
—dijo con desprecio— le regaló alguna cosa y no me lo contó.

Volvió a resoplar.

Cogió el teléfono y miró la hora: las 14:42.

«Vale, como pronto hasta las cinco mamá no vendrá, así
que aún tengo tiempo. Llegaré antes de que vuelvan esos dos
polis».

Contestó al mensaje:

Hola. Vale, voy en cinco minutos.

Fue a su dormitorio y cogió una camiseta limpia, luego al
cuarto de baño, donde trató de camuflar el olor a sudor con
una generosa dosis de desodorante. Se mojó la cabeza, escurrió
el exceso de agua y se recogió el pelo en una cola de caballo.

«Voy hecha un asco, pero me da absolutamente igual»,
pensó al contemplarse en el espejo.

Bajó las escaleras lo más rápido que sus piernas y su coordinación le permitieron. Se montó en el coche y condujo hasta
la casa de los padres de Elena.

Pocos minutos después aparcaba en la misma puerta. Ojeó
el móvil a ver si Miguel le había contestado.

«Perfecto», se dijo al leer el *okey* que le había puesto Miguel.

Al llegar, encontró la puerta de abajo abierta. Subió las escaleras hasta el domicilio de la su fallecida amiga y llamó al
timbre.

No entendía por qué, pero estaba nerviosa. Quería entrar, mirar si las cosas eran suyas e irse lo antes posible.

—Hola, Dama Blanca —saludó Miguel con un gesto de pesar y una sonrisa forzada.

Alba arrugó el ceño. «¿Y tú qué sabes?», se preguntó recordando la discusión con Elena. Sin pensarlo, miró su vestimenta. Su camiseta era blanca y lisa, y llevaba unas mallas de un color gris perla; sus zapatillas de deporte también eran blancas con delgadas líneas negras en los costados.

«Ah, lo dices otra vez por mi ropa, gilipollas».

—Eh, sí. Bueno. No del todo —respondió tensa.

«No entiendo cómo tiene el cuerpo para bromas».

—Entra.

Se echó a un lado, cediéndole el paso. Luego cerró.

—¿Cómo...? —articuló Alba.

Dudó sobre la forma de plantearle la pregunta.

—¿Cómo estamos? —aventuró Miguel, acabando su frase.

—Sí, eso.

—Lo llevamos como podemos. Estamos muy afectados, como es lógico. Nuria está que... —Hizo una mueca, como si quisiera decir que estaba sobrepasada—. Era nuestra niña.

—¿Nuria no está en casa? —se interesó Alba al percibir tanto silencio.

—No. Ha decidido ir a trabajar. Dice que allí se le pasan las horas más rápido, que está más distraída y no le da tiempo a pensar tanto en lo sucedido.

Alba movió la cabeza, comprensiva.

—En fin. Ven —dijo guiándola hacia el dormitorio de Elena—. Pasa. Estás en tu casa. Para ti también debe de estar siendo duro, ¿no? —planteó mientras caminaba pasillo adentro.

—Sí, nos conocíamos desde niñas.

Según abrió Miguel la puerta del dormitorio, la chica sintió un escalofrío que le recorría de arriba abajo la columna vertebral. Desde el umbral lo ojeó; estaba todo tal cual lo había visto la última vez. Cohibida, entró despacio, dando pasos cortos y titubeantes, como si sintiera miedo de estar allí dentro. Paciente, Miguel ya la esperaba en el interior.

—Siempre me ha sorprendido que a pesar de vuestra diferencia de edad os llevarais tan bien —comentó el hombre.

—Bueno, ella siempre pareció mayor y, por lo que respecta a mí, según dicen, soy más inmadura —explicó poniendo una mueca de tedio—. Ahora iba a ser su cumpleaños y parecía que en vez de dieciséis iba a cumplir veinticinco.

Sonrió apenada.

—Por cierto, qué maleducado soy —dijo gesticulando de forma exagerada—. ¿Quieres tomar algo?

—No, estoy bien así. No se preocupe.

—No me trates de usted, me hace sentir mayor —bromeó. Alba se sintió apurada—. Y no es ninguna molestia. Vamos, dime qué quieres. ¿Una Coca-Cola, una naranjada, un zumo, una cervecita bien fría, agua…?

Alba frunció el entrecejo.

«¿Una cervecita? Estará de coña».

—No, solo he venido a ver…

—Ah, sí. Espera. Ahora te lo saco —dijo yéndose a otra habitación. Al cabo de un minuto volvió con una bolsa en la mano. Por su forma de moverse y hablar, parecía haber perdido la cabeza—. Ya está —espetó amable y con una sonrisa en los labios—. Aquí están las cosas que creo que son tuyas. Échales una ojeada y, mientras, te traigo tu refresco. Al final has dicho que quieres…

«Qué insistente», pensó Alba al tiempo que suspiraba y fingía no mostrarse incómoda.

—Lo que quieras, me da igual —cedió al fin.

—Muy bien. ¿Una Coca-Cola, entonces?

—Vale.

—Hecho. Ahora mismo vuelvo.

Salió de la habitación y entornó la puerta. Sin soltar el pomo, volvió a asomar la cabeza.

—Te cierro, ¿vale? Así tienes más intimidad —dijo sin esperar respuesta.

Desapareció, tras cerrar esta vez del todo la puerta.

Mientras ella vaciaba el contenido de la bolsa y lo esparcía sobre la cama de Elena, Miguel fue a la cocina a servirle el refresco.

El padre de Elena abrió la nevera y sacó una lata. Con la bebida en la mano se dirigió al armario donde guardaban los vasos. Cogió uno y, de su bolsillo, extrajo una pequeña bolsa hermética con unos polvos blancos dentro. Volcó el contenido en un vaso donde luego vertió la bebida. El gas del refresco mezcló las dos sustancias, hasta lograr una imperceptible combinación dulce y adulterada.

—Perfecto —susurró al ver que no quedaba evidencia alguna de las partículas intrusas.

Deshizo el camino hasta encontrarse nuevamente en el dormitorio de su hija. Abrió la puerta sin llamar.

—Aquí tienes tu refresco.

—Gracias —dijo Alba cogiendo el vaso y dándole un buen trago.

—¿Qué? ¿Has encontrado algo tuyo? Yo creo que esas cosas no eran de Elena, y como sé que os intercambiabais ropa...

—Sí. Es todo mío —respondió algo ruborizada, debido a que una buena parte era ropa interior.

—No te preocupes. No es el primer conjunto de encaje que veo. Mi mujer tiene alguno que otro y le gusta provocarme con ellos. Y, francamente, me encanta. Cuando se los pone es como una niñita jugando a hacerse la mayor. Además, le pido que se ponga un traje de colegiala que le regalé en uno de nuestros aniversarios y a veces lleva esas prendas debajo. Queda muy sexi.

Miguel la miró fijamente. Alba no sabía qué decir. Se sentía inquieta y desconcertada. No entendía a qué venían esos comentarios.

—Ya. Bueno, debo irme. Gracias por...

—¿Puedes esperar un momento? —la interrumpió cuando ella se disponía a ponerse de pie—. Se me ha olvidado darte una cosa. ¿Me esperas aquí?

—Eh... Es que tengo un poco de prisa.

—Será solo un momentito. No tardo nada, ¿vale?

—Bueno. Está bien —respondió titubeante.

Mientras Miguel salía y volvía a cerrar la puerta, Alba dio otro trago a su bebida. Dejó el vaso sobre el escritorio de la habitación y volvió a meter las cosas en la bolsa. Después se sentó de nuevo sobre la cama.

«¿Qué será? Algún pantalón o camiseta, supongo. Lo mismo es la camiseta que se compró el sábado».

Cogió el teléfono para mirar la hora: las 15:09.

«No sé por qué tarda tanto. Si en dos minutos no ha venido, me voy. Ya me pasaré otro día. Y si no, que se lo queden ellos, no creo que sea nada tan importante».

Abrió WhatsApp. Tenía un mensaje de su madre:

> Hola, hija. ¿Qué tal estás? Estoy pensando que esta noche cenaremos pizza, ¿te parece bien?

Sonrió apenada, evocando a su vez la visita que le habían hecho los policías. «Pasaremos a buscarte más tarde para continuar donde lo hemos dejado», recordó que le dijeron y sintió cómo se le volvía a acelerar el corazón, igual que había sucedido en presencia de los inspectores.

«Joder. De momento no voy a decirle nada. No quiero que se preocupe aún más, se pone muy pesada. Con un poco de suerte los polis vendrán cuando ya haya vuelto del curro y así habré tenido tiempo de ponerla al tanto».

Resolló y escribió a su madre:

> Hola. Bien, he estado en el gimnasio. Y sí, hace mucho que no cenamos pizza, me apetece. Besos.

> Ah, y no hace falta que te preocupes tanto por mí, ya te lo he dicho, estoy bien. Luego hablamos.

Volvió a mirar la hora: las 15:14.

—Joder. Cuánto tarda.

Jugueteó con el móvil para hacer tiempo. Los minutos siguieron pasando.

Las 15:18. Su concentración empezaba a disiparse. Miró la pantalla como si se le hubiera olvidado lo que iba a hacer. Su atención se perdió en la nada. A cada minuto transcurrido fue sumiéndose en un estado más perturbado, algo semejante a una compleja y absorbente abstracción.

Oyó un ruido al otro lado de la habitación que la obligó a levantar la vista. Sufrió un ligero mareo. Se llevó la mano a la cabeza por puro instinto, como si aquel gesto pudiera ayudarla a recuperar el vigor.

La puerta se abrió, dejando que apreciase la figura de Miguel. A pesar de su escasa concentración, la chica se percató de que su indumentaria era distinta. No tenía fuerza para hablar, pero sí para fijarse en sus manos: venía con ellas vacías. Lo miró desconcertada, tratando de entender lo que sucedía, pensando que, tal vez, no había encontrado lo que quería traerle, que, tal vez se había cambiado para ir a alguna parte. Pero en su lugar se topó con el rostro impertérrito del hombre, el cual la observaba enmudecido y paralizado desde el umbral de la puerta. Miguel la examinó primero a ella y luego oteó la habitación hasta dar con el vaso del refresco.

—¿No tienes sed? Has bebido poco —comentó, volviendo a centrar su atención en ella, haciéndola sentir todo lo incómoda que la droga le permitía notar.

—Sí... No... No mucha —respondió con esfuerzo, aletargada.

Miguel asintió con un movimiento recreado, dibujando a su vez una mueca sarcástica de disgusto.

La droga empezaba a surtir efecto.

—¿Has encontrado eso? —consiguió preguntar.

—Oh, sí, eso. Claro, cómo no. Aquí lo tengo —dijo echando mano al bolsillo derecho de su vaquero. Alba arrugó el ceño—. Mira —solicitó al tiempo que desbloqueaba el portátil que Miguel había dejado sobre el escritorio antes de que Alba llegase. Sacó la mano del bolsillo y le mostró un *pendrive*—. Aquí tienes una copia —explicó al mismo tiempo que lo sostenía con sus dedos índice y pulgar en forma de pinza y se lo ponía delante de las narices.

—¿Copia? —vaciló.

Su concentración seguía mermando.

—Ahora lo verás. Siéntate aquí, por favor —le pidió mientras apartaba la silla del escritorio. Esperó unos instantes a ver si reaccionaba. Con torpeza, trató de levantarse. Miguel se acercó a ella y, cogiéndola del brazo, la acompañó desde la cama hasta la silla. La sentó y, al tiempo que la giraba sobre su nuevo asiento hasta dejarla bien pegada al escritorio, le dijo—: Yo ya lo he visto. Te va a gustar.

Abrió un icono de la barra inferior de tareas. Ante ella surgió una imagen en la que se veía un primer plano mal enfocado de la cara de Elena.

—Dale al *play*.

Alba obedeció sin rechistar, con la misma velocidad y energía que una nonagenaria agonizante.

El ordenador comenzó a reproducir un vídeo con Elena como protagonista en el que se la veía hablando entre susurros, muy pegada a la cámara: «Esto es para ti, Alba: nos voy a grabar mientras nos lo montamos», confesaba la joven, a la vez que, descuidada, manipulaba la cámara sin ninguna intención de encuadrar el plano.

En estado normal, Alba se hubiera alterado, quizá hubiera parado el vídeo, pedido explicaciones... Hubiera hecho cualquier cosa. Pero en ese momento su voluntad estaba anulada. Miraba la pantalla paralizada, enmudecida, como si sus cuerdas vocales hubieran sido seccionadas por el cuchillo romo de un matarife chapucero. Entretanto, el vídeo continuaba reproduciéndose. «Ahora mismo estás hablando con mi padre. Le he pedido que te entretenga mientras coloco la cámara. Ha sido una idea improvisada. Bueno, no tanto. El caso es que él me ha dejado la cámara», decía Elena.

Transcurrieron los segundos y los ojos de Alba, a pesar de todo, se empañaron, ajenos a la droga que adulteraba su organismo. Sintió, además, que su corazón se aceleraba. Por unas décimas de segundo fue consciente de lo que sucedía, pero para su desgracia no podía hacer nada.

«En fin, voy al baño, porque se supone que me estoy secando el pelo. La dejo grabando. Ya verás qué bien nos lo pasamos», decía su amiga en las imágenes. El vídeo mostraba un nuevo plano de Elena concentrada en enfocar el aparato hacia su cama y luego otro de ella en ropa interior saliendo a hurtadillas del dormitorio, evitando hacer ruido.

—Espera —dijo Miguel, inclinándose hacia el ordenador y tocando el ratón—. Voy a pasar vuestra discusión, ¿te acuerdas? Aquella en la que os pasáis diez minutos buscando información de la Dama Blanca. Ahora mismo llegaremos a lo que nos interesa, ya verás.

Manipuló la barra del tiempo hacia delante y hacia atrás hasta situarla en el momento deseado. Alba, inmóvil, no apartó la vista de la pantalla. Parecía que el eco de sus instintos la advertían de que no debía decir nada; menos aún, mirarle a la cara o moverse. Una tos rasgada y árida arrancó de su garganta.

—Oh, ¿tienes sed? —preguntó retórico—. No me extraña, están siendo muchas emociones, ¿verdad? Aunque con lo que te he dado no creo que sientas gran cosa, pero bueno...

Cogió el vaso del refresco y se lo acercó a la boca. Entre tos y tos consiguió que diera un trago. La bebida aplacó la deshidratación de su garganta. Los sentidos de Alba trataban de escapar de esa especie de letargo inconsciente que estaba neutralizando su motricidad y su voluntad. Su campo de visión empezaba a ser difuso. El pulso le temblaba.

—Ahora sí que has dado un buen trago. Así me gusta. Mira. Esta es la parte buena.

Miguel le quitó el vaso de los labios y lo devolvió al escritorio. El vídeo había comenzado a reproducir las relaciones íntimas de las dos chicas. Dejó que lo contemplase durante varios minutos. Mientras Alba lo miraba impertérrita, la erección de Miguel evidenciaba su creciente excitación. A punto estuvo de correrse encima.

—Bueno, ya está bien. —Pausó el vídeo—. Voy a tener que ir a darme una ducha fría. —Rio despreocupado—. Que no, que es una broma, mujer. En fin, ha llegado el momento de sincerarnos, ¿no te parece? Empezaré yo. —La separó del escritorio y giró la silla hasta situarla frente a él—. Desde el primer día te eché el ojo, ¿sabes? —Alba no conseguía articular palabra, se había convertido en una especie de marioneta sin hilos que la gobernaran—. Tenéis una constitución tan parecida, tan aniñada..., y a mí me gusta tanto... Lo de Elena ha sido la tentación más grande a la que me he tenido que enfrentar en mi vida. Y ahora que sé que mi instinto sexual es mayor que mis fuerzas para contenerlo, creo que no te importará que siga contigo. Ya sabes que una vez que la bestia se desata no hay nada que la frene. ¿Y sabes otra cosa? No quiero parar —afirmó, iniciando un monólogo mientras se paseaba por la habitación como si fuese un sargento aleccionando a la tropa—. No, mi mujer no me sirve. Su cuerpo es como el de una niña, sí, pero en el fondo no puedo engañar a mi inconsciente. Ella no me pone ni una décima parte de lo que me ponéis vosotras. Tú ya me entiendes. Así que, de momento, seguiré con ella, por supuesto; no estoy tan loco como para dejarla. Con lo fácil que se vive estando bajo sus cuidados. Le gusta trabajar, ¿qué le voy a hacer? A mí, por el contrario, me encanta llevar una vida sin responsabilidades. Ya ves, tenemos la relación perfecta. Mira hoy, por ejemplo. Mi única preocupación será hacer lo que quiera contigo y luego limpiar mis huellas. Fingir que he estado en casa ocupándome del hogar, manteniéndome en forma para seguir poniéndola como una moto y poco más. Es como si ella me ayudase a seguir adelante. Fíjate, ni habiendo muerto su hija es capaz de quedarse en casa un solo día. Va al puto trabajo como si fuese una yonqui. Eh, pero no me enfado. Faltaría más. Ha abierto la veda, ¿cómo me voy a quejar? A nosotros nos ha venido cojonudo para vernos y jugar un rato y más sabiendo que, a pesar de que la poli ha encontrado el móvil de tu amiguita, no han podido sacar nada que les haga sospechar de mí —prosiguió, cambiando la voz a una entonación meliflua y picaresca. Se acercó a la chica y le apoyó la mano en la pierna—. Por cierto, tengo ganas de empezar, ¿sabes? —Inició un recorrido ascendente y recreado desde su rodilla hasta su ingle; allí frenó—. Pero…, aún no. —Volvió a erguirse frente a ella. La miró con odio durante unos instantes. Alba tenía la cabeza ligeramente inclinada hacia abajo; carecía de fuerzas para mirarle a la cara. Irritado, la abofeteó y la hizo caer de la silla. Su cuerpo chocó contra el suelo como un saco de escombros—. No me gusta que me tienten —habló, con los dientes apretados—. La putilla de Elena no hacía otra cosa. Cuando se encontraba su madre delante, se portaba como una mojigata, y cuando nos quedábamos a solas…, era una sucia ramera. No sé cómo pudo salir así. Buscaba a tíos mayores y no se cortaba un pelo en contármelo. Me incitaba, está claro. ¿Y ahora tú…? Deberíais estar todas encerradas en un prostíbulo donde solo os abrierais de piernas. ¿Entiendes? Gratis. Es lo que os merecéis las que sois de vuestra calaña.

Anduvo por la habitación varios minutos, dando vueltas de un lado a otro mientras Alba permanecía tirada en el suelo. Estaba consciente, pero apenas se movía; no tenía fuerzas.

—¿Qué hago contigo? —se preguntó Miguel en susurros.

Terminó sentándose en la cama con el cuerpo inclinado hacia delante, formando con sus brazos unas escuadras que le ayudaban a sostener la cabeza entre las manos. Desde ahí, dio un par de puntapiés a Alba en la espalda.

—¿Podrás andar? Solo tenemos que llegar al ascensor sin que nos vea nadie. Una vez en el coche será como si nunca hubieras estado aquí.

Meditó la posibilidad varios minutos, como si se hubiera olvidado de que la chica seguía tirada a sus pies. La droga había conseguido dormirla.

—Las noticias no ayudan —continuó, reanudando su monólogo—. ¿No te has fijado? Incitan a hacer lo mismo que yo. Mira ese colega que hace unas semanas violó a sus tres hijas y a su mujer aquí mismo, en Valencia. Me dirás que eso no es un reclamo en toda regla. La sociedad necesita creer en el bien y el mal, en los justicieros y los villanos. Por desgracia para ellos, vivimos en un mundo donde hacer el mal es un estilo de vida. Y qué quieres que te diga, viendo lo que hay por ahí suelto, yo no voy a ser ahora el niño bueno. A mí también me han convertido en lo que soy, yo no tengo la culpa. —Arrugó el semblante con resignación al tiempo que negaba con la cabeza—. Nah. A veces pienso que nos hacen algo para ser así. Podría ser el influjo de la luna. O que los gobiernos adulteran el agua o el aire o la comida o las vacunas que nos ponen cuando nacemos, y eso hace que se nos joda el cerebro. Algunos no sucumben, pero es solo en apariencia; ponlos en una situación límite y veremos qué hacen. ¿Que no matarían? ¿Que no violarían? Somos animales, nos mueve el instinto. Todos estamos condicionados. Pero ¿sabes qué es lo peor? Ser consciente de que haces daño y no poder evitarlo, incluso que llegue a darte igual. O que te guste.

»¿Sabes por qué maté a Elena? Para proteger a la ignorante de su madre. Por lo que leí sobre el caso de ese otro tío, le hubieran quitado la custodia por *consentir* que su hijita y yo tuviésemos una relación tan íntima. ¿Y sabes qué hubiera pasado? Que la habría matado. *La ley* la habría matado. No en sentido literal, tú ya me entiendes. Pero no te preocupes, me he dado cuenta de que ella también sobra, como tú. Aunque me mantiene y me sirve para follar de vez en cuando, ya no es imprescindible. El Estado me dará una pensión de viudedad y su seguro de vida me apoquinará una buena morterada. Es un buen plan, ¿verdad? Por supuesto tienen que pasar unos cuantos meses o años para no llamar la atención, no soy gili-pollas. —Resopló de forma sonora al tiempo que cogía a Alba del suelo y la volvía a sentar en la silla. El movimiento la des-pertó—. Nuria lo ha permitido. Ella ha forzado que yo acabe así. Por eso Elena era tan promiscua. ¿De quién te crees si no que lo ha aprendido? Eso es pura genética. Yo no conocía a su madre cuando tenía los años de Elena. A saber qué iba ha-ciendo por ahí...

»No respondes, ¿eh? —dijo pellizcándole un moflete—. Claro, no me extraña, estás bajo los efectos de la benzodiace-pina. Me encanta ver la tele. ¿Tú sabes lo que se aprende vien-do pelis, series y documentales? Es acojonante. En fin, ahora tengo que decidir qué hago contigo. Creo que te voy a llevar a una cabañita que hay cerca de donde me deshice de Elena. Sí, mujer, a un terreno que pertenecía a un tío mío que murió hace un par de años. Que en paz descanse. ¿Sabes lo mejor? Que allí no nos verá nadie. Tendremos absoluta intimidad. Pero, tranquila, serás la primera en estrenarlo. A Elena no la maté allí. Ah, antes de que se me olvide. Dime tu pin del mó-vil. Escríbelo o ponlo delante de mí para que lo vea. Vamos, espabila.

La azuzó agarrándola por los hombros y zarandeándola. Ella, como hipnotizada, hizo amago de sacarse el móvil del bolsillo. Miguel acompañó sus movimientos. Con la mano debajo de la de ella —para evitar que el aparato acabase en el suelo—, esperó a que procediese a desbloquearlo. Aguar-dó con paciencia, sabiendo que la droga había mermado por completo su voluntad y ralentizado su coordinación. Ahora Alba era como un robot a las órdenes de un tarado. La ob-servó y vio cómo, aun estando aletargada, conseguía escribir el patrón sin equivocarse. Su lentitud de movimientos le per-mitió anotarlo.

—Bendita droga —espetó jocoso—. Muy bien, Damita Blanca, lo has hecho a las mil maravillas. Escribiré a tu madre dentro de unas horas y le diré que estás bien, así me dará tiempo a hacer todo lo que tengo pensado. Venga, putita, ponte en pie.

LA GALERÍA DE IMÁGENES

Yago Reyes
Jueves, 19 de septiembre de 2019

Tras abandonar el domicilio de Alba Sierra, el tiempo pareció acelerar su curso habitual. Los minutos se sucedieron apresurados haciéndome perder la noción de este. Cuando me quise dar cuenta llevábamos allí tres horas subiendo, bajando, registrando el piso, requisando aparatos, intercambiando impresiones con el comisario, hablando con el médico forense... Leí la dichosa nota de despedida cinco veces. Hubo frases que mi mente había conseguido memorizar: «Ellas querían», «Tengo la conciencia tranquila», «No era como las demás. No era tan inocente como aparentaba».

En varias ocasiones perdí de vista a mi compañera. Pero ya no me preocupaba; por fin estaba consiguiendo trabajar con ella como lo había hecho anteriormente con el resto de mis colegas: con normalidad.

Me encontraba solo cuando recibí una llamada de la comisaría que de nuevo trastocó mis esquemas mentales.

—Dime —contesté nada más descolgar.

—Tengo que enseñaros algo, es urgente —respondió Alonso, nuestro analista forense digital.

Desde que el móvil de Elena cayó en sus manos había estado tratando de acceder a los archivos del terminal. Su llamada era alentadora.

—¿De qué se trata?

—Al fin hemos accedido a la galería de fotos del móvil de la víctima. Me ha llevado un rato porque alguien había borrado los archivos, pero he conseguido recuperarlos. Creo que querréis ver el contenido lo antes posible.

—¿Qué has encontrado?

—¡Qué no he encontrado! Hay fotos provocativas, un vídeo de ella liándose con una chica, otro con un tío mayor que ella...

—Vale, de acuerdo —le corté—. Vamos para allá.

Colgué y me quedé varios segundos mirando la pantalla de mi móvil. «¿Pero qué narices pensaba? Joder», me dije. No sé por qué aquella información me cabreó.

Anduve en busca de mi compañera. La encontré junto a un par de miembros del equipo forense. No quise acercarme demasiado. Desde varios metros la llamé gritando su nombre. Al parecer no alcé la voz lo suficiente: me costó tres intentos que me oyera.

Cuando se giró, le hice una señal con la mano para que se acercase.

—¿Qué pasa?

—Tenemos que irnos. Me ha llamado Alonso: ha conseguido entrar en el móvil de Elena.

—¿Tenemos los mensajes?

—No. Las imágenes.

Arrugó el ceño como si tratase de adivinar el contenido, sin embargo, no dijo nada, no preguntó si yo estaba al tanto de algo que ella aún no supiese. Dio media vuelta y se dirigió a paso ligero hacia el coche al tiempo que sacaba las llaves de uno de sus bolsillos. Yo seguí su estela sin dilación, como si fuese el guardaespaldas de la protagonista de una novela rosa. Adivinando su intención de querer conducir hasta la comisaría, fui bifurcando mi camino en dirección al asiento del copiloto.

Junto a mí volvía a viajar aquella compañera muda que escasas horas antes me había confesado el motivo de su silencio. No obstante, su mirada era distinta. Se la percibía pensativa, inquieta; también su forma de conducir era más violenta que de costumbre.

En mi mente no cabía otra cosa que tratar de entender cómo una chica de quince años podía guardar esos vídeos en su móvil, cómo podía ser ella la protagonista. ¿Había disfrutado? ¿La habían extorsionado o amenazado de alguna forma? «No era como las demás. No era tan inocente como aparentaba», volví a recordar. Aun así, no era la primera vez que veía imágenes subidas de tono en algunos dispositivos de menores; pornografía, sobre todo. También sabíamos de la existencia y el peligro del *sexting*: el envío de mensajes sexuales, eróticos o pornográficos a través de móviles u ordenadores. Pero si lo que me había adelantado Alonso era igual que lo que mi mente estaba imaginando estábamos hablando de palabras mayores.

No quise decir nada a mi compañera para no envenenarla con mis suspicacias. Prefería que ambos lo viésemos con nuestros propios ojos; bastante había especulado yo ya.

Llegamos a la comisaría en un tiempo récord.

—Vamos —me acució.

La seguí sin rechistar. Al llegar a la oficina fuimos directos a la mesa de Alonso. No se encontraba en su sitio.

—No me jodas, ¿se ha ido? —espetó Aines resignada.

—Tranquila, tiene que estar por aquí. Le dije que vendríamos.

Se giró y me miró fijamente a los ojos. Se acercó un par de pasos hasta ponerse a escasos centímetros de mi rostro.

—Tengo un mal presentimiento —me susurró.

Sus palabras me dejaron sin aliento por un instante. Yo entendía de malos presentimientos. La primera vez que mi ex me puso los cuernos tuve uno de los más desagradables que he soportado en mi vida. Tan desagradable y certero que en el mismo instante en que lo tuve la llamé: se estaba liando por primera vez con su actual marido; aunque eso no lo supe hasta demasiados meses más tarde.

—¡Eh, pareja! —gritó Alonso desde el otro lado de la sala.

La mitad de los compañeros y nosotros nos giramos. Nos hizo un gesto con la mano para que le esperásemos.

Sentí cómo Aines suspiraba impaciente. Quise tranquilizarla, decirle que todo saldría bien, pero mis labios no articularon palabra alguna.

—Ya estoy con vosotros —anunció nuestro compañero un par de minutos más tarde—. Venid. —Nos dirigió hasta un despacho vacío donde tenía un ordenador portátil. Se sentó enfrente y tecleó la contraseña. Mientras lo manejaba, Aines se sentó a su lado. Yo permanecí de pie, a sus espaldas. No le hizo falta buscar mucho. Ante nosotros se mostraron varias carpetas—. ¿Por dónde queréis que empiece?

—¿Qué tienes? —preguntó Aines.

—Eh… —vaciló antes de contestar. Creo que no soltó un «lo que le he dicho a Yago cuando le he llamado» para no generar tensión entre nosotros—. Hay fotos y vídeos.

—Empieza por las fotos —solicitó Aines.

—¿Sabéis qué? Mejor os servís vosotros mismos. Estas cuatro son las carpetas que he podido recuperar de su móvil. Estoy estudiando el origen del contenido. Hay ficheros que no se han grabado desde su móvil, sino desde otros dispositivos electrónicos, y luego se han enviado a su teléfono. Os lo digo porque puede que os interese. En fin —se puso en pie—, aquí tenéis el material. No necesito volver a verlo.

—Gracias —le dije antes de que se marchara.

Aines ya estaba abriendo la primera carpeta.

—Siéntate —me solicitó—, me pone nerviosa que estés ahí detrás.

Obedecí.

Según me senté, comenzó a pasar las fotos sin recrearse demasiado en ninguna. Hasta que llegó a las que Alonso me mencionó por teléfono.

—¿Qué cojones es esto? —preguntó asqueada.

Ante nosotros teníamos una larga sucesión de selfis de Elena con su padre. Primero empezaron siendo las típicas posturitas pueriles, muecas y risas. Pero la inocencia de las primeras estampas dio paso a la provocación, la lascivia y la depravación: la lengua del padre en la cara de su hija y esta con cara de salida; sus dos lenguas tocándose; el padre sin camiseta; Elena en sujetador; Elena empezando un recorrido descendente con su lengua desde el pecho de su padre hasta el vello púbico...

—Basta. Tengo suficiente —dijo Aines. Observé a mi compañera: evitaba mirar la pantalla—. ¿Qué significa esto, que la que nos creíamos que era una niña inocente y casta en verdad era una depravada? ¡Joder, ese es su puto padre! —expuso encolerizada alzando la voz.

—Padrastro —apunté sin intención de tocarle las narices.

—¿Acaso hay diferencia? —replicó airada.

Parecía sentirse traicionada, algo semejante a como me sentí yo minutos antes cuando Alonso me advirtió de lo que nos íbamos a encontrar.

—Era una maldita cría de quince años, joder —continuó Aines—. Y él llevaba criándola desde que tenía seis. Desde que tuvo uso de razón estuvo con él; ella lo ha vivido como si fuese su único y verdadero padre. —Agachó la cabeza pensativa, negando y masajeándose con las yemas de los dedos el cuero cabelludo que le nacía en la parte donde acababa su frente—. Mi hermana tiene dos hijos: un niño y una niña. Se divorció hace tres años y ahora está casada con otro tío. ¿Tú sabes lo que es imaginar que les pueda pasar algo así a tus hijos o sobrinos? No me cabe en la cabeza, de verdad. ¿Es posible que lo hubieran hecho antes? ¿La tocó o violó siendo más pequeña? ¿Acaso ella lo veía como algo normal? ¿Y qué pasa, que la madre no se daba cuenta? No lo entiendo, te lo juro. No lo entiendo.

—Tranquila, Aines. No te dejes llevar por el pánico. Estas cosas no suelen suceder.

—El mundo está loco —replicó afectada.

—Es solo una pequeña parte de la sociedad la que está enferma.

—No sé si es tan pequeña.

—Sí. Créeme. El problema es que hace mucho ruido. Y sus actos provocan tanta aversión en el resto que, aunque solo sea una persona, resuenan como si fueran un grupo de miles.

—Ya, pero aún así...

—Entiendo tu frustración, tu rabia, tu miedo..., pero sabes que tenemos que acabar de ver toda esta mierda, saber qué tenemos contra ese hijo de puta, antes de ir a detenerlo.

Asintió. Terminamos de ver las fotografías. Luego pasamos a los vídeos; muchos eran de chorradas. Según los abríamos, los cerrábamos.

—Busca por tamaño —sugirió Aines.

—Buena idea.

Filtré la carpeta.

—Mira, hay varios que ocupan mucho.

—Empecemos con este, que es el que más pesa.

Duraba más de media hora. En él salían Elena y Alba. Vimos el comienzo, en el que Elena confesaba que iba a grabarlas manteniendo relaciones, como si fuese a gastarle una broma o a darle una sorpresa a su amiga, novia o lo que fuesen. Luego una discusión de varios minutos en la que buscaban información y leían acerca de la leyenda de la Dama Blanca. El tiempo en que las chicas practicaban sexo lo fuimos pasando. Con esta grabación se confirmaba el testimonio de Alba: sí que mantenía una relación íntima con Elena; también coincidía la fecha que nos dio. Vimos los últimos segundos de la grabación. Estaban tumbadas sobre la cama, una abrazada a la otra. Se cortaba de repente.

—Seguro que se le acabó la batería o la memoria —aventuró Aines.

—Sí, tiene toda la pinta.

—¿Otro?

—Sí. Este, por ejemplo.

Resolló antes de contestarme con un «vale» cargado de resignación.

Pinché en el icono dando inicio al siguiente vídeo. Lo protagonizaban Elena y su padre. El contenido, más de lo mismo. O, mejor dicho, parecía la continuación de los selfis subidos de tono, depravados y enfermizos que nos sirvieron de indigesto aperitivo minutos antes. El vídeo fue mucho peor. En esta ocasión no solo se le puso mal cuerpo a mi compañera, yo estuve a punto de echar la bilis que me revolvía las tripas, y no era para menos: el padre la aleccionaba como un profesor a una alumna en una clase práctica, solo que la materia era puramente sexual. Hubo varias escenas en las que, de soslayo, aprecié cómo mi compañera apartaba la mirada, como si estuviese viendo la mejor película de terror de la historia.

—He tenido suficiente —le dije, interrumpiendo la reproducción.

—Aún faltan varios minutos, ¿no?

—Sí, pero —dije adelantándolo varias veces; el escenario y los protagonistas siempre eran ellos en distintas posturas— es más de lo mismo. Pongo otro.

—Dale. Me gustaría saber si también tiene algún vídeo con Adrien Berguer.

Abrimos los que faltaban; los *vimos* acelerando las imágenes y pasando fragmentos enteros. De Berguer tan solo encontramos varias decenas de fotos suyas en pelotas, en distintos ángulos, planos y distancias. Se las debió de intercambiar a Elena por otras suyas en la misma línea pornográfica.

—Creo que con esto tenemos suficiente, ¿no te parece? —me preguntó Aines.

—Espera. Tengo que ver algo.

—¿Qué pasa?

—¿Te acuerdas del día de la desaparición de Elena, de lo que dijo Alba, que la llevó a casa y la vio subir las escaleras?

—Sí.

—¿Recuerdas que el engendro de su padrastro aseguró no haberla visto? Quiero comprobar si hay algún archivo con contenido sexual del día de su desaparición.

Asintió pensativa.

Llevé la vista a la pantalla y busqué. Y allí estaba el vídeo que ya habíamos reproducido de Elena y su padre, con fecha de creación del 14 de septiembre de 2019 a las 21:53.

—Eso corresponde al día que desapareció. ¡Estuvo en casa! ¡Estuvo con él! ¡Me cago en la puta! —chilló Aines al tiempo que se ponía de pie con un movimiento brusco y provocaba que se cayera la silla al suelo.

Salió apresurada hacia la puerta del despacho, la abrió y desde el umbral llamó a Alonso. Nuestro compañero acudió en un abrir y cerrar de ojos.

—¿Qué pasa? ¿Tenéis algo?

—Dínoslo tú —solicitó Aines arrastrándole hasta el ordenador—. ¿Esa fecha es correcta? ¿Puede estar alterada por algún motivo?

—Voy. —Se sentó junto a mí y se puso a inspeccionar. Abrió y cerró varias carpetas, ficheros...—. A ver. La fecha original del vídeo es el 14 de septiembre de 2019. La hora de creación, las 21:32.

—¿Estás seguro? —pregunté.

—Sí, segurísimo. Ese vídeo se grabó en otro dispositivo. Es lo que os he comentado antes. ¿Veis? Estos números difieren a estos —dijo señalándolos—. Bueno, olvidadlo, son cosas técnicas. El caso es que el vídeo se grabó con otro móvil o una tableta. Incluso, a juzgar por el tamaño y la calidad, me inclino por pensar que se grabó con una cámara de vídeo y que luego llegó al móvil de Elena, seguramente por WhatsApp o Messenger. Así que la hora de creación es la que os he...

—Nos vamos. —Me puse en pie y le dejé con la palabra en la boca. Aines me miró con ansiedad y expectación, como un perro que acaba de ver a su amo con comida—. Miguel Castillo es el asesino de Elena.

CONTRARRELOJ

Yago Reyes
Jueves, 19 de septiembre de 2019

Abandonamos la comisaría como alma que lleva el diablo.

—Conduce tú —me pidió Aines según nos aproximábamos al coche. Era la primera vez que la veía tan nerviosa—. Yo llamaré al comisario para decirle que nos disponemos a detener a Miguel Castillo por el asesinato de Elena.

—Perfecto. Este ya no se nos escapa —dije cerrando mi puerta.

—Sí, aunque sigo teniendo un mal presentimiento.

Miré la hora en el reloj del salpicadero: las 19:44.

«Joder, cómo pasa el tiempo».

—¿Qué mal presentimiento?

—Aún no sabemos si la mató o no, aunque todo apunta a que sí. Él es el sospechoso número uno y más después de ver la fecha y la hora del vídeo. Los demás no cuadran; uno incluso está muerto. Y me viene Alba a la cabeza.

—¿Qué pasa con Alba?

—¿Tú no crees que pudo ser ella o que lo pudieron hacer entre los dos?

—¿Alba? ¿Con qué móvil? ¿Por despecho? No, francamente no lo creo. Sin embargo, Miguel sí cuadra con el perfil que tracé del asesino.

—Pues si piensas que Alba no ha tenido nada que ver, cosa en lo que coincido... No sé cómo decirlo —titubeó atropellada, como si le diera miedo exponer lo que pasaba por su mente.

—Vamos. Dilo.

—¿Y si la siguiente es ella?

Me quedé pensativo y paralizado durante unas fracciones de segundo en las que mi mente reprodujo varias frases de Alba cuando estuvimos en su casa: «La última vez me hizo sentir incómoda», «en verdad me mira como si yo le diese asco o algo por el estilo», «tenían una relación muy rara»... Aquello que pensé que era una posible estrategia para desviar nuestra atención quizá fue la pista que buscábamos.

—Llámala —solicité, contagiado por el mal pálpito de mi compañera. Obediente, buscó su móvil y marcó. Se llevó el aparato a la oreja sin dejar de mirarme. Mientras los tonos resonaban más allá del tímpano de mi compañera, puse en marcha el coche. Oí cómo se cortaba la llamada—. Inténtalo con el de Miguel.

El resultado fue idéntico.

Un escalofrío me recorrió la nuca y el cuero cabelludo.

«Me cago en la puta».

—Llama al comisario y ponle al tanto de lo que hemos estado hablando, lo que hemos visto en los vídeos..., todo. Puede que tengas razón —afirmé sin perder de vista la carretera. De soslayo, vi cómo mi compañera respondía a mi petición—.

Dile que estamos de camino a la casa de Miguel Castillo. Ah, y pídele que nos consiga una autorización para rastrear la geolocalización de ambos móviles.

Conduje con la mente ocupada tanto en mis pensamientos como en la voz de mi compañera hablando con el comisario.

«Hijo de puta perturbado. ¿Y no hemos sido capaces de verlo antes? ¿La madre está en el ajo? No sería el primer matrimonio que secuestra a mujeres jóvenes y las mata. El más reciente, que yo sepa, fue aquel matrimonio mexicano de Ecatepec. Encontraron varias cubetas con trozos de cuerpos humanos mezclados con cemento. También restos en los congeladores de sus dos domicilios. Como poco, los acusaron de los asesinatos de diez mujeres. Y no son los únicos».

Hice un alto en mis divagaciones para escuchar a mi compañera.

—No, no estamos seguros al cien por cien, pero... —El comisario debió de interrumpirla—. Nos vendría muy bien, señor. Además, como poco, se le podría acusar de pederastia; la chica no tenía la edad de consentimiento.

Luego hubo un largo silencio que me invitó a regresar a mis reflexiones:

«No creo que la señora Molina esté en el ajo, la verdad. No, francamente no lo creo».

—Estamos llegando —informé a Aines, tomando la calle que daba al domicilio del matrimonio.

—Estamos en la puerta, señor —anunció ella a su interlocutor telefónico—. Sí. Le avisaremos.

Colgó en el mismo instante en que yo ponía el freno de mano.

—Vamos —dije abriendo la puerta y saliendo del coche.

Anduve hacia el portal dando por hecho que mi compañera me seguía de cerca. No tardó en ponerse a mi lado.

Llamó al portero automático.

No contestó nadie.

Insistió apretando el botón como si se hubiera quedado pegada a él.

Siguieron sin contestar.

—No están —evidenció Aines, destilando inquietud en cada uno de sus movimientos y palabras—. ¿Y si llamamos a Nuria al móvil?

—No, podría ponerle sobre aviso. Necesitamos la ubicación vía satélite de su puto móvil, joder —respondí encolerizado—. El comisario te ha dicho que no, ¿verdad?

—Que lo va a intentar, pero que no tenemos suficientes pruebas.

—Regresemos al coche —le dije haciendo un movimiento con la cabeza.

—¿Qué estás pensando?

—Que voy a hablar con él. Déjame tu teléfono.

Lo sacó y buscó el número.

—Ya he marcado —afirmó al tiempo que me lo entregaba.

Subí al vehículo mientras con cada tono que oía se alteraban más mis nervios.

—¿Qué ha pasado? —contestó el comisario al otro lado del teléfono.

—Soy Yago.

—Ah, Reyes. Dime.

—No hay nadie en el domicilio. ¿Qué propone, señor?

Se hizo un silencio.

—Habrá que esperar a que aparezca.

—¿Lo dice en serio?

—No podemos hacer nada, Reyes. Habrá que esperar.

—¿Esperar a qué?

—A que el juez nos lo autorice.

—¿Ha hablado ya con él?

—No, estaba en una reunión, pero le he dejado un recado a su secretario para que me llame urgentemente. Mientras tanto tendremos que esperar.

—No necesitamos el permiso de ningún juez, comisario. No le estoy pidiendo descifrar sus mensajes ni que nos dé un listado de llamadas, le estoy pidiendo única y exclusivamente su ubicación geográfica, rastrear su puto móvil. Tengo fundamentos para pensar que puede estar cometiendo otro delito, que la integridad de otra chica está en peligro.

Singularicé para no meter a mi compañera en un compromiso.

—¿En qué te basas para lanzar esas especulaciones? Vamos, te escucho —requirió desafiante.

—Está bien. Reconozco que no sé qué cojones estará haciendo ahora mismo. Tal vez esté en el gimnasio o fichando a su próxima víctima en el parque que hay al lado de su casa, pero siendo el principal sospechoso del asesinato de Elena Pascual Molina habrá que tenerle localizado cuanto antes, ¿no le parece?

—La orden judicial era específica para que nos autorizase a poder consultar el registro de llamadas del número telefónico de Miguel Castillo.

—Razón de más, señor. Si nos ha autorizado eso, no creo que ahora vaya a negarse a que consigamos su geolocalización.

—Tendré que hablar con él, aunque...

No le dejé contestar.

—¿Usted ha escuchado con atención lo que se ha encontrado en el móvil de la víctima? ¿Ha oído lo que Collado le ha contado sobre que el muy hijo de perra se acostaba con su propia hija y que grabó toda la escenita en su móvil? ¡Ha estado mintiéndonos desde el principio, joder! ¿Usted sabe lo que podría hacer, si no lo ha hecho ya, con ese material? No me fastidie, hombre, es un maldito pederasta, y lo peor es que, además, como le digo, sospechamos que puede ser un puto asesino. Si nos relajamos, podría actuar otra vez o fugarse —exageré en lo segundo; realmente no creía que fuera una de sus opciones más inmediatas, a no ser que temiese ser descubierto—. Tenemos que dar con su paradero cuanto antes. ¿Y si estuviese cargándose a otra chica? Usted tiene hijas, ¿no? ¿De doce, catorce años? ¿Y si el próximo blanco fuera una de ellas, señor? Estoy seguro de que no podría volver a mirarse al espejo.

SÁBADO

Sábado, 14 de septiembre de 2019

—Mándale un mensaje a tu amiguito. Dile que hoy te quedas en casa, que no te encuentras bien —ordenó Miguel.

—No, no le voy a mandar ningún mensaje.

Elena dio media vuelta con intención de ir a su habitación para arreglarse.

—¿Qué quieres decir?

—¡Ja! —exclamó con actitud de superioridad al tiempo que vacilaba sobre cómo contestarle para convencerle sin tener que entrar en una disputa o aguantar sus sermones carentes de sentido—. Pues eso, que no le voy a mandar ningún mensaje —dijo confiada, a la vez que se ponía en pie y le daba la espalda.

Miguel contempló su cuerpo desnudo y la siguió con la mirada mientras esta recogía la ropa que había quedado esparcida por la habitación.

—Me estás provocando, ¿verdad? —preguntó, abandonando la cama y yendo tras ella.

La sujetó por la muñeca para reclamar su atención.

—¿Provocando? No.

—Pues vuelve a la cama.

Ella le miró a los ojos, desconcertada.

«¿En serio?», pensó sin poder reprimir una sonrisita de prepotencia.

—¿Qué pretendes, que me quede aquí toda la noche, que le dé plantón a mi novio para estar contigo?

Miguel la miró arrugando el ceño. Su expresión de deseo y afecto mutó a la seriedad.

—¿Qué insinúas?

—No insinúo nada. Te digo que voy a terminar de arreglarme. Adrien pasará a buscarme en media hora.

Hizo amago de zafarse para seguir recogiendo sus cosas, pero Miguel la sujetó con más fuerza.

—No te vas a ir.

—¿Qué haces? Suéltame —le ordenó tajante.

Clavó su mirada en la suya.

—¿No quieres que tengamos una relación?

—¿Hola? ¿Y qué pasa con mi madre?

—¿Qué? No se enteraría.

—¿Me lo estás diciendo en serio?

—¿Por qué no?

—En realidad lo justo sería que le dijeras que te ponen cachondo las jovencitas como yo. Y que te vas follando a toda la que cae en tus garras. Seguro que en el gimnasio te has cepillado a más de una guarra.

—Guarra como tú, dices.

—No. Lo mío es un trato especial de padre e hija; como en la Antigüedad, que no había miramientos de quién lo hacía con quién. Además, se pueden considerar clases prácticas para ir cogiendo soltura.

—Creo que tienes un problema —le contestó con desprecio.

—Le dijo la sartén al cazo... —replicó irónica—. ¿Te has visto? Estás en pelotas en el dormitorio que compartes con mi madre y acabas de tirarte a su hija menor de edad. No me hables de problemas. —Sonriente, hizo una pausa; él la observaba ocultando la ira que empezaba a corroer sus entrañas—. Díselo a mi madre y tal vez vuelva a follar contigo. Es lo único que puedo ofrecerte. Pero solo una vez, a modo de despedida; recuerda que tengo novio y por el momento me lo paso muy bien con él. Y ahora suéltame —dijo dando un tirón seco para zafarse de su padrastro—, tengo que arreglarme y fingir que sigo... Bueno, ya no puedo fingir gran cosa, solo ocultar que es la cuarta vez que me lío contigo.

Cogió la última prenda que quedaba en el suelo y se fue de la habitación contoneando su cuerpo desnudo mientras Miguel la observaba alejarse.

—No puedes irte —dijo elevando el tono para que lo oyese.

—Si me prohíbes que me vaya, se lo diré a mi madre, y eres consciente de que eso será tu perdición —replicó, parándose en mitad del pasillo—. Sabes que soy capaz de hacerlo, así que déjate ya de tonterías.

Continuó andando hasta llegar a su habitación. Abrió el armario y preparó un conjunto provocativo que ponerse. Luego buscó en el cajón de la mesilla la ropa interior que se pondría para la ocasión. Lo dejó todo encima de la cama.

«Será mejor que me dé una ducha. No quiero ir atufando a semen de otro tío».

Mientras ella entraba en el cuarto de baño, Miguel fue a la cocina. En su mano llevaba varias cápsulas de benzodiacepina. Abrió un refresco de cola y vació su contenido en un vaso.

A continuación vertió la droga, lo removió y fue en busca de Elena.

La puerta del cuarto de baño estaba cerrada. Dio un par de golpes suaves.

—¿¡Qué!? —vociferó ella desde el otro lado.

—¿Puedes abrir un momento?

—¿Qué quieres ahora? Tengo prisa.

—Lo sé, es solo un momento. Me gustaría disculparme.

Abrió la puerta. El agua corría. Al abrir se le fue la vista al refresco.

—Toma, es para ti —dijo Miguel, ofreciéndoselo—. Después del desgaste físico te vendrá bien. Tómalo como una forma de pedirte disculpas. Tienes toda la razón. —Elena observó su rostro unos instantes antes de coger el vaso. Trataba de leer en sus ojos cuánta verdad había en sus palabras, si escondía algo. Luego cogió el vaso y se lo llevó a la boca—. Está bien fría, como a ti te gusta.

Bebió varios tragos. Parecía sedienta.

—Disculpas aceptadas. Tengo que ducharme —zanjó y le dio la espalda.

Dejó el vaso sobre la encimera del lavabo.

—Yo me lo bebería antes de que se caliente.

—Sí. Gracias. —Se inclinó esperando a que Miguel le diera un beso en los labios. Este le siguió el juego, se agachó y la besó—. Ahora vete. Tengo que ducharme.

—Sí, tranquila, te dejo.

Retrocedió varios pasos mientras seguía observándola.

«Te crees muy lista, ¿verdad?».

Elena no se molestó en cerrar la puerta; le gustaba provocarlo.

Miguel decidió alejarse.

Anduvo por el pasillo un par de metros.

Paró.

Desde ahí ella no podía verlo, pero él sí podía intuir cada uno de sus movimientos. Oyó cómo cogía el vaso, bebía de él y lo dejaba una vez más en la encimera; luego cómo descorría la mampara. Sabía que el efecto de aquella droga, y más en esas cantidades, sería inmediato. Percibió cómo el sonido del agua cambiaba al entrar en contacto con la piel de su hijastra. Desanduvo los escasos metros que le distanciaban del cuarto de baño y permaneció junto al marco de la puerta, apoyado contra la pared, atento a cualquier señal que le indicase que era el momento de asegurar su silencio.

Su mirada se perdió en la textura rugosa de la pared que tenía enfrente. Con la cabeza apoyada, reflexionó sobre el acto que estaba a punto de llevar a cabo.

«Lo siento mucho, pero no me dejas otra opción. Si se lo contases a tu madre sería mi fin. Me denunciaría. Me acusarían de abusos a menores y me caerían unos cuantos años de cárcel. No estoy dispuesto a sufrir por una niñata fresca y perturbada.

»Me ha amenazado. La muy puta ha tenido el descaro de amenazarme. No se lo voy a consentir. Ella se lo ha buscado. Yo no tengo la culpa. Aunque no sé de qué me sorprendo. Tenía que haberlo visto venir. Está loca».

Se asomó para comprobar en qué estado se encontraba.

—¿Te lo has bebido ya todo? —preguntó, disimulando mientras entraba en el cuarto de baño.

A través de la mampara comprobó que se encontraba en cuclillas, abrazándose las extremidades inferiores con la cara escondida entre las piernas. El pelo lo llevaba recogido en un moño para no mojárselo. No se movía. Recibía el impacto del agua sobre la espalda y el cuello. Las gotas rompían contra su anatomía con tanta violencia que le alcanzaban el cuero cabelludo y generaban un recorrido descendente desde la nuca hasta el mentón, y con ello una cascada intermitente que se fundía con el charco que se acumulaba a sus pies.

—Elena, ¿te encuentras bien?

—Estoy mareada —dijo en un hilo de voz.

Miguel sonrió.

EL CASERÓN

Jueves, 19 de septiembre de 2019

Alba reposaba semiinconsciente sobre el suelo arenoso del caserón al que Miguel la había llevado. Tumbada bocarriba, su mente luchaba con todas sus fuerzas por tratar de salir de ese difuso estado de ensoñación del que no podía desprenderse. Sus extremidades se habían vuelto pesadas, inservibles. La aridez de su boca y su garganta era la muda expresión del miedo. Sus ojos, portavoces de su alma, brillaban de impotencia. Si su consciencia hubiera estado intacta, habría visto pasar los minutos a través de la estructura que cubría parte del techo desquebrajado, viejo y semiderruido de aquel antiguo caserón. Pero no, su atención no podía centrarse en mirar alrededor, pues sus sentidos solo tenían fuerzas para mantenerla con vida. Ni siquiera pudo apreciar el olor a humedad y a polvo que la rodeaba, tampoco el tacto de su cuerpo desnudo contra la arena y la madera carcomida que la sostenía y de la que desde hacía tiempo los bichos habían hecho de ella su nido.

Ocupaban el espacio que algún día tuvo que servir de eje central de aquel lugar: una habitación grande, de más de veinticinco metros cuadrados, pero en condiciones ruinosas, con las paredes enmohecidas y la pintura agrietada. En un extremo de la sala quedaban los escombros de una chimenea echada abajo y, llenando el espacio restante, varias sillas de madera hinchadas y podridas a causa de la humedad de los fríos inviernos al raso.

—Hemos tenido suerte de que nadie nos viese salir, ¿no te parece? —le preguntó Miguel mientras la contemplaba a varios metros de distancia, sentado en una de las sillas—. ¿Qué te ha parecido la historia que te he contado? —Se puso en pie y se acercó a ella. Se acuclilló a la altura de su cabeza y comenzó a peinar su larga cabellera, libre ahora de la goma y las horquillas—. No me hablas, ¿eh? Debes de estar cansada. Bueno, te contaré el final. Aunque fue algo verdaderamente rápido, así que iré al grano: la asfixié.

»No iba a correr el riesgo de que se lo dijese a su madre o a cualquier otra persona. Le serví un refresco igual que a ti, con la misma droga. Se lo bebió justo antes de entrar en la ducha. La muy imbécil pensaba que esa noche follaría con el asqueroso de su novio. Y el resto te lo imaginas, ¿no? Cuando el fármaco le hizo efecto, la asfixié, la subí al coche y la tiré al arrozal. Sencillo, ¿verdad? Es una pena que no tengas fuerzas para contestarme. Aunque lo que realmente me da pena es que te haya afectado tanto la droga. Joder, antes parecías una muerta; ni siquiera has emitido un triste gemido.

Miguel arqueó media sonrisa al recordar sus relaciones con Elena.

—Aunque para gemidos los de la perra de tu amiga. Esa sí que chillaba de placer.

Se le escapó una carcajada al tiempo que se incorporaba.

Fue hasta un extremo de la sala y cogió un bidón de cinco litros de agua.

—Lo disfrutó. Vaya que si lo hizo. Le gustó mucho. Pero tú…, joder, estás más frígida de lo que imaginaba. Por eso estoy esperando a ver si te espabilas un poco y te vuelves más colaboradora. Pero ¿sabes qué? —dijo quitando el tapón al bidón—. Nunca me ha gustado esperar.

Ayudándose de las dos manos, empezó a derramarle el agua por la cara. El líquido le entró por la boca y la nariz e hizo que sus instintos tratasen de evitar que muriese ahogada. Tragó varias bocanadas de agua antes de poder girar el rostro hacia un costado. Tosió desesperada, provocando que su cuerpo diese fuertes sacudidas. Miguel paró y observó el resultado.

—¿Estás mejor? —preguntó sarcástico—. ¿Colaborarás? Creo que contigo he aprendido que a la siguiente la drogaré menos. —La observó de arriba abajo con perversión—. Hace calor, ¿verdad? No quiero que sufras.

Una vez más volcó la garrafa de agua sobre ella. Empezó por la cara y fue descendiendo por su cuerpo, recreándose en cada palmo recorrido, observando el brillo de su piel mojada, sus pezones marcados. La excitación se apoderaba de sus intenciones. A causa del estímulo y las horas pasadas, Alba empezaba a tener ligeros episodios de lucidez. Sin embargo, seguía sin poder moverse ni articular palabra, tan solo unos leves quejidos.

—Bien, bien. Ya empiezas a gemir, ¿eh? Te pone cachonda que te moje, ¿verdad?

Dejó la garrafa en el suelo y se desvistió por segunda vez. Para asegurarse de no dejar sus fluidos orgánicos en el cuerpo de Alba se puso un preservativo.

No tuvo necesidad de sujetarla; se situó sobre ella y comenzó a violarla.

Esa segunda agresión le llevó más tiempo que la anterior. Le hablaba constantemente, le susurraba cualquier insulto que le venía a la cabeza. Recordó la relación que tuvo con Elena y fue entonces, pensando en ella, recordando su descaro, sus provocaciones y sus gemidos, cuando consiguió eyacular.

Satisfecho, se puso en pie. Se quitó la protección y la tiró en una bolsa de basura. Luego, con un poco de agua, se limpió el barro que le había manchado las piernas.

—Ahora te toca a ti —dijo acercándose a ella. Ayudado de una silla, la dobló como a una muñeca de goma y alzó su cadera por encima de su cabeza, como a un bebé cuando le vas a cambiar el pañal. La abrió de piernas y le introdujo con un embudo el agua que quedaba aún en la garrafa. El líquido le caía a borbotones por el pubis y la espalda. La chica trató de revolverse, pero seguía debilitada—. Tranquila. Ya queda poco. —Cuando consideró oportuno, dejó de anegarle la vagina y la incorporó hasta ponerla de pie, haciendo que le saliese todo el líquido—. Siéntate aquí. —La acercó a una silla que había cubierto con un plástico, no para evitar que su trasero desnudo entrase en contacto con la podredumbre, sino para evitar dejar huellas—. Ha llegado el momento de poner fin a esto. Es hora de que te reúnas con tu amiguita.

COORDENADAS

Yago Reyes
Jueves, 19 de septiembre de 2019

e metí el dedo en la llaga; supe dónde encontrar su punto débil y lo aproveché hasta hacerle reaccionar. Mi tono fue hostil, tajante y airado, pero conseguí lo que necesitábamos o, mejor dicho, lo que era normal en un caso tan claro. Nunca entendí sus reticencias iniciales.

—Ahora os llamo —me respondió el comisario después de un dilatado silencio.

—De acuerdo.

Me colgó.

—¿Crees que lo pillaremos, que ahora mismo quizá está cometiendo otro abuso? —me preguntó Aines después de verme bajar el móvil y reposarlo en mi regazo.

—No lo sé —contesté con sinceridad—, por eso quiero conseguir su ubicación. —Aines apoyó la nuca contra el reposacabezas de su asiento; seguía nerviosa—. Estoy seguro de que es él, pero aparte del vídeo y de las fotos necesitamos algo que le incrimine con el asesinato de Elena; tal vez sacarle una confesión. Aunque no parece tener el perfil de los que se arrepienten.

Recordé su forma de actuar cada vez que habíamos hablado con él, en el tanatorio, en su casa. Se me ponían los pelos de punta al ser consciente ahora de su frialdad.

—¿Crees que habría acabado convirtiéndose en un asesino en serie? —me preguntó Aines.

—Francamente, si le diéramos tiempo, sí. Pienso que le ha encontrado el gusto a matar, que se siente superior a nosotros, que cree que puede hacer lo que le dé la gana sin que los demás se enteren, quizá a raíz de lo que le dijimos de que no habíamos encontrado nada en el móvil de Elena. Y otra prueba la tiene en su mujer. Ha conseguido mantener una relación íntima con su hija sin que ella ni siquiera lo sospeche. No entiendo cómo ha podido engañarla de ese modo.

—Tal vez ella también tenía un problema, una especie de complejo de Electra, pero más por ausencia que por presencia —divagó mi compañera.

—¿De quién hablas? ¿De la madre?

—No, de Elena.

—No te entiendo.

—El complejo de Electra es la versión femenina del complejo de Edipo. Es decir, una atracción ciega, no sana y sin resolver de la niña hacia el padre. Sin embargo, yo tengo la teoría de que ese amor que se siente por el padre y que no se ha sanado puede dar un paso más allá si en un momento determinado de la infancia de la niña esta se queda sin su progenitor. O sea, lo que le pasó a Elena. Con cinco años perdió a su padre y, desde ese momento, su subconsciente ha estado buscando cubrir ese espacio. La mayoría de las mujeres jóvenes que acaban con hombres mucho mayores que ellas, con una diferencia de edad considerable, vamos, que podrían ser sus padres, tienen este complejo; la mayoría perdió a sus padres siendo niñas (en sentido literal o figurado) y durante el resto de su vida buscan cubrir ese vacío.

—¿De dónde has sacado todo eso?

—Lo leí hace tiempo en una revista de psicología.

—En cualquier... —El sonido del móvil me dejó con la palabra en la boca. Descolgué—. ¿Sí?

—Os están mandando un mensaje con las coordenadas de la ubicación GPS del móvil de Miguel Castillo.

—Perfecto.

—Mantenedme al tanto.

—Siempre.

Colgué y le devolví el móvil a mi compañera.

—¿Le has oído? —pregunté.

—Sí —contestó con la mirada clavada en la pantalla del móvil—. Aquí está —anunció inquieta. Me pareció ver que le temblaba el pulso. Abrió el mensaje y pinchó en la ubicación GPS. Ante nosotros se abrió un mapa por satélite que a ambos nos resultó demasiado familiar—. Esto es...

—Joder, ¿es el mismo sitio que la última geolocalización del móvil de Elena? Parece el mismo mapa que me enseñaste cuando revisábamos el expediente por desaparición.

—Sí. Y tanto que lo parece. —Miró la zona moviendo el mapa con el dedo—. Lo comprobaré. Tengo guardadas las coordenadas exactas.

Me alegré de tener una compañera astuta y precavida. Rebuscó en su móvil hasta dar con ellas.

—Mira. Están muy próximas. Ambas pertenecen a los arrozales de Cullera.

—Comprueba cuánta distancia hay de un lugar a otro.

En cuestión de segundos halló la respuesta.

—¿En serio? Está más o menos a un kilómetro de donde se halló el móvil de Elena —dijo alterada.

—Y el cuerpo —maticé, ya que el móvil apareció a unos cincuenta metros del cadáver.

—Exacto, y no solo eso, está a un kilómetro y medio de la última geolocalización del móvil, como tú decías.

—¿A un kilómetro de un sitio y a un kilómetro y medio del otro? ¿Es posible? —Giró la pantalla y me lo mostró.

—Sí, mira. Forma una especie de triángulo. —Empezó a dibujar líneas y figuras geométricas a unos milímetros de la pantalla para ilustrarme—. La ubicación de ahora está en este camino divergente al que recorrió el asesino. Entre la ubicación que nos han dado ahora y la última geolocalización del móvil de Elena hay un kilómetro y medio. Según esto no hay ni dos minutos en coche. Unos quince si vas a pie.

—Hijo de puta. —Arranqué de inmediato y puse rumbo a la nueva ubicación GPS—. Abróchate el cinturón y llama al comisario.

Conduje lo más rápido que el tráfico me permitió, abstraído de todo cuanto me rodeaba, incluida la conversación que estaba teniendo mi compañera con nuestro jefe. En mi mente tan solo quedaba espacio para pensar en aquel indeseable, para hacer cuanto estuviese en mi mano por llegar a nuestro destino y pararle los pies. Si anteriormente albergaba algún resquicio de duda, los nuevos datos la disolvieron. Pero daba igual lo mucho que intentara correr, sentía que no era suficiente. Mi corazón latía como una máquina de percusión, advirtiéndome de que cada segundo era de vital importancia. Parecía estar en una burbuja atemporal que provocaba una extraña distorsión en mi percepción del tiempo y el espacio. Y mientras conducía, reproduje en mi mente innumerables escenarios en los que encontrábamos a Miguel Castillo y lo deteníamos, ya fuese con resistencia o sin ella, a punta de pistola o con colaboración, en compañía de alguna pobre desgraciada o completamente solo. Fuera como fuese, en mi imaginación siempre conseguíamos atraparle.

—Estamos a doscientos metros —informó Aines.

—Vale. Iremos a pie.

Dejamos el coche a varios metros del acceso a la finca para que no advirtiera nuestra presencia.

A pesar de saber que los refuerzos estaban de camino, no los esperamos.

Desde nuestra ubicación vimos un vehículo aparcado. Llamé a Esteban para constatar que era el de Miguel Castillo; en un minuto nos lo confirmó. «Joder, esto va en serio».

El GPS marcaba un punto exacto: una construcción en pésimas condiciones. Desenfundamos nuestras armas y anduvimos agazapados y a paso ligero hacia dicha localización. Aquel parecía el escondite perfecto donde llevar a cabo cualquier salvajada: lejos del tráfico, de los caminos, de la gente…, tan solo rodeado por vastas hectáreas de arrozales y un par de caminos de arena creados para los propios agricultores; solo a ellos se les había perdido algo en esas tierras.

Llegamos al caserón en ruinas.

Apoyada nuestra espalda contra la pared de piedra, le hice un gesto a mi compañera para advertirle que yo iría delante. Con cautela, asomé la cabeza por uno de los huecos de las ventanas que estaban tapadas de forma parcial con varios maderos atravesados, lo más seguro que sujetos desde el interior con clavos. Eché un vistazo rápido: no vi a nadie. Agarré un listón y lo zarandeé para estudiar su resistencia. Uno estaba medio suelto, los otros dos completamente sujetos. No era una buena opción para entrar, pero tampoco para salir de allí.

«Al menos no se escapará por una ventana».

Avancé hasta la puerta principal. Aquella madera debía de haber visto pasar muchos inviernos. Apoyé la mano sobre ella con la intención de empujarla. Mi compañera pasó de estar detrás de mí a situarse enfrente. Sentí la tensión envarando mi cuerpo, el temor a provocar un chirrido exagerado y terrorífico que anunciara de forma inequívoca nuestra presencia.

«Allá voy —pensé, haciéndole un gesto afirmativo a mi compañera para que se preparase—. Atenta».

Empujé la putrefacta lámina de madera e hice el ruido que tanto temía.

«Me cago en la puta».

La abrí rápido, sin miramientos, de par en par.

Asomé el cuerpo al tiempo que examinaba la sala con el cañón de mi arma. Allí tampoco había nadie. Di el primer paso dentro de lo que tal vez un día fue una casa. La madera del suelo crujió al soportar mi peso. Desde ese instante maldije cada puto sonido delatador.

Paso a paso, estridencia a estridencia, fui avanzando.

El recibidor se dividía en dos partes. El instinto me dijo que debía dirigirme a la derecha. Mi compañera, en cambio, ignorando mis indicaciones, optó por ir hacia la izquierda. Cuando me quise dar cuenta estábamos demasiado alejados. La miré mientras avanzaba. No sé si debido a su peso o a su destreza, generaba menos escándalo que yo.

«Joder, Aines», la reprendí en mi mente. Estaba dejándome con el culo al aire, poniéndonos a los dos en peligro.

Resollé mientras trataba de tomar la mejor decisión. Durante nuestra formación nos recalcaron una y mil veces la importancia de no abandonar nunca a un compañero. Sin embargo, ya no estábamos en la academia y la improvisación de Aines era el vivo recordatorio de ello.

Proseguí mi camino, convenciéndome de que apenas me

quedaban cuatro o cinco metros para llegar y descubrir lo que se escondía en aquella habitación. Iba, además, confiado de que, de estar Miguel en la casa, sería yo quien lo encontraría.

Apenas dos metros me separaban del umbral sin puerta que tanto deseaba atravesar. Veía las piedras de la pared de enfrente aumentando en tamaño y definición con cada palmo recorrido. Aquel muro parecía corresponder a la estructura exterior, la de la fachada. Un paso más me permitió ver lo que correspondía a una de sus ventanas tapiadas con maderas. A través de las aberturas se colaban con debilidad los últimos rayos de luz de aquel día.

«Venga. Cinco o seis pasos más y estás dentro».

Inspiré.

Otro paso.

«Vamos, desgraciado, déjate ver. Ya no tienes adónde ir. Se acabó tu suerte».

Otro paso.

De soslayo aprecié algo en el suelo. Mi vista bajó hasta situarse a esa altura. Mi pulso se aceleró.

«No puede ser».

Pero sí, eran dos pies descalzos e ¿inertes?

Mi mano asió con fuerza la pistola mientras avanzaba un paso más. A aquellos pies descalzos les sucedieron sus correspondientes pantorrillas.

Mis ojos examinaban arriba y abajo, fachada y cuerpo.

Vi sus muslos.

Atravesé el umbral.

En la habitación solo se encontraba la chica, tirada sobre el suelo, con las piernas ligeramente separadas y el torso retorcido. Parecía una muñeca de trapo a la que ya no quiere nadie. La desnudez no podía cubrir sus vergüenzas.

Se me hizo un nudo en la garganta. A pesar de tener la cara cubierta por el cabello, la reconocí: Alba Sierra.

Me aproximé para comprobar su pulso. Acuclillado junto a ella, me lamenté por haber llegado demasiado tarde.

«Mierda. Mierda. Mierda», me dije sobresaltado, irguiéndome como un resorte al oír un ruido lejano que interpreté como el sonido de unos neumáticos aproximándose: debían de ser los compañeros.

«Aines».

Di media vuelta y regresé por el mismo pasillo en el que nos habíamos dividido. Esta vez caminé rápido.

«Sabía que iba a volver a hacerlo. Maldito hijo de puta», me lamentaba mientras atravesaba aquellas ruinas.

—Quieta. No te muevas —oí. Era la voz de un hombre. Debía de ser Miguel Castillo—. ¿Estás sola? ¿Dónde se ha metido tu compañero?

—No tienes escapatoria —respondió Aines—. Te aconsejo que tires el rifle.

Corrí hacia ellos. Cuando llegué, encontré a Miguel junto a una puerta trasera que no vimos al entrar, apuntando con un rifle a mi compañera. Aines le encañonaba con su revólver.

—Baja el arma —le ordené—. Si colaboras será más fácil. Nadie tiene por qué salir herido.

—No teníais que estar aquí. Era el escondrijo perfecto —reflexionó.

Realmente se le veía sorprendido.

—¡Suelta el arma! —chilló mi compañera.

—Haz que se calle la perra de tu amiga —dijo dirigiéndose a mí.

El sonido de vehículos aproximándose se oían cada vez más cerca.

—Yo no tengo perras, soy más de gatas —respondí sarcástico sin contener la rabia.

—Dejad que me vaya. No pienso ir a la cárcel.

Su tono empezaba a evidenciar miedo.

—Suelta el arma. Estás rodeado. No tienes escapatoria. Dentro de un par de minutos tendrás más armas de las que puedas imaginar apuntando a tu sesera, así que más te vale entregarte —amenazó Aines.

—¿Crees que voy a obedecerte? ¿Crees que esto va a quedar así? ¿Qué pasaría si te pego un tiro ahora mismo? ¿Una putita menos? ¿Eh, sería eso?

—No queremos hacerte daño —dije, tratando de apaciguarlo—. Solo queremos que sueltes el arma y te entregues.

—No quiero entregarme.

Agachó la cabeza y guardó silencio.

—Tira el arma —repitió Aines.

—¡No podía decirle que era una perraaa…! —soltó elevando la cabeza y convirtiendo la voz gradualmente en un grito.

Le observamos desconcertados.

De repente se había vuelto completamente loco. Empezó a gritar iracundo. Escupía las palabras sin control entre hilos de babas. El suave bronceado de su cara y de su cuello se transformó en un tono granate uniforme. Las venas se le hincharon hasta dar la sensación de que le iban a estallar. Sus ojos se ensangrentaron.

—¡Era una puta! ¡Una perra! ¡Todas sois iguales, sois unas putas sucias y provocadoras! ¡Sois hijas del mismísimo demonio! ¡Y no voy a ir a la cárcel por ninguna de vosotras! ¡No me vais a arruinar la vida! ¡Y no voy a decírselo! ¿Me oís? ¡No voy a decírselooo…!

Con un solo movimiento, soltó el rifle, que cayó a sus pies. Llevó la mano a la parte trasera de su pantalón y extrajo un cuchillo de hoja corta y afilada. Todo transcurrió en un segundo. Su mano dibujó una curva en el aire a toda velocidad, terminando en un golpe seco contra su pecho. Clavó el cuchillo entre sus costillas, para provocarse así una muerte segura. Podría decirse que se hizo una especie de «harakiri». Sin embargo, su suicidio estuvo falto de todo honor.

No gimió. No chilló más de lo que ya lo había hecho. Su cuerpo fue vencido por la muerte como un castillo de naipes tras una bofetada del viento. Cayó de rodillas ante nuestras miradas perplejas. El impacto contra el suelo hizo que se le hundiera aún más la hoja en el corazón.

Un solo pinchazo en dicho órgano es una muerte garantizada.

Tardé un par de segundos en reaccionar.

Me acerqué todavía apuntándole con mi arma. Aines permaneció inmóvil durante unos instantes más. Fue el creciente charco de sangre que se iba formando bajo su cuerpo lo que me hizo bajar la guardia.

En ese momento sentí nuevamente el efecto de la atemporalidad manejando los hilos de mi vida. Alcé la vista para encontrarme con los ojos de mi compañera, que aún permanecía inmóvil. Poco a poco bajó los brazos, con el arma aún entre las manos; me recordó a una monja agarrando con fe su rosario.

Caminé hacia ella.

—Ya no volverá a hacer daño a nadie —le dije poniéndole la mano en el hombro.

Oímos pasos acercándose hacia nosotros.

Acabábamos de cerrar el caso.

DESHACIÉNDOSE DEL CUERPO

Sábado, 14 de septiembre de 2019

Agarró el volante con fuerza y se dejó caer contra él. La tensión y un extraño vigor le recorrían las entrañas: tenía en la mano la capacidad de acabar con la vida de otra persona y no sentir remordimientos. Una vez consumado el primer homicidio y viendo lo fácil que había sido quitar de en medio a su propia hija, sabía que no podría parar. Ahora solo faltaba salir indemne.

«Vamos. Termina lo que has empezado. Venga. —Miguel alzó la cabeza y, una vez más, buscó una señal que lo llevara a abandonar su propósito. Su pulso latía acelerado; no por lo que había hecho, sino por ser descubierto—. Vamos, no hay nadie. Es imposible que alguien te vea. Es el momento».

Abrió la puerta y la luz del habitáculo se encendió. Tuvo la sensación de estar exhibiendo su cuerpo desnudo en mitad de la Gran Vía de Madrid. Se apresuró a apagarla y al inclinarse oyó un ruido en el exterior seguido de un chapoteo.

«Será alguna rana», se dijo, concentrado en dónde deshacerse del cadáver.

El ruido del motor, el empeño de alejarse de allí cuanto antes y el sonido del agua hicieron que no se diera cuenta de que se le acababa de caer el móvil de Elena.

«Mejor tirarlo ahí delante», concluyó a pesar de estar en mitad de la oscuridad.

Metió la primera y avanzó unos metros más con el coche.

Se apeó apresurado, cerró su puerta y abrió la del asiento trasero, y se encontró con los ojos abiertos de Elena, que parecían mirarle fijamente. Se quedó quieto unos instantes, como si las pupilas de Elena hubiesen cobrado la magia de las de Medusa. Petrificado, el tiempo y su voluntad acontecían ajenos a su control.

«Tenías una mirada tan bonita… Me encantaba lo coqueta que eras, siempre pensando en estar guapa, en gustarme. No es justo que hayas acabado así. Aunque tampoco me extraña. Si no lo hubiera hecho yo, habrías terminado peor con ese baboso que tenías por novio.

»Te daría un beso de despedida, pero creo que a estas alturas no es apropiado; podrían pensar que yo he sido el culpable de tu muerte».

En una décima de segundo sus pensamientos evocaron los últimos instantes de vida de su hijastra: sus movimientos esquivos y violentos, sus caricias, sus miradas, sus palabras y gemidos, la melena perfilándole la espalda, el cuerpo desnudo hecho un ovillo en la ducha, las lágrimas recorriéndole el puente de la nariz…

Y ahora estaba tan quieta…

Sus retinas capturaron ese instante como una fotografía en alta resolución: tumbada, ocupando todo el asiento trasero del coche, semidesnuda, inerte, con la cabeza doblada hacia atrás como si no tuviera vértebras, igual que un muñeco de trapo que no entiende de las leyes de la física. En aquella posición parecía una de las protagonistas del *Guernica* de Picasso: la barbilla ocupaba el lugar de la frente, los labios el de los ojos y la nariz, como una pequeña pieza de una muñeca de porcelana, se mostraba del revés.

Recorrió su anatomía con las yemas de los dedos en dirección descendente, desde los hombros hasta los antebrazos. Uno lo encontró apoyado sobre una de las alfombrillas del coche; el otro, aplastado bajo su espalda. Los agarró con fuerza y tiró hacia sí. El peso de la chica y el sudor de sus propias manos hicieron que estas se le resbalasen hasta acabar en sus muñecas. Recolocó las manos y volvió a tirar de ella, hasta conseguir esta vez, dejar la mitad de su cuerpo fuera del coche. Desde esa posición se las apañó para cogerla en brazos y cerrar la puerta del vehículo de una patada.

No anduvo en exceso. Rodeó la parte trasera del coche y, allí, en la propia linde del arrozal, la tiró. Se percató de que se había empapado las zapatillas y el bajo de los pantalones. Recordó que, por suerte, en el maletero llevaba la ropa del gimnasio.

De nuevo, la luz del maletero se encendió, lo que hizo que se pusiera más tenso. Sacó la bolsa. Cerró el maletero y esperó a que la luz del coche se apagase. Se quitó las prendas mojadas: zapatillas, pantalón y calcetines. A tientas, logró encontrar las de repuesto. Sus movimientos eran temblorosos, apenas conseguía ejecutar uno certero a la primera. El frío y la inquietud no eran buenos compañeros de la velocidad. En ese momento, su mayor preocupación era que alguien pudiera verlo; lo único que le aportaba un mínimo de sosiego era que nadie, a esa distancia y con esa oscuridad, podría reconocerle. Su forma de vestirse fue fiel al mismo descontrol que lo gobernaba, a la misma obsesión. Una vez que se hubo cambiado guardó la ropa mojada en la bolsa del gimnasio. Antes de subir al coche arrastró los pies por la arena para borrar las huellas que hubiera podido dejar.

Subió al vehículo.

En esta ocasión la bolsa viajaría en el asiento del acompañante.

Ya con el motor en marcha, trató de circular al menos unos metros sin encender las luces; a duras penas consiguió recortar algunos.

Continuó hasta el siguiente cruce, giró a la derecha y siguió por otro camino de tierra hasta el acceso a la carretera principal.

«Venga, ya está hecho. A partir de ahora deberás actuar como si no hubiera pasado nada. Has de ser tan convincente que hasta tú te creas las mentiras.

»Sí. Además, ahora la poli empezará a investigar. Pero pronto habrá pasado todo.

»Y cuando encuentren el cuerpo es imposible que hallen mis huellas. No hay de qué preocuparse. Nadie me ha visto.

»Solo tengo que pensar qué voy a hacer con el móvil. Aunque por mucho que lo rastreen, la última señal les conducirá a un camino de tierra lejos de casa. Lejos de mí. A lo mejor eso mismo hace que encuentren su cadáver antes, pero eso me la trae sin cuidado. Si no hubiera querido que la encontraran la habría enterrado, pero al menos dejaré que Nuria la entierre. En fin. —Suspiró con alivio—. Ha sido emocionante. —Sonrió al recordar a su hijastra—. Cómo te gustaba jugar, ¿eh?».

De pronto sus recuerdos le trasladaron a un día que regresó del gimnasio cansado y sudoroso; fue la primera vez que cruzaron la barrera de la ética. Sabía que su mujer no estaba en casa; sin embargo, nada más abrir la puerta pudo apreciar el sonido de la ducha y a Elena canturreando al ritmo de una música demasiado alta como para percatarse de que ya no se encontraba sola.

Al llegar al pasillo vio que la puerta del baño no estaba cerrada. Pasó de largo hasta la habitación del fondo y soltó allí la bolsa de deporte del gimnasio. Se desvistió y apiló toda la ropa sucia para llevarla al cesto. Al atravesar el pasillo en dirección a la cocina no pudo evitar desviar la vista hacia el interior del baño. La mampara de cristal transparente, manchada únicamente por las salpicaduras del agua y el jabón, dejaba apreciar una perfecta imagen de Elena de espaldas, enjabonándose y contoneándose al ritmo de la música.

«Será como su madre: siempre tendrá cuerpo de niña —pensó en aquel momento—. Todas deberían ser así, son las más monas».

Llegó a la cocina y dejó la ropa.

«Yo también debería darme una ducha. Estoy sudando otra vez».

Desanduvo sus pasos en dirección al dormitorio, pasando nuevamente por delante del cuarto de baño. Caminó a paso lento y sigiloso para evitar hacer cualquier ruido que delatase que ya se encontraba en casa y, esta vez, cuando llegó a la puerta, se paró para contemplarla. Estaba doblada por la mitad desde su cintura. Al parecer se rasuraba sus tersas piernas mientras el agua le golpeaba la espalda. Desde esa perspectiva podía apreciar su perfil y un lateral de su pecho. El cabello se adhería a su dermis de modo lascivo y Miguel se vio incapaz de apartar la mirada de sus movimientos, de su anatomía. En su subconsciente sintió celos del agua. Se le hizo un nudo en la garganta al percibir una ligera erección bajo los calzoncillos. Tragó saliva. Recordó cómo aquel día frenó su instinto durante unos minutos yendo al otro cuarto de baño para darse una ducha. Hasta que salió del aseo y se encontró con Elena.

«Qué guarra eras, joder. En fin, cada vez que esté con una jovencita como tú me acordaré de ti. Pensaré en nuestra primera vez.

»Hay que joderse. Has conseguido que me vuelva un animal».

Al llegar a casa metió el coche en el garaje y subió por el ascensor evitando ser visto, con la bolsa de deporte en su mano izquierda.

Dejó las prendas dentro de la lavadora y fue a ducharse.

Una vez aseado, ataviado únicamente con unos calzoncillos, se metió en la cama. Encendió el televisor y puso el siguiente capítulo de una de sus series preferidas: *Mindhunter*.

«Soy uno de ellos, soy como el bueno de Edmund Kemper —se dijo, sonriendo satisfecho—. Algún día esos especialistas querrán encontrarme, conocerme en persona y ahondar también en mi mente. Por desgracia para ellos, a mí no me van a atrapar ni me voy a entregar».

Fue horas más tarde, a punto de amanecer, cuando se despertó bañado en sudor, pensando en el móvil de Elena.

Bajó al garaje y rebuscó en el coche, sin encontrarlo.

Condujo hacia los arrozales. Dos vehículos agrícolas trabajaban en la zona donde se deshizo del cadáver. Y mientras seguía con la mirada el recorrido de los tractores tomó una decisión.

«Está borrado. El móvil está limpio. Es imposible que recuperen nada, y menos si se ha caído al agua. Además, estoy harto de ver en los documentales que la Policía no da pie con bola. Sí. Me voy. Si lo encuentran no pasa nada».

EPÍLOGO

Viernes, 20 de septiembre de 2019

Había caído la noche sin apenas darnos cuenta. Instantes después de que Miguel se quitase la vida se presentaron nuestros compañeros. Tarde. Todos llegamos tarde aquella noche.

Ante el suceso, el despliegue fue numeroso. Se montó un cordón policial, vinieron los médicos forenses, los de atestados, una ambulancia, los compañeros de la Guardia Civil... Esa noche hasta se personó allí el comisario.

Pasaban las horas. Los compañeros trabajaban en la escena del crimen y del suicidio mientras nosotros ofrecíamos nuestras primeras declaraciones como testigos del suicidio de Miguel Castillo Bermejo.

—Si queréis, me puedo encargar de llamar a la señora Molina para darle la noticia —se ofreció el comisario.

—Gracias, señor, pero no es necesario —contesté en nombre de Aines y mío. Ya lo habíamos acordado así—. En cuanto acabemos aquí, pasaremos por su casa para contarle lo que ha sucedido.

Nos observó reflexivo.

—Está bien, como prefiráis. —Asentí apesadumbrado—. Habéis hecho todo lo que estaba en vuestras manos. Estoy seguro de que habéis salvado a muchas chicas de ese malnacido.

—Ya —dijo Aines resignada.

—Creo que podéis marcharos. Si falta algún informe por rellenar, ya lo haréis en comisaría.

Nos fuimos de allí caminando uno al lado del otro sin decir nada. Los grillos cantaban, haciendo que la noche pareciese más terrible. El aroma a campo penetró en mis fosas nasales y me transportó a un estado de soledad y tristeza.

Cuando cogimos el coche, era más de la una de la mañana.

—¿Te importa conducir? —me preguntó Aines.

—No, claro que no.

Aquella fue nuestra única conversación hasta llegar a Alzira. Aines se pasó el trayecto mirando por la ventanilla mientras yo me perdía en mis pensamientos. En mi mente resonaban las palabras que le dijo Aines a Nuria durante el velatorio de su hija: «Lo siento mucho. Ahora debemos continuar. Ya pasaremos a verlos por su casa en cuanto todo esto haya terminado».

Jamás pensé que volveríamos a su domicilio para darle una noticia tan atroz.

Conduje como un autómata hasta su casa; no sé en qué momento había memorizado el camino sin necesidad de echar mano del GPS.

Según llegábamos vi que la calle estaba llena de coches; aparqué en doble fila y puse los cuatro intermitentes.

Bajamos.

Anduvimos hasta el portal como zombis guiados por un instinto irracional.

Aines y yo nos miramos antes de llamar al telefonillo.

—¿Quieres que volvamos al coche un par de minutos? —le pregunté al ver sus ojos vidriosos.

Estaba siendo un trago difícil de digerir, sobre todo para ella.

Su mirada fue resbalando centímetro a centímetro por mi rostro, mi pecho y luego mis piernas hasta frenar en el suelo que había entre ella y yo.

—No lo entiendo, Yago. ¿Qué hemos hecho mal?

«¿De verdad hemos hecho algo mal? —me pregunté—. Sí, tal vez sí. Si no, Alba seguiría con vida».

—No lo sé —respondí disgustado.

—Realmente no me importa que esos dos depravados hayan acabado como lo han hecho, pero la chica... —La contemplé sin capacidad para consolarla—. Y ahora, ¿cómo le decimos a esta mujer lo que ha pasado?

Resolló al tiempo que cerraba los ojos. Los mantuvo así durante unos segundos. Su respiración era lenta y profunda. Debía de estar haciendo acopio de los resquicios de ánimo que pudieran quedarle en las entrañas. Cuando abrió los párpados, sus ojos estaban enrojecidos. Sin embargo, consiguió no derramar una sola lágrima; por lo menos, en mi presencia.

—Vamos —dijo—, quiero acabar con esto cuanto antes.

Esta vez fui yo quien llamó al telefonillo.

No había nadie en casa.

—Estará trabajando. Tiene turnos poco habituales —recordé en voz alta.

—Iremos entonces a su trabajo, tenemos la dirección.

—Podemos llamarla al móvil.

—Sí. Cierto.

Me encargué de telefonearla.

No conseguí nada: saltaba el buzón de voz.

Decidimos ir a su trabajo.

Eran cerca de las dos de la madrugada cuando aparcamos en el hospital donde trabajaba Nuria. Corría el aire. Las hojas y la arena se alzaban desde el suelo, dificultándonos avanzar con normalidad.

Entramos. Había poca gente.

Nos dirigimos a información.

Dos mujeres ocupaban el puesto; charlaban alegres.

Nos presentamos sin dar más explicación que nuestros nombres y les pedimos hablar con Nuria Molina. Una de ellas, la más madura, se levantó de la silla y nos pidió que la acompañásemos. Tras subir una planta y recorrer un par de pasillos, nos hizo entrar a una sala vacía.

—Si no les importa, esperen aquí. Ahora mismo le digo que venga.

—Claro —respondí por ambos.

Aines se sentó en uno de los sillones. Se la veía agotada.

—¿Te encuentras bien? —le pregunté.

—Sí, no te preocupes. Solo quiero que acabe este maldito día.

Nuria Molina

Recordaré aquella noche hasta que me muera.

Me encontraba en el laboratorio cuando vino mi compañera a buscarme. Acababa de tomarme un café para aguantar la noche sin pasar sueño. La expresión de su rostro me puso en tensión. Con el tiempo había aprendido a leer las miradas; la suya estaba cargada de inquietud.

—Nuria, han venido unos policías a hablar contigo. Han dicho que se llaman Yago y Aines.

—¿Dónde están?

—En la sala de espera.

—Voy.

No intercambiamos más palabras. Ni siquiera le pregunté si le habían explicado por qué habían venido a verme al trabajo a esas horas de la madrugada.

Mis nervios fueron aumentando con cada paso. El eco de mis pisadas retumbaba en todo el pasillo.

Llegué a la sala de espera. Al entrar los encontré sentados uno al lado del otro. El hombre se levantó de inmediato. Ella lo hizo pausada, como si le pesase el cuerpo.

Y de nuevo sus miradas volvieron a hablarme. Los ojos enrojecidos de ella; los párpados cargados de él...

—Buenas noches, Nuria —saludó el inspector—. Tenemos que hablar con usted. —Examiné su rostro mientras buscaba la forma de guardar la compostura, de apaciguar mi maltratado corazón. Mi boca enmudeció, el desconcierto se había apoderado de mi mente. No entendía qué podía estar sucediendo—. Siéntese, por favor.

Me senté. Ellos intercambiaron una mirada y tomaron asiento a mi lado. El inspector inspiró con fuerza por la boca y empezó con un «tenemos...» que se quedó en nada. Luego resolló, y esta vez consiguió articular una frase entera:

—Hemos identificado al asesino de su hija.

El corazón empezó a palpitarme acelerado. Era una buena noticia y, sin embargo, parecía que su ánimo estaba truncado. Ahí fue cuando empecé a sentir un extraño temblor en las extremidades, a intuir que la noticia me traería más pesares que descanso.

—Díganme qué sucede —solicité temerosa.

—Francamente, me duele tener que comunicarle que el asesino de Elena fue su marido.

Negué con la cabeza, queriendo sacudir de ella sus palabras.

—No puede ser. Él no...

—Se ha suicidado.

—¿Qué? No. No puede ser. Esto es una pesadilla.

—Lo siento mucho —dijo Aines.

Esperaron unos segundos antes de proseguir con su relato. Cuando lo hicieron, mis ojos se inundaron de lágrimas.

Mi marido había matado a nuestra hija, había mantenido relaciones sexuales con ella, la había asfixiado, había matado a Alba, me había engañado...

Se había vuelto loco.

La dulce Alba...

Mi pobre niña...

Mi vida entera se desmoronó de la noche a la mañana. En apenas una semana, todo lo bueno que atesoraba mi vida quedó reducido a una farsa, a un infierno. Durante días, semanas, más bien meses, me pregunté cuánta gente sin escrúpulos, totalmente enajenada, estaría moviéndose a sus anchas por el mundo sin levantar la más mínima sospecha.

Estuve ciega.

Ahora sé que todo da igual, cuánto tengas o lo feliz que hayas sido en el pasado. Una sola persona es suficiente para destrozarte el alma.

Yago Reyes

Permanecimos con Nuria cerca de una hora. Después, Aines y yo nos marchamos al fin a casa. Fue un camino largo. Triste. Ambos nos ocultamos tras una máscara de silencio. Nos despedimos con un «hasta mañana» cargado de resignación.

Eran más de las tres y media de la madrugada cuando dejaba mi placa y mi arma sobre la mesilla de noche.

Estaba agotado, pero aun así preferí una ducha caliente que meterme en la cama. Tenía la esperanza de que el agua se llevase con ella mi rabia e impotencia. Cerré los ojos y agaché la cabeza sin importarme que me golpeara con fuerza en la nuca. El sonido era como el de una tormenta de verano cayendo con violencia, como el del granizo azotando cristales y tejados, castigando cultivos y anegando desagües, tratando con desprecio todo lo que se cruza en su camino. Y fue ahí, bajo la presión del agua, cuando pude quitarme la máscara y dejar que los ojos se me empañaran por algo más que el vapor del baño.

Permanecía con los párpados cerrados cuando la oscuridad se transformó en el rostro compungido de Nuria, en sus ojos abismados, en su llanto intermitente, en sus manos nerviosas. Una imagen persistente a la que se le sumó la voz de mi compañera preguntando una y otra vez: «No lo entiendo, Yago. ¿Qué hemos hecho mal?».

Sí. Lo habíamos hecho mal. No habíamos sido capaces de intuir que la muerte de Elena no iba a ser la única. Una vez más el sentimiento de culpa me corroyó, igual que estuvo angustiándonos a mi compañera y a mí durante el trayecto a casa. Lo supe, porque de soslayo la vi enjugarse una lágrima. Sin embargo, los dos preferimos guardarnos nuestro dolor, en vez de apoyarnos, en lugar de desahogarnos el uno con el otro. ¿Por vergüenza? Sí. Nos dan vergüenza las cosas más humanas. Pero también por miedo, por rabia, por ira, por agotamiento emocional, por desconfianza... En otras palabras, nos pasamos la vida guardando las apariencias por miedo a no ser suficientes, a no dar la talla, a que se rían de nosotros, a mostrarnos vulnerables. A veces creo que somos una panda de necios.

El agua siguió cayendo mientras yo trataba de aparcar mis emociones. Las imágenes de Nuria se solaparon con las de Alba tirada en el suelo, y después con las de Miguel clavándose el cuchillo en el pecho. Y siempre, constante y clara, la voz de mi compañera como un eco resonando en un desfiladero.

Sí, era lógico pensar que mi compañera estuviera en su casa llorando, ahora sin miedo a ser vista por nadie, sin miedo a que yo la juzgara.

En algún momento de nuestra vida todos nos ponemos una máscara para no exhibir nuestro verdadero yo, porque con ella nos sentimos más seguros, algo menos desprotegidos. Es una treta que aprendemos desde pequeños: guardar las apariencias, ser uno más del montón. Sin embargo, mientras unos ocultan su vulnerabilidad, otros ocultan su mezquindad, su maldad, su locura. Son lobos con piel de cordero. Lobos que terminan hiriendo y matando antes de que te dé tiempo a quitarles la máscara y descubrir que estás ante un monstruo.

AGRADECIMIENTOS

Podría escribir estos agradecimientos de mil maneras distintas y ninguna terminaría de recoger la verdadera esencia de lo que quiero plasmar, ya que son muchas las emociones, los recuerdos, el cariño y las anécdotas desde que comencé a escribir las primeras líneas de esta novela (incluso de los meses previos, cuando las dudas me asaltaban a cada paso), hasta hoy, que el libro está en tus manos. Y es que *Dama Blanca* ha conseguido marcar un antes y un después en mi camino como escritora, abriendo puertas y derribando muros. Para mí siempre será un faro con el que disipar la niebla en los momentos de duda, el punto de referencia que me recordará que cuando te enfocas y te permites navegar por aguas oscuras sin dejarte seducir por los cantos de sirena, antes o después llegarás a tu destino.

Agradezco a todas las personas que, a lo largo de estos años, de una manera u otra, han hecho que llegue hasta aquí. Le doy las gracias en particular a mi marido, con el que comparto algo más que la vida; a mis padres Julián e Isabel porque, a pesar de que mi madre ya no está, como yo desearía, sigo aprendiendo de ellos; a mis hermanas Isa y Ruth por ser mis mejores amigas, siempre. A mi cuñado Fernando porque es como un hermano más. A Paula y Julen, mis hijos, aunque no hayan crecido en mi vientre. A mis sobrinos Marcos, Sandra y Daniel, por el amor que me despiertan. A mi cuñada Ana y a mis suegros José y Elvira, por tratarme con tanto cariño.

A mi editora Àngels y a las casualidades de buscar para otros; a Laia, Siscu, Olga y a toda la familia Duomo ediciones, por creer en mí, por su apoyo y hacerme sentir como en casa. También a Marina, que tiene mucho que ver en *las casualidades*, y a los correctores Javier, Carmen, Andrés y Susana, por ayudarme a que la novela sea mejor.

Gracias al agente de policía Francisco Javier Sánchez por ayudarme con los temas del procedimiento policial y tener tanta paciencia conmigo.

A todas las personas que siempre están ahí, aunque sea en el silencio y la distancia. En especial a mi amiga Begoña González, a Antonio Orozco por ser siempre mi lector cero, a Gonzalo Fernández, a Jordi Bell y a Isabel Arroyo.

A mi gata Isis, que, aunque aún sea un poco independiente, me relaja con su compañía.

Y gracias a ti, porque sin ti yo ahora mismo no estaría escribiendo estas líneas. Porque gracias a ti mi trabajo cobra sentido. Por eso, siempre, GRACIAS.

ÍNDICE

Esta primera edición de *Dama Blanca,*
de Marta Martín Girón, se terminó de imprimir
en Grafica Veneta S.p.A. di Trebaseleghe (PD)
de Italia en septiembre de 2023. Para la composición
del texto se ha utilizado la tipografía Sabon diseñada
por Jan Tschichold en 1964.

Duomo ediciones es una empresa comprometida
con el medio ambiente. El papel utilizado para
la impresión de este libro procede de bosques
gestionados sosteniblemente.

PEFC
PEFC/16-31-228

Este libro está impreso con el sol. La energía
que ha hecho posible su impresión procede
exclusivamente de paneles solares.
Grafica Veneta es la primera imprenta
en el mundo que no utiliza carbón.